项目资助："文学湘军与当代中国"（20ZDGG02），湖南省社科院院属重点课题

地域、传统与未来性

文学现场的诗性阐释

王瑞瑞 著

中国社会科学出版社

图书在版编目（CIP）数据

地域、传统与未来性：文学现场的诗性阐释／王瑞瑞著．—北京：中国社会科学出版社，2022.8
ISBN 978 - 7 - 5227 - 0760 - 0

Ⅰ.①地…　Ⅱ.①王…　Ⅲ.①中国文学—当代文学—文学研究
Ⅳ.①I206.7

中国版本图书馆 CIP 数据核字（2022）第 145860 号

出 版 人　赵剑英
责任编辑　王丽媛
责任校对　党旺旺
责任印制　王　超

出　　　版　中国社会科学出版社
社　　　址　北京鼓楼西大街甲 158 号
邮　　　编　100720
网　　　址　http://www.csspw.cn
发 行 部　010 - 84083685
门 市 部　010 - 84029450
经　　　销　新华书店及其他书店

印　　　刷　北京明恒达印务有限公司
装　　　订　廊坊市广阳区广增装订厂
版　　　次　2022 年 8 月第 1 版
印　　　次　2022 年 8 月第 1 次印刷

开　　　本　710×1000　1/16
印　　　张　11.75
插　　　页　2
字　　　数　162 千字
定　　　价　68.00 元

目　录

绪　论 ………………………………………………………………（1）

第一章　寻根之旅与失根之痛 ………………………………………（14）

　第一节　文化寻根与乡土理想 ……………………………………（15）

　　一　《爸爸爸》：审美思维建构之家 …………………………（16）

　　二　《马桥词典》：异质空间与形式探索 ……………………（20）

　　三　《山南水北》：德性生存与"寻根"的实践转向 ………（25）

　第二节　无法悬置的文化根性 ……………………………………（29）

　　一　水性的欲望流亡者 …………………………………………（30）

　　二　文化边缘人的流亡 …………………………………………（33）

　　三　流亡与身份认同危机 ………………………………………（35）

　　四　"文化"的宿命 ……………………………………………（37）

　第三节　文化悲歌与乡土缅怀 ……………………………………（39）

　　一　词句的复现 …………………………………………………（40）

　　二　情节重复 ……………………………………………………（44）

　　三　跨文本重复 …………………………………………………（46）

第二章　地域书写与超克地域 ………………………………………（50）

　第一节　文化杂糅与海南本土书写 ………………………………（51）

　　一　风格独异的文化杂糅 ………………………………………（51）

　　二　文化"痛点"与尊严问题 …………………………………（53）

三　地域文化与精神危机 …………………………………（55）

第二节　现代性危机与精神困境 …………………………（57）

一　本土文化性格的复杂性 ………………………………（57）

二　两种文化性格的交互杂糅 ……………………………（58）

三　把脉乡土文化精神 ……………………………………（59）

第三节　超克地域与湘西文学 ……………………………（62）

一　文学的湘西 ……………………………………………（62）

二　湘西作家的诗性言说 …………………………………（63）

三　智性的在场批评 ………………………………………（68）

第三章　传统文化的理性审视 ……………………………（74）

第一节　儒学世俗化与乡土中国 …………………………（75）

一　儒家伦理的世俗化呈现 ………………………………（77）

二　乡土自治的式微与儒家文化的现代性遇挫 …………（81）

三　历史与当下：重塑儒家文化的当代价值与意义 ………（85）

第二节　民族与文化的诗性反思 …………………………（89）

一　儒家文化的民间智慧 …………………………………（89）

二　现代与传统的激烈碰撞 ………………………………（91）

三　儒家文化与国家命运 …………………………………（94）

第三节　传统与现代的历史博弈 …………………………（96）

一　文化乌托邦的建构 ……………………………………（97）

二　人物塑造的"守—逃"模式 …………………………（99）

三　传统与现代的历史博弈 ………………………………（102）

四　小结 ……………………………………………………（104）

第四章　历史之殇与身体图景 ……………………………（105）

第一节　历史、身体与悲剧意识 …………………………（106）

一　童年经验、传统文化与悲剧意识 ……………………（107）

二　岸上的悲剧：虚妄的英雄幻梦 ………………………（110）

三　身体经验与历史书写 …………………………………（111）

　　四　小结 ……………………………………………………（114）

　第二节　世俗欲望与纯粹生活的可能 ……………………………（114）

　　一　道德持守：理想生命境界的希冀 …………………………（115）

　　二　道德退行：自辩下的自处 …………………………………（117）

　　三　道德张力：纯粹生活的不可能 ……………………………（119）

　　四　小结 ……………………………………………………（121）

　第三节　狂欢化诙谐与意义重建 …………………………………（122）

　　一　狂欢化诙谐 ………………………………………………（122）

　　二　怪诞与身体景观 …………………………………………（123）

　　三　反讽与意义重建 …………………………………………（126）

第五章　技术未来与伦理迷途 ………………………………………（130）

　第一节　城市书写与科幻文学中的空间非正义 …………………（132）

　　一　文学中的城市 ……………………………………………（132）

　　二　异托邦：《荒潮》的城市空间建构 ………………………（134）

　　三　生态阐释与城市空间非正义 ………………………………（138）

　　四　边缘的反抗：空间正义的寻求 ……………………………（141）

　　五　小结 ……………………………………………………（143）

　第二节　我国科幻小说中的"造物" ……………………………（144）

　　一　文本中的造物：从神话到科幻 ……………………………（144）

　　二　僭越：造物主的显在 ………………………………………（147）

　　三　越界：失控的未来 …………………………………………（151）

　　四　小结 ……………………………………………………（156）

　第三节　论科幻文学的宇宙伦理 …………………………………（157）

　　一　失效的黄金法则 …………………………………………（157）

　　二　面壁计划与道德破壁 ………………………………………（161）

　　三　道德乌托邦的建构：不确定的未来 ………………………（165）

　　四　小结 ……………………………………………………（167）

附录　访谈：地域、传统与未来性 ………………………………（169）

绪　　论

　　2021 年，"元宇宙"成为全球热词，燃起了人们对未来的技术热望。正如华东师范大学朱国华教授在"认识元宇宙：文化、社会与人类的未来"学术论坛（2022 年 2 月 10 日）开幕式上所提到的，元宇宙作为一个大行其时的概念，将会辐射人类的未来。这包括人类的物质生活和作为精神食粮的文学艺术。元宇宙向人类现实长驱直入的趋势不得不引发我们对当代文学的思考。当元宇宙消弭了人们习以为常的时空界限，虚拟空间在很大程度上代替了现实空间时，文学该如何书写这些将要被现实化的可能性？如果元宇宙意味着需要文学秉持一种全球性视野，那些围绕在文学创作和研究周围的诸多在地性概念（如"地域""传统"等概念）是不是就将面临阐释效力的丧失？在这样一个科幻日益成为现实的时代，我们有必要梳理并重审那些曾经活跃于文学领域的在地性概念，并探寻它们可能的未来性意涵。本研究课题的项目资助为"文学湘军与当代中国"（20ZDGG02），是院属重点课题。

一

　　关注文学写作的区域性、地方性，确实为文学研究展开了一个全新的空间。尤其是在特定的文学领域，这种研究极大地拓宽了研究视野。在华文文学研究中，有些学人就将地方性知识、地域文化、地方诗学、身份认同等理论问题引入了批评领域，使得阐述策略发生了根本性转化。比如，有的华文文学研究专家对于流行的"大同诗学"，针对性地开辟出"地方诗学"的阐释路径，① 就是一种显著的学理推进。但学界能够就普遍主义、特殊主义进行如是理性思辨的并不多见，尤其是在论述国内文学的时候。他们针对地域文化的论述往往转化为一种本质化的断想，即毫不犹豫地将区域文化普遍化为文学的一种成熟品质。

事实上，对地域的关注应当追溯至中国现代文学领域。"中国现代文学对'写实性'的重视，强调对现实世界的真实再现，对生活的观察和描摹，使得地域文化经验的呈现成为现实。"② 鲁迅的"鲁镇""S城""未庄"、彭家煌的豁镇、废名的黄梅小镇，还有沙汀的川西北小镇，沈从文的"边城"等富有地域色彩的乡土空间似乎给中国现代文学史披上了一层绚丽的文化纱衣。当时的中国正处于从传统农业社会向现代化工业社会转型、从乡土中国向现代化中国转变的发轫期，因此中国现代义学史上的地域书写更多围绕乡土而展开。

一方面，以鲁迅为代表的知识分子们站在启蒙现代性的立场上，对"乡土中国"的国民根性进行深度批判，对滋养中华儿女腐朽根性的传统文化给予透彻审视。那些带有独特地域文化特色的人物细节与故事场景在"乡土中国"传统文化的晦暗整体面貌之下锐减了其光芒，地域空间的独特性被传统文化的同质性所遮蔽。"我有一时，曾经屡次忆起儿时在故乡所吃的蔬果：菱角、罗汉、豆、茭白、香瓜。凡这些，都是极其鲜美可口的；都曾是使我思乡的蛊惑。后来，我在久别之后尝到了，也不过如此；惟独在记忆上，还有旧来的意味存留。他们也许要哄骗我一生，使我时时反顾。"③ 儿时的故乡乐土是再不复

---

① 参见刘小新《华文文学与文化政治》，江苏大学出版社 2011 年版。

② 邓伟：《地域文化建构与民族国家认同——中国现代文学地域文化研究的另一思路》，《文艺理论研究》2006 年第 4 期。

③ 《鲁迅全集》第 2 卷，人民文学出版社 1981 年版，第 229—230 页。

还的梦幻，童年的美好记忆只能封闭于狭小的时空中，永远蛊惑着那些勇敢的文化战士，为现代文学地域空间增添了一丝悲凉。

另一方面，一部分知识分子对现代性保持着必要的警惕，他们注视着现代文明笼罩下国民的人性异化，对启蒙现代性展开批判。以沈从文为代表的知识分子力图从传统文化中找寻对抗现代性弊端的武器。"表面上看来，事事物物自然都有了极大进步，试仔细注意注意，便见出在变化中堕落趋势。最明显的事，即农村社会所保有那点正直朴素人情美，几乎快要消失无余，代替而来的却是近二十年实际社会培养成功的一种唯实唯利庸俗人生观。敬鬼神畏天命的迷信固然已经被常识所摧毁，然而做人时的义利取舍是非辨别也随同泯没了……我还将继续《边城》在另外一个作品中，把最近二十年来当地农民性格灵魂被时代大力压扁曲屈失去了原有的素朴所表现的式样，加以解剖与描绘。"① 沈从文在湘西这片土地上发现了所谓新国民身上所缺乏的纯朴人性和雄健的生命强力。对于他来说，"地域文化"是重启国家、民族和个人生命强力之资源所在。由于对传统的钟情，他往往悬置地域文化中的愚昧落后，把自己的精神理想置于乡土之上，进行乡土空间的再生产，塑造了一个田园牧歌式的"湘西世界"。

二

在当代文学叙事与理论批评话语中，地域文化确实至为重要。大到以东方主义、帝国主义为理论背景的"民族寓言"，小到以普通话为现实参照的"马桥"式方言腔调，地域性书写策略几乎成为当代文学无以逃脱的宿命。以此为基础，慢慢形成了一种当然的逻辑，即越是民族的，越是世界的；越是地域的，越是全球的；越是文化的，也就越是文学的。

其实，地方书写并不能必然地就成为文化的良性载体。寻根文学

---

① 沈从文：《长河》，当代世界出版社 2019 年版，题记第 2 页。

曾经在20世纪80年代中期的"文化热"中扮演了重要的角色。一些作品的标题就暗示了书写的强烈地域色彩。比如贾平凹的《商州初录》《鸡窝洼的人家》、李杭育的《沙灶遗风》、史铁生的《我的遥远的清平湾》等。在寻根文学的最初倡导中，地域书写亦最是瞩目。韩少功曾在《文学的"根"》中说："近来，一个值得欣喜的现象是，作者们开始投出眼光，重新审视脚下的国土，回顾民族的昨天，有了新的文学觉悟。贾平凹的'商州'系列小说，带上了浓郁的秦汉文化色彩，体现了他对商州细心的地理、历史及民性的考察，自成格局，拓展新境；李杭育的'葛川江'系列小说，则颇得吴越文化的气韵。杭育曾对我说，他正在研究南方的幽默与南方的孤独。这都是极有兴趣的新题目。与此同时，远居大草原的乌热尔图，也用他的作品连接了鄂温克族文化源流的过去和未来，以不同凡响的篝火、马嘶与暴风雪，与关内的文学探索遥相呼应。"① 这一时段，作家与地理版图确实构成了有趣的对应关系。评论家季红真随后的论述更是详尽："及至1984年，人们突然惊讶地发现，中国的人文地理版图，几乎被作家们以各自的风格瓜分了。贾平凹以他的《商州初录》占据了秦汉文化发祥地的陕西；郑义则以晋地为营盘；乌热尔图固守着东北密林中鄂温克人的帐篷篝火；张承志激荡在中亚地区的冰峰草原；李杭育疏导着属于吴越文化的葛川江；张炜矫健在儒教发祥地的山东半岛上开掘；阿城在云南的山林中逡巡盘桓……"②

显然，寻根者共同的愿望是，希望在人迹罕至或相对偏远的地区发掘传统文化的遗留，其目的在于用过去来照亮现在，寻找民族的"自我"。不过，这些倡导招致了一些学人的不满。有着强烈介入意识的李泽厚就认为，寻根文学没有反映时代主流或关系亿万普通人的生活、命运的东西，欠缺战斗性。"文化"成了回避社会问题的坚硬龟

---

① 韩少功：《文学的根》，山东文艺出版社2001年版，第79页。
② 季红真：《忧郁的灵魂》，时代文艺出版社1992年版，第36页。

壳。他如是反问："为什么一定要在那少有人迹的林野中、洞穴中、沙漠中而不在千军万马中、日常世俗中去描写那战斗、那人性、那人生之谜呢?"① 于是有评论家耿直地建言："文学的根，就在那千姿百态的当代文化形态之中，作为当代小说，只能以当代生活作为自己的土壤，因为这土壤同样体现着一种独特的民族文化形态。"② 唐弢的观点亦颇有启发，所谓"寻根"是移民文学的事，国内作家的根就在脚下，因此，真正要做的是踏踏实实写作。③ 李泽厚、唐弢等人其实已经隐约地察觉到，纯粹地倡导文学与特定地域的文化关系，并不能从根本上改观文学的境况。或者说，文学品质与地域文化书写并无等同关系。不过，在当时他们都没有去详究内在的缘由。

三

其实，稍稍注意这些作家的生平与写作就不难看出，他们不过是将地域书写贴上文化花边而已，其里子依旧是知青写作的一种转化和升华。郑义、张承志、李杭育、张炜、阿城、韩少功等作家，都曾是下乡知青。莫言、贾平凹则是自小在农村长大。在一定意义上，完全可以反过来说，是地域、乡土成就了作家。不难发现，不少作家在"寻根"之后就销声匿迹，因为他们已经耗尽生命旅程中有限的"乡土"经验。

韩少功后来反思"寻根"时就曾清醒地指出："总的来说，我们对于现代派的讨论，对于寻根的讨论和关于现代派与寻根的创作实践，都有一种早产现象，或说是早熟。这早产早熟便带来一种根基不扎实、先天不足那样的虚弱。中国开放的门突然一打开，就呈现出很饥渴的状态。对国外的东西表现出充分的饥渴和吸收，睁大着双眼来看世界，并且，马上就从外国现代派作品中横移过来一些手法、观念，并不是

① 李泽厚：《两点祝愿》，《文艺报》1985 年 7 月 27 日。
② 周政保：《小说创作的新趋势——民族文化意识的强化》，《文艺报》1985 年 8 月 10 日。
③ 唐弢：《"一思而行"——关于"寻根"》，《人民日报》1986 年 4 月 30 日。

自己血肉的东西，弄了一阵就显得一些作品跟不上，后力不济。寻根也是这样。突然一下子大家都来谈传统文化，对中国文化的认识啊，对传统的分析啊，历史文化的积淀啊，名词很多，铺天盖地。但是对中国传统文化到底有多少研究，不管是学术上理性的研究，还是感性的认识，都不足。但是口号却已经提到前面去了。这就形成了早产。"① 可见，因时代的原因，当代作家的主体部分既没有透彻了解西方，也没有深厚的传统国学修养。他们基本上是文化空心人，传统文化非属己之物，更非精神存在之一部分，因此只能把文化处理成逆时的有待寻找的"神话"。

陈思和的评论对象及其言说本身就体现了这种"神话"意识。他曾如是分析"寻根"中的"文化"概念："文化固然有广义狭义之分。如按广义的解释，文化发展离不开时间的意义，所谓文化之根，只能是时间的逆向运动的结果——越是原始的，越接近文化之根。如按狭义的解释，文化发展只是一种由朴到繁，再由繁返朴的无穷演化，时间无意义。文化之根，反映了文化的精神内核。"② 这种广义、狭义的区分值得推敲，而其中"逆向运动""原始""精神内核"等词汇则明显寓含了一种本质化的"神话"诉求。当这种"神话"演变为对去中原化、小文化传统的渴求时，其猎奇色彩就相当浓厚了。

有论者曾略带刻薄地指出，"寻根文学"的作家大部分都是城市人，他们是在上山下乡当知识青年的时候，接触到了一些民俗性的东西，但他们并没有亲身感受到这种文化。他们跟马奎斯不一样。马奎斯从小就在那种文化里面生活，他对自身的文化是有感情的，对这种东西就跟自己的血液一样熟悉，而我们的寻根作家只是在猎奇而已。③ 这一印象式批评至少暗示，与贾平凹、莫言浸润乡土之中相比，知青

---

① 韩少功：《文学和人格——访作家韩少功》，《上海文学》1986年第11期。
② 陈思和：《当代文学中的文化寻根意识》，《文学评论》1986年第6期。
③ 李云雷、鲁太光等：《三十年，大陆文学生态流变》，中国台湾《联合文学》2010年3月号。

和寻根的许多作家往往与之缺乏一种生根发芽般的属己关系。正因此，贾平凹、莫言一直无法出离乡土，并且在书写风格上有一种一以贯之的持续性。

其实，任何书写都有地域性。哪怕是极端观念化的写作，都必然地与特定的空间场域发生关联。卡夫卡的创作依旧脱离不了一定的空间场域。所谓的地域文化，其实强调的是一种书写的在地文化属性。或者说，强调空间场域在特定文本形式中的文化属性。这是不是就意味着，卡夫卡文本中的空间场域是"去文化"的呢？显然，难下简单论断。如前所述，寻根文学、乡土文学都涉及特定地域，但地域书写与地域文化并无必然的联系。因此，我们倾向于文学地域或写作的地域性更多的是为想象提供一个空间场域。在此意义上，贾平凹的"商州"、李杭育的"葛川江"并没有在根本上相异于陈染、林白私密暧昧的卧房浴室。那么，不同的书写空间有没有等级与优劣之分呢？描写千年古刹、亭台楼榭的是不是就比流连发廊、按摩院、迪厅酒吧的更有文化优越感呢？徜徉于大漠、山水的是不是就比痴迷于鸡零狗碎的多了张文学入场券？显然，任何一个略有阅读经验的人都可能出示反对意见。以此反观，前面的论述好像使得当代作家群体整体上低智化了——竟然异口同声地视"文化"为救命稻草。很显然，他们并不需要一个隔代的批评者在这里指手画脚。

确实，部分"知青"与"寻根"作家在特定的时段达到了应有的文学高度，一些作品比之后来者也毫不逊色。问题是，这些文学成就的取得并不是借助了文化之力，最多是依凭"文化热"潮流的挟裹，有了个文学之外的助力而已。"知青"与"寻根"作家乐于回望乡土，其实意在重温独特、体己的生命经验。插队，就是将人生最宝贵的青春连血带汗地挥洒在寂寞的田埂边、山林里。除此之外，生命的行囊里别无他物。借拉美魔幻现实主义的"东风"，可以召唤回这段遗失的梦魂，为写作提供最原初的生命之源。因此，魔幻现实主义也好，文化"寻根"也好，均是在为这一写作行为披上合法外衣，并力图完成最大限度的文化赋值。不过，将体己的生命体验铭写在大漠中、林海里，因其地域特色，至少可以赋予创作独特的个性。贾平凹、张承志、李杭育、乌热尔图、韩少功、郑义，天南地北，依山傍水，各有各的文学领地。空间场域的差异，无疑为他们的书写增添了多元的色彩。

四

与那个时代相比，当下空间场域的同质化，也使得不少作家创作个性尽失，面临新一轮挑战。这种同质主要体现在两个方面。

一是作家自身无法超越地域的影响，为书写的空间场域所"挟持"。大部分知青作家，以及李杭育、郑义、郑万隆、乌热尔图等"寻根"作家在这方面表现得尤为突出。他们在掏空生命行囊中的物件之后，笔下就变得空空如也，基本结束了创作的生命。一些知名作家也会出现这种情况。比如莫言，从成名迄今，一直无法走出那块粗鄙放诞的红高粱地。他过于信任自己乖张暴戾的文风，而疏于观念的介入。从《红高粱》到《檀香刑》《生死疲劳》，呈现的是一种近乎沉寂的单调风格。莫言将自己的语言天赋淹没在了想象的空间场域里，乐此不疲，直至形神具损。贾平凹也是如此，大部分作品流连于鸡零狗碎的絮叨，与时代缺少必要的紧张关系。在此意义上，《废都》反倒难能可贵。

在"知青"与"寻根"作家群中，韩少功算是不多的能持续超越自身的人。早期的《爸爸爸》《归去来》还迷恋于边缘山寨楚文化的别样风情，《女女女》就来了个风格切换，开始大胆尝试以楚文化诡诞的意绪去琢磨、参悟城市日常。之后，当他意识到寻根的危机，就开始寻求突破。20世纪80年代后期，他的创作开始融汇不少先锋色彩。近年，韩少功回到农村安居，似乎放了一个再"寻根"的烟雾弹。其实，这一阶段的创作，如《山南水北》已经与"寻根"时期有了根本的不同，即曾经的"文化"已经淡去，人与自然水乳交融，并有了更为深沉的入世情怀。《赶马的老三》《第四十三页》等作品，执着于对公共正义的诗意构想，有着相当强烈的介入意识。这些文本的深刻在于，既清楚自由主义者的强项与短板，也十分明了道德哲学以及曾经的道德理想主义凌虚蹈空的弊病。在这里，制度与道德构成了公共正义的基本前提。这种比较并不在于怂恿作家都成为思想者、行动家，但在一个时代情绪之弦紧张到近乎崩断的语境中，作家如果闭目塞听，完全听任于依依呀呀的文学感觉，就不可能让个人的情绪与宽广的时代互通。在今天复杂的社会情境中，过于简单的认知方式无疑是有损于文学品质的。

　　二是现代性的后果，使得作家遭遇詹姆逊所谓的"超级空间"。城市化的进程裹挟一切，作家普遍地被抛离曾经的存在之家。作家们，尤其是青年一代，簇拥在窄狭划一的混凝土"火柴盒"里，可资忆念的只能是那一点点有限的同质化的空间经验。因此，在搁笔踌躇四顾时，他们往往惊异地发现自己的创作与别人的如同出自一个铸模，真假难辨，高下难分。韩少功对作家当下的生存空间有过精妙的调侃："都市化背景下的生活方式，沙发是大同小异的，电梯是大同小异的，早上推开窗子打个哈欠也是大同小异的，作息时间表也可能是大同小异的。我们在遵守同一个时刻表，生活越来越类同，然而我们试图在这样越来越类同的生活里寻找独特的自我，这不是做梦吗？"① 显然，现代社会在造就一个越来越近似的逼仄时空，从物件、个体的形貌、举止到生活方式，都日益趋于同一。霍克海默、阿多诺对此痛心疾首，"文化工业终于使模仿绝对化了""现在的一切文化都是相似的"。② 以至于，"在垄断下的所有的群众文化都是一致的，它们的结构都是由工厂生产出来的框架结构"③。

---

① 韩少功：《作家的创作个性正在湮没》，《探索与争鸣》2006 年第 8 期。
② ［德］霍克海默、［德］阿多诺：《启蒙辩证法》，洪佩郁、蔺月峰译，重庆出版社 1990 年版，第 112 页。
③ ［德］霍克海默、［德］阿多诺：《启蒙辩证法》，洪佩郁、蔺月峰译，重庆出版社 1990 年版，第 113 页。

在这种情形下，作家面临一种更为致命的被书写空间场域"挟持"的危机。书写的空间场域开始反讽地充塞诸种资本—文化的符号。当文化弥漫一切时，书写空间反倒消弭了，演化为一种无从捕捉的"超级空间"。在此空间中，作家与读者身份错乱，面目全非。韩少功等人兴冲冲地逃离钢铁水泥之城，与此定然有关。

五

饶有意味的是，科幻小说似乎为文学介入后现代文化空间提供了新的书写经验。

2010 年，科幻作家韩松的短篇小说《山寨》以寓言的方式预示科幻文学在未来之于时代的重要作用；2013 年，陈楸帆在第四届全球华语科幻星云奖论坛中提出科幻小说是当代最适合书写现实的文学类型；2015 年，刘慈欣的科幻小说《三体》获得第 73 届雨果奖最佳长篇小说奖，《三体》由此风靡世界并带火了亚洲科幻；2019 年，由刘慈欣的科幻小说《流浪地球》改编的同名科幻电影上映，创下了年度票房冠军、中国影视总票房第四名的好成绩；2019 年 2 月，《江南》杂志"非常观察"栏目推出了一期题为"科技改写现实，文学如何面对？"的对谈，九位对谈者中包括批评家、作家以及人工智能专家。面对技术加速发展造成的文明转折的时代境况，大家一致认为传统文学创作应当更新思维方式，以科幻思维来拓宽写作视野；2019 年 6 月 6 日，中国正式进入 5G 商用元年；截至 2019 年，中国高速铁路列车最高运营速度 350 千米每小时，居全球首位；2019 年年底，数字人民币相继在深圳、苏州、雄安新区、成都及冬奥场地启动试点测试；2020 年，新型冠状病毒肺炎疫情全球大流行，后疫情时代，生存危机成为人们思考的重要问题，生物医学、虚拟现实技术、人工智能技术、航空航天技术等成为当下和未来科技发展的方向，随之可能产生的科技伦理问题也成为学界关注的焦点；2021 年，"元宇宙"这一描述互联网未来迭代的概念在全球大火，从一个科幻文学概念衍化为一个文化议题，

"元宇宙"辐射了人类社会的各行各业,并将人类带向虚拟和现实相互融合的未来……

近十年这些具有标志性的社会事件和文学事件让人们看到,人类生活的高技术化已成为一种新现实,传统文学对此显得力不从心。"文学正在走向更深的自恋,宏大叙事正在消失,越来越内向,越来越宅,人与大自然的关系自然淡出视线,甚至连对人与人的关系也渐渐不耐烦,只剩下自个儿与自个儿的关系,只剩下个体的喃喃自语。同时,抛弃了时代和人民的文学却抱怨自己被前者抛弃。"① 无论是蜗居于私人空间,还是遁入乡土,都无助于作者呈现社会生存的真实样态。在当下的社会文化语境中,科幻文学越来越成为人们抓取现实、理解与反思现实的重要文学样式。

"因为科学技术的变革,把中国社会带入了一个新的境地。科幻文学可能更适合描绘这个由农业社会、工业社会和后工业社会相交织的复杂机体。另外则是中国社会自身也变得很科幻化。"② 科幻文学与科技有着天然的亲缘关系,它立足当下又关涉未来。当科技成为最大的现实,科幻文学不再是与人类日常无涉的飞地,而是人们辩证审视科技发展、呈现科技伦理困境和疏解现实焦虑的良好途径。作为现当代文学中"现实主义"代言人的乡土文学因与当下科技现实的疏离而丧失了言说现实的能力,甚至有学者称:"就文学主潮的角度来看,可能会导致一种极端的状况,那就是城市文学和乡土文学很可能会被科幻文学的浪潮所覆盖,成为一种相对隐匿的存在。"③ 科幻日趋成为书写现实的较好选项,传统文学领域的作家也开始进行这方面的实践。笔者认为,文学创作的科幻化倾向并非意味着作者要与传统书写完全割裂。乡土仍是许多科幻作家之创作灵感所在,而城市则成为支撑科

---

① 刘慈欣:《超越自恋》,《山西文学》2009 年第 7 期。
② 吴岩主编:《2016 中国科幻研究》,接力出版社 2016 年版,第 196 页。
③ 李德南:《类型文学的位置、边界与意义——理解中国当代文学发展的一个角度》,《粤港澳大湾区文学评论》2020 年第 2 期。

幻创作的重要空间场域。科幻文学立足现实又面向未来、以想象世界审视现实世界的文类特点，使其地域性具有了不同于传统文学创作的新质。

六

首先是本土区域与全球整体的动态联系。詹姆逊曾经提出立足于区域和地方的身份认同，常常被认为具有抵制全民趋同化的作用。不过，在全球化背景下，一些关系人们生活甚至生存的问题已经被全球人类普遍关注，比如生态问题。"在全球化背景下，一个人的家乡很可能变成遥远国度的垃圾场，所谓的'故土'因而失去了原来的意义。"① 科幻作家往往把区域的生态问题与全球的生态焦虑联系起来，从全球性视角出发关涉区域生态状况。以《荒潮》为例，陈楸帆以故乡"贵屿"为原型，塑造了一个在全球化中剧变的故乡"硅屿"，揭示了全球范围内的生态殖民和区域内的生态剥削。小说中，潮汕文化与赛博技术共存，民间信仰与科学技术同在，西方的上帝与东方的"天道"并置。最终，作者试图从东方传统文化中找到科技与人类良性互动的方式。

另一个显著特点是，相比农村，城市成为科幻文学展开现实批判的重要场域。早在晚清之时，"城市"就是科幻想象展开的空间，比如"上海"作为最西化、最具未来感的城市成为当时知识分子寄予政治理想、畅想光明中国的佳域。从晚清至 20 世纪 80 年代，科幻小说对城市的想象主要侧重于乌托邦式的城市蓝图的描绘。从 21 世纪以来的科幻创作来看，科幻作家对城市空间的想象更为复杂，既有在现实世界基础上的实体城市空间的建构，又有以城市的技术为支撑的虚拟现实空间的营造。实体空间和虚拟空间都具有在地性属性，均聚焦和

---

① ［美］厄休拉·K. 海斯：《地方意识与星球意识：环境想象中的全球》，李贵苍、虞文心、周圣盛、程美林译，中国社会科学出版社 2015 年版，第 150 页。

直面技术与资本统御下城市的种种隐疾，如伦理焦虑、生态破坏、人的异变、贫富差距等一系列城市病症。此类作品有郝景芳的《北京折叠》、陈楸帆的《丽江的鱼儿们》《荒潮》、韩松的《地铁》《医院》等。

值得注意的是，无论定位于城市抑或乡村，科幻作家不着意于地域整体样貌的精工细描，更倾向于给予地理空间环境粗线条的勾画。所谓的地域风情只是科幻作家展开科技想象的美学花边。"试图替代地理美学描绘的，是科幻想象对空间形态多样性的探索。"① 批判现实和超越现实是科幻文学空间形态探索的目的所在。扩大、缩小、压缩、折叠、翻转……如果说科幻现实主义者塑造的近未来空间场景是对现实的深刻隐喻的话，那么科幻未来主义者从后人类主义角度出发进行的空间想象往往寄托了人们希冀通过科技超越现实、改善生活的良好愿景。

总之，科幻文学中地域空间的开拓给我们提供了一种新的想象范式，这种范式启发我们辩证地去思考科学技术给人类生存空间所带来的积极或消极的影响。当代科幻作家腾挪时空，融地方经验于全球视野中，从"传统"中生发出"现代"的思考。他们扛着知识分子的责任大旗在宇宙这个浩瀚之域中为人类未来探寻着新的可能。

---

① 陈舒劼：《二十世纪九十年代以来中国科幻小说的空间想象》，《社会科学》2021年第3期。

第一章　寻根之旅与失根之痛

文化寻根行为的背后势必隐藏着某种"失根"之殇。本章分别选取了出生于 20 世纪 50 年代、60 年代、70 年代的三位作家，考察他们文学创作中的寻根意识，窥见他们的失根之痛。

对于韩少功来说，"寻根"是对"五四"以来掘根断脉的现代性之举的反思，是立足 20 世纪 80 年代社会现实的一次文化重审。从文化寻根开始，"乡土"作为韩少功创作实践的场域起着重要的作用。具体到韩少功文学人生的不同阶段，"寻根"又有着各不相同的意义。本章将结合他的《爸爸爸》《马桥词典》《山南水北》三部早、中、后期的作品来考察其地域书写中所蕴含的寻根思想与乡土情怀。

在当代寻根文学的考察中，我们不应忽略"移民"主题。关于这一主题，陈希我无疑是最具有发言权的。在小说《移民》中，他刻画了一批怀揣梦想又背负失根之痛的移民流亡者。一方面，传统文化根性如幽灵一般隐伏于身；另一方面，异域强势文化的审视与打量又如强光般刺痛其心。作为文化他者的移民们深陷文化泥淖不能自已，不过，主体精神的受虐至少预示了文化良性渐变的点滴希望。值得一提的是在挖掘移民者的"失根"之痛时，作者提取了"水性"这一福建地域文化特性来丰满其作品的人物形象。

于怀岸是出生于 20 世纪 70 年代的作家。他以写打工作品开始文学创作。农村的生活环境和辍学打工的坎坷经历使作者对乡村怀有深深的难以割舍的依恋之情。因此，在对现代化进程中城市之痼疾进行尖锐批判的同时，他深情地回望乡土。其地域书写往往带有浓郁的悲剧意味。在长篇小说《合木》中，他以"重复"的叙事结构与艺术手法谱写了一曲乡土缅怀的文化悲歌。

第一节　文化寻根与乡土理想

"乡土"是韩少功文学创作的主要场域，是其历史文化记忆之源。"寻根"标志着韩少功文学创作独具特色的韩式风格的开启。当"寻根"与"乡土"相连接，一种复杂的地域书写便开始运行。《爸爸爸》《女女女》《归去来》《蓝盖子》《雷祸》等一批带有浓郁地域色彩的寻根文学作品接连出现，引领了20世纪80年代文学创作的风潮。伴随"文化热"而来的寻根文学延续数年，之后受市场经济热潮的影响，大众文学逐渐兴起。这一时期部分作家历经市场化，开始转向大众通俗文学。韩少功没有放弃其寻根思想，他把对传统文化的关注置于乡土场域之中加以审视，并试图以形式革新实现其文化寻根思想的深化与升华。《马桥词典》与《暗示》是这一时期的代表作品。《马桥词典》凝结了他对西方的语言哲学、中国明清笔记文学以及他自己多年的写作实践等多层次的积累和探究成果，[1] 词典体的大胆启用和对方言文学质素的创造性转化使他走在了先锋创作的前列，同时也将其卷入"抄袭"风波之中。"马桥事件"使他对利益化的知识群体产生了疏离之感，90年代以来置身城市场域之中的体制化生活又让他心有惶惶——一种始终脱离大地的创作实践能否具有持久活力？为了逃避城市生活的烦扰，更为了让创作始终深深地扎根于最肥沃的土壤之中，他毅然举家逆行乡下，在其知青插队所在地附近的汨罗八景乡定居。

---

① 蒋子丹：《结束时还忆起始》，《当代作家评论》2003年第5期。

农田与大粪带着大地的气息，让他恢复了对乡土的真实感受，田间耕作的劳累使他身心通透。地理空间的位移带来的是精神空间的转变。"乡村不是纯粹作为景观而存在的，它在根底上是韩少功的生存图景与精神镜像。"① 与乡间劳动实践同步的是创作实践，韩少功21世纪以来的作品《山南水北》《西江月》《怒目金刚》等已然褪去了魔幻的地域色彩，也没有形式革新的强烈冲动，他把目光投射在乡土民众的日常生活中，意欲发掘传统礼俗社会中蕴含的德性因子，体现了对芸芸众生的深切情怀。总之，从文化寻根开始，"乡土"作为韩少功创作实践的场域起着重要的作用。在八九十年代的创作中，"乡土"是其审美思维建构之家；从20世纪90年代到21世纪初期，"乡土"是其进行形式探索的阵地；21世纪以来，"乡土"是其"寻根"实践转向之所。笔者将结合《爸爸爸》《马桥词典》《山南水北》三部作品深入分析韩少功地域书写中所蕴含的寻根思想与乡土情怀。

一 《爸爸爸》：审美思维建构之家

1985年，韩少功发表散文《文学的"根"》，这篇寻根文学的宣言书赢得了众多作家的应和。1986年，他又发表了《东方的寻找和重造》一文，这篇文章可算对上篇文章的补充。笔者认为，这两篇文章均体现了他对当时中国文学创作形式的探索。韩少功一直在思索，中国文学应当如何走下去？效仿苏联现实主义与取法欧美现代主义是中国作家文学创作可资借鉴的两条路径。大胆吸收西方文化，对于中国文学的发展无疑是有意义的，但学习并不是照搬，"光有模仿和横移，是无法与世界对话的。复制品总比原件要逊色。吃牛肉和猪肉，不是为变成牛和猪，还是要成为人"② 。韩少功主张回到本土传统文化中去寻找激活当代文学发展的新质素。

---

① 廖述务：《韩少功创作研究》，知识产权出版社2019年版，第8页。
② 韩少功：《文学的根》，山东文艺出版社2001年版，第86页。

在韩少功这里，边缘的非正统传统文化才是文学之根脉。"俚语、野史、传说、笑料、民歌、神怪故事、习惯风俗、性爱方式等，其中大部分鲜见于经典，不入正宗，更多地显示出生命的自然面貌。"① 因此，他把目光投向了散落在民间的巫楚文化。"巫楚文化主要分布在中国西南以及东南亚的少数民族中间，历史上随着南方民族的屡屡战败，曾经被以孔孟为核心的中原文化所吸收，又受其排斥，因此是一种非正统非规范的文化，至今也没有典籍化和学者化，主要蓄藏于民间。"② 当然，对于韩少功来说，文学的"寻根"不是仅仅停留在对地域文化中独特的民风民俗、俚语野传的表现上，"这大概不是出于一种廉价的恋旧情绪和地方观念，不是对方言歇后语之类浅薄的爱好；而是一种对民族的重新认识，一种审美意识中潜在历史因素的苏醒，一种追求和把握人世无限感和永恒感的对象化表现"③。寻根更为重要的方面在于，创作主体的感知方式与审美思维要发挥东方的独特优势，譬如对客体的整体把握，以直觉的思维方式面对客体等方面。巫楚文化在中国传统文化体系中处于边缘位置，是非主流的、异质的文化。它的异质性体现在文化状态的原始性或半原始性、理性与非理性的含糊不清。韩少功所追求的审美思维的直觉性正是从这种原始的、非理性的文化元素中汲取的。因此，对湘西地域巫文化的呈现成为其寻根代表作《爸爸爸》的重要面向。

《爸爸爸》塑造了一个诡异、晦暗又与世隔绝的湘西世界，呈现出神秘、狂放、瑰丽的巫楚文化色彩。"寨子落在大山里，白云上，常常出门就一脚踏进云里。你一走，前面的云就退，后面的云就跟，白茫茫云海总是不远不近地团团围着你，留给你脚下一块永远也走不完的小孤岛，托你浮游。"④ "黑"是韩少功湘西世界里的主色调，

---

① 韩少功：《文学的根》，山东文艺出版社 2001 年版，第 81 页。
② 韩少功：《文学的根》，山东文艺出版社 2001 年版，第 109 页。
③ 韩少功：《文学的根》，山东文艺出版社 2001 年版，第 80 页。
④ 韩少功：《爸爸爸》，作家出版社 1993 年版，第 100 页。

"小岛上并不寂寞。有时可见树上一些铁甲子鸟，黑如焦炭，小如拇指，叫得特别焦脆和洪亮，有金属的共鸣声。它们好像从远古一直活到现在，从没变什么样。有时还可见白云上飘来一片硕大的黑影，像打开了的两页书。"① "加上大岭深坑，长树干不易运送，于是大部分树木都用不上，雄姿英发地长起来，争夺阳光雨雾，又默默老死山中。枝叶腐烂，年年厚积，软软地踏上去，冒出几注黑汁和几个水泡泡，用阴湿浓烈的腐臭，浸染着一代代山猪的嚎叫。也浸染着村村寨寨，所以它们变黑了。"② 这里阴森、诡异，令人毛骨悚然。正因自然环境奇诡、晦暗，还伴随着陌生与凶险，人们出山时要乘木船或木排，遇到急流险滩，极易船毁排散，尸骨无存。这些凶险不唯是自然造成的，也因这一地方的蛮野民风，"碰上祭谷神的，可能取了你的人头。碰上剪径的，可能钩了你的车船，剐了你的钱财。还有些妇人，用公鸡血引各种毒虫，掺和干制成粉，藏于指甲缝中，趁你不留意时往你茶杯中轻轻一弹，可叫你暴死"③。所以，对湘西风俗民情的描写，除了自然景观，还有深不可测的奇怪诡异的巫风巫俗。丙崽妈生下丙崽是因为她曾弄死一只成精了的大蜘蛛，冒犯神明遭了报应；鸡头寨的田灾农荒被认为叫鸡精作怪造成的；人们用丙崽打活卦预测鸡头峰的未来；对付蛇虫鼠蚁有各种偏方怪法……

无论是自然景观的描绘，还是巫风巫俗的呈现，都带给人相同的感觉，即韩少功所极力倡导的审美思维与他所呈现的地域空间产生了错位。一方面，他想回到纯粹审美的天地，寻求一种去政治化的书写；另一方面，他不自觉地对传统文化和民族精神进行着揭露与批判。韩少功曾经想借助《爸爸爸》等寻根文学的创作来寻找东方审美思维的优势，寻找的路径就是试图从湘楚地域中开掘神秘、奇丽、狂放、孤愤的审美境界。纵观小说全篇，神秘、奇丽有之，狂放、孤愤难寻。

---

① 韩少功：《爸爸爸》，作家出版社 1993 年版，第 100 页。
② 韩少功：《爸爸爸》，作家出版社 1993 年版，第 102 页。
③ 韩少功：《爸爸爸》，作家出版社 1993 年版，第 120 页。

狂放与孤愤是屈原在颠沛流离的放逐之后产生的生命体验。上山下乡的经历让韩少功与贫瘠土地上两腿带泥的农民打成一片，让他见到了乡村的复杂，因此他无法收获屈原式的主观体验，也走不进沈从文式的理想人性的小庙。他从寻求东方的审美方式的独特性出发，走向了对传统文化的批判。不过，与继承"五四"启蒙精神的新启蒙主义的根本差异在于，"他能超出一己之利害，从大历史的角度对革命与底层民众保持必要的同情之理解"[①]。

　　审美诉求与现实批判构成了一种张力，"乡土"成为这一紧张关系的缓冲地带，审丑则是这一张力的集中体现。身体畸形的傻子丙崽挂着鼻涕戳蚯蚓、搓鸡粪，在椅子上大便，抓挠他的癞头疮，吸女尸的奶头；丙崽娘倒腾胞衣，偷吃猫食；老后生仁宝窥探动物的私处，偷看女子洗澡；仲裁缝喝鼠灰水；还有鲜血淋淋的牛头，和猪肉块混在一起的人肉块，被群狗叼的遍地都是的尸块……小说直截了当地进行着丑的展览，"审丑"似乎代替"寻美"成为一种非理性的审美理想的标志。不过，韩少功显然未止步于这一审美追求。他认为，《爸爸爸》的着眼点是社会历史，是透视巫楚文化背景下一个种族的衰落，理性和非理性都成了荒诞。[②] 仲裁缝的殉道没能拯救鸡头寨的衰退，仁宝的新派思想流于表面成为笑柄，青年们从古老封闭的鸡头寨中走出，却又走入了另一片深山老林。山寨后人前途未知，结果不言而喻。小说最后，丙崽没有被仲裁缝的毒药毒死，头上的癞头疮却奇迹般地结痂康复了，这一结尾具有强烈的寓言意味，向人们告知着一个无可修补的世界到来。作者以悲剧的形式对历史与革命进行反思，鬼魅巫风与丑的物事相互配合，留给读者的是无穷的压抑与幻灭。作者目视着茫茫云海中的山民走入没有未来的新地，山民唱"简"的声音回荡在山谷，奏响了一曲哀伤又诗意的高音颂歌。

---

①　廖述务：《韩少功创作研究》，知识产权出版社 2019 年版，第 18 页。
②　韩少功：《文学的根》，山东文艺出版社 2001 年版，第 108 页。

二 《马桥词典》：异质空间与形式探索

20 世纪 90 年代，随着市场经济的高涨，大众文学、通俗文学兴起。80 年代参与寻根的一批作家凭借上山下乡的知青经验给自己的创作贴上了文化花边。在他们的部分作品中，乡土和传统有一定的猎奇意味，他们往往与之缺乏一种生根发芽般的属己关系。当环境改变，他们的创作就面临缺氧，难以为继，转而汇入大众、通俗文化的大潮中去。不过，历史的发展自有其连续性。80 年代的文化寻根作为中国当代文学发展史上的重要一页，且仍然持续影响着贾平凹、陈忠实、高建群等一批浸润乡土的作家。作为文化寻根发起人的韩少功虽然对 80 年代寻根文学进行了反思，但仍没有超离寻根观念。在《马桥词典》中，韩少功把对传统文化的关注置于乡土场域之中加以审视，并试图以形式的革新实现文化寻根思想的深化与升华。

不同于 20 世纪 80 年代寻根文学或是把传统文化视为纯净的乌托邦之地，从而刻意营造一种田园风景画式的地域景观，或是将传统文化作为丑陋腐朽的代表进行鞭笞和揭露，从而大力渲染魔幻神秘的民风民俗，90 年代中期韩少功的寻根探索虽仍定位于乡土，但民情风俗、神话传说之类的内容明显减少，他聚焦于承载边地历史和乡民心理的方言，采用词典体的叙事方式，以学理化的态度对马桥语言进行考据与阐释，"为考察一语词，每每求助于事象，从马桥到现代都市，从'文革'上溯远古，不一而足，时空跨度相当大"①。

韩少功在《马桥词典》中塑造了"马桥世界"这一异质空间，力图通过边地空间来反思主流空间的权力话语和意识形态。"马桥世界"地处偏远，与外界联系较少，是一个被漠视的边缘世界。这一世界是爱德华·索亚所言的"第三空间"，即一个"被边缘化的、沉默的、

---

① 廖述务：《韩少功创作研究》，知识产权出版社 2019 年版，第 42 页。

目不可见的多元空间"①，它既真实存在又外在于一切地方，它是主体性与客体性、真实与想象、可知与不可知、重复与差异、意识与无意识的汇聚。对于"马桥世界"，一方面，我们可以追溯至现实地域——韩少功知青插队的地方，是能够被我们所感知和经验到的湖南乡村；另一方面，它又是作者话语建构的产物，是构想出来的社会空间。从更深的层面来说，这个空间是一种异质的存在，"可能在每一种文化里，在每一个文明里，还存在一些真实的地方——它们实实在在地存在着，并在建构社会的进程中形成——它们类似于某种反地点……所有其他能够在文化中发现的真实的地点都同时在这里受到再现、争夺和颠倒。这样的地方外在于一切地方，即使能够指出它们在现实中的位置"②。它是福柯意义上的"其他空间"，与民族国家空间相对，导向的是与大历史不同的小历史。人是空间的存在，人与空间的互动构成了丰富的人类社会生活史。通过"马桥世界"的建构，韩少功试图还原那些在单一历史叙事中被遮蔽的感性领域，呈现人性本真的样态，挖掘生活的真实性与丰富性。

对于作者来说，造成遮蔽的一个重要原因在于主流的叙事模式。"以前认为，小说是一种叙事艺术，叙事都是按时间顺序推进，更传统一点，是一种因果链式的线型结构。但我对这种叙事有一种危机感。这种小说发展已几百年了，这种平面叙事的推进，人们可以在固定的模式里寻找新的人物典型，设计新的情节，开掘很多新的生活面……但在相当大的程度上，仍然没有摆脱感受方式的重复感，就像吃了不同的梨子，大的、小的、圆的、瘦的、甜的、酸的，但吃来吃去还是梨子。"③ 一进入这种主流叙事模式中，写作者必得受模式的控制，需要围绕中心人物去营构情节，进而生成某种深厚与崇高的意义。"那

---

① ［美］爱德华·索亚：《第三空间》，上海教育出版社 2005 年版，第 19 页。
② ［美］爱德华·索亚：《第三空间》，上海教育出版社 2005 年版，第 203 页。
③ 韩少功、李少君：《叙事艺术的危机——关于〈马桥词典〉的谈话及其他》，《小说选刊》1996 年第 7 期。

种小说里，主导性人物，主导性情节，主导性情绪，一手遮天地独霸了作者和读者的视野。"① 正是这种主线小说模式的意识形态操控，使得更多的人物、事物成为没有意义的余赘被排除在外，生活的真实性被遮蔽，丰富性被压缩。意义的界定权似乎掌握在被主线叙事操控的写作者手中。写作者实为提线木偶，却得意扬扬地宣称自己找到了真实。

形式上的探索也是作家自觉超越自我的表现。《马桥词典》的意义就在于利用词典体开启了一种非小说、非主线、去中心的意义生产机制。走入"马桥世界"，我们就进入了一个充满灵性与诗意、物与景观且众声喧哗的乡土地域空间。词典体是能够表达这一空间的良好载体。这种发散性、辐射性的叙事模式打破了那种线性叙述历史的方式，与边地空间的异质性相和。为了认识马桥的某个人，你必须要借助不同的词条，同时为了认识这个世界，你必须结合词条中形形色色的人物与细节。借助共存于空间的各种语词，我们将不同的人与事连缀起来，从而实现宏观与微观的相通。小说还广泛涉猎历史、地理、政治、哲学等人类文化的诸多层面，这种"据事以类义，援古以证今"的话语方式体现了散文化笔法对小说的浸入。

文体杂交的尝试意味着韩少功寻根思想的深化。韩少功从语言系统和叙事方式方面进行革新，并倡导文学之根要从中国传统文学形式和底层民众丰富的语言成果中去寻找。"我的《马桥词典》是力图走一个相反的方向，努力寻找不那么欧化，或者说比较接近中国传统的方式。文史哲三合一的跨文体写作，小说与散文不那么分隔的写作，就是中国文化的老本行。"② 他表达了对"五四"以来全盘西化文化路径的不满，"如果'五四'新文学开启了一个有创造力的传统，那它就不可能永远是一条单行道"③。他认为，一个新的有创造力的传统的

---

① 韩少功：《马桥词典》，人民文学出版社 2008 年版，第 62 页。
② 张均、韩少功：《用语言挑战语言——韩少功访谈录》，《小说评论》2004 年第 6 期。
③ 张均、韩少功：《用语言挑战语言——韩少功访谈录》，《小说评论》2004 年第 6 期。

开启是双向的，吸收西方和回望东方、向外看和向下看应当兼顾。《马桥词典》在形式上的探索，"一方面受到西方现代小说形式革新观念的影响，另一方面，它又是以打破西方小说体式、回归传统为旨归的"①。韩少功毅然抛弃僵化的现代小说形式，找到了西方结构主义与中国古代笔记体文学的结合点并双向吸收，以文体杂交开启了自己富有辩证立场的寻根之旅。

除了叙事形式，语言系统也是韩少功构建"马桥"异质空间的重要手段。地域方言是物理空间隔绝的产物，对方言的琢磨与阐释意味着与这一边地展开精神的交流。韩少功对现代汉语的形成进行反思，他认为普通话受到了西方语言的强烈影响，完全接受了西方的语法体系，却忽视了富有地方特色的方言。从地方立场出发，我们发现普通话的流行造成了对人们生活体验丰富性的简缩和对地方文化的遮蔽。在《马桥词典》后记中，韩少功谈到自己的真实经历，当外地人用普通话询问海南本地鱼贩摆在货架上的不同鱼类的名称时，本地人操起蹩脚的普通话，只能用大鱼或海鱼这类笼统的名称回应。其实，在当地方言中有丰富的词汇来表达不同鱼的名称、部位和状态，但这些词绝大部分都未进入普通话体系。语言的抽象化、普遍化在一定程度上导致了文化的单向度呈现。底层民众生活的丰富性和文化的多样性在标准语的规范下被无视与遮蔽。韩少功对方言词条的诗性阐发体现了他反对语言霸权，力图为弱势边缘文化争取"话份"、为故乡立传的雄心。《马桥词典》中有人物专名的方言词条，比如九袋爷、马同意、马疤子、红花爹爹、黑相公、觉觉姥、希大杆子、四大金刚、红娘子等；有以事物命名的词条，比如罗江、马桥弓、碘酊、枫鬼、荆界瓜、军头蚊、清明雨、颜茶、满天红、双狮滚绣球、黄茅瘴、朱牙土、天安门；还有关于马桥人生活习俗的词条，比如三月三、背钉、撞红、宜弟、企尸、开眼、放藤等。总之，马桥的语言、乡民、一草一木和

① 廖述务：《韩少功创作研究》，知识产权出版社 2019 年版，第 26 页。

一物一事都可能被纳入韩少功全新的语义体系中。

方言让淹没在历史长河中的马桥人发声，《马桥词典》里呈现了马桥人叙述历史的另类方式。小说中许多方言词与人的饮食欲望相关联。比如"甜"这一词条中写道："马桥人对味道的表达很简单，凡是好吃的味道可一言以蔽之：'甜'。吃糖是'甜'，吃鱼吃肉也是'甜'，吃米饭吃辣椒吃苦瓜统统还是'甜'。"①马桥人饮食方面的盲感并非意味着地域语词的贫乏，相反，"甜"的频繁使用昭示了马桥人饥不择食、食不辨味的历史，历史借助语词中介留下了自己的印记供人们去探寻。再比如"同锅""前锅""后锅""放锅"等词把"吃"与人类的各种情感联系在一起。他们总是用胃来回忆以往的，使往事变得有真切的口感和味觉。正像他们用"吃粮"代指当兵，用"吃国家粮"代指进城当干部或当工人，用"上回吃狗肉"代指村里的某次干部会议，用"吃新米"代指初秋时节，用"打粑粑"或"杀年猪"代指年关，用"来了三四桌人"代指某次集体活动时的人数统计。②马桥人用"吃"串起了马桥的历史，食物真切的口感、味觉与深刻的历史记忆相呼应。江西老表吃光一罐苞谷浆的陈年旧事引出了"十万赣人填湘"的历史事件，韩少功善于将这种私人化的民间记忆与公共空间的记忆联系起来，使这些看似感性的词条具有阐释宏大历史的实用价值。透过富有地方特色的方言语词，被人遗忘的边缘世界所受宏大历史的无形制约也显露出来。除了从"吃"这类日常语词出发叙述历史的方式，还有以类比、误置导致历史错位的民间记忆方式，比如"一九四八"这一词条中马桥人以私人时间观的强力介入实现了对普适性的精确时间的瓦解。总之，韩少功试图在逆普通话化的过程中释放出生命的感受，将历史以一种文学的炼金术予以重构。

借助方言词条，我们结识了马桥鲜活立体的各色人等，感受着马

① 韩少功：《马桥词典》，人民文学出版社 2008 年版，第 15 页。
② 韩少功：《马桥词典》，人民文学出版社 2008 年版，第 13 页。

桥人特有的生活情态与文化心理，体味着马桥人生活的丰富和内在的生命力，触摸着宏大历史裂隙中血肉丰满的个人表达。可以说，"马桥世界"在某种程度上又是一个审美空间，韩少功用文学的想象力建构了一个生气勃勃、富有生活味道的诗性审美世界。

三　《山南水北》：德性生存与"寻根"的实践转向

2000 年 5 月，韩少功举家迁入湖南省汨罗市八景乡，开始了他的乡土生活。这不得不让学界和媒体揣测，他的移居与"马桥"事件有关。其实，"马桥"纠纷只是城市生活空间中无数件让人心烦又无可奈何的事情之一，并非是韩少功选择乡土的原因。"但城市不知从什么时候开始已越来越陌生，在我的急匆匆上下班的线路两旁与我越来越没有关系，很难被我细看一眼；在媒体的罪案新闻和八卦新闻中与我也格格不入，哪怕看一眼也会心生厌倦。我一直不愿被城市的高楼所挤压，不愿被城市的噪声所烧灼，不愿被城市的电梯和沙发一次次拘押。大街上汽车交织如梭的钢铁鼠流，还有楼墙上布满空调机盒子的钢铁肉斑，如同现代的鼠疫和麻风，更让我一次次惊悚，差点以为古代灾疫又一次入城。侏罗纪也出现了，水泥的巨蜥和水泥的恐龙已经以立交桥的名义，张牙舞爪扑向了我的窗口。"[①] 对韩少功来说，他一直与城市相疏离，即使身在城市，他也总将住房选在郊区，以求躲避城市的喧嚣与烦扰的人际往来，这与他生性喜静密不可分。同时，身居都市，他越来越感觉到一种创作的危机——作家的中产阶级化以及作家面临被都市场域所"挟持"的危险。"都市化背景下的生活方式，沙发是大同小异的，电梯是大同小异的，早上推开窗子打个哈欠也是大同小异的，作息时间表也可能是大同小异的。我们在遵守同一个时刻表，生活越来越类同，然而我们试图在这样越来越类同的生活

---

① 韩少功：《山南水北》，作家出版社 2006 年版，第 4 页。

里寻找独特的自我，这不是做梦吗？"① 当现代社会的一切变得日趋同一，作家沉溺其中，认知能力锐减，逐渐失去了写作的活力。俗务的纠缠和创作的危机使韩少功最终下定决心回归乡野。其实，回到狗吠蛙鸣的农村是韩少功一直以来的心愿，早在1985年他的夫人梁预立就透露过，"我们还悄悄约定要办一件事，一件很好很好的事，在将来的那一天。请允许我暂时不说。我盼望着那一天早点到来"②。这件大事终于在2000年完成了。

韩少功的文学创作始终根植于远方的土地。如果说20世纪80年代的寻根写作是知青经验与地域文化的结合，90年代的寻根写作是文学本体追求在乡土的释放，那么2000年以来韩少功则告别单一的"纸上寻根"，"'寻根'文学不仅是一种文学思潮和论争，而且还是一种指向具体的生活的文化实践，有潜在的'创造一个世界'的愿望"③。劳动实践与文学创作同步，乡村这一异于城市的诗意空间催生了一系列作品，从《山南水北》到《第四十三页》，从《赶马的老三》到《怒目金刚》，这些作品已然褪去了魔幻的地域色彩，多了一份平实与安适，在整体意蕴上达到了一种圆融高妙的境界。韩少功把关注点放在自己挥洒汗水的土地上，放在费心照顾的瓜菜家禽上，放在与自己喝茶闲扯的乡民身上。他一方面"扑进画框"，倾情地礼赞具有前现代特性的乡村风景，另一方面又挥起公平正义之锄意欲发掘传统礼俗社会中蕴含的德性因子，从而实践他重建一个世界的诗意构想。

《山南水北》这一笔记散文可以视作韩少功的乡村生活记录，体现出韩少功对土地的热爱与深情。在这部作品里，韩少功呈现了没被文化工业完全整编的鲜活的乡村事物，有扑面而来的清凉湖水、墙根下清晰可闻的虫鸣草动、溪流上跳动的皎洁月光等，乡村的一切都充

① 韩少功：《作家的创作个性正在湮没》，《探索与争鸣》2006年第8期。
② 韩少功：《诱惑》，湖南文艺出版社1986年版，第262页。
③ 项静：《韩少功论》，作家出版社2021年版，第101页。

满了诗意与美感。韩少功对乡景的呈现往往是在与城市的对比中进行的。"城里人能够看到什么月亮？即使偶尔看到远远天空上一丸灰白，但暗淡于无数路灯之中，磨损于各种噪音之中，稍纵即逝在丛林般的水泥高楼之间，不过像死鱼眼睛一只，丢弃在五光十色的垃圾里。"① 城市的月亮被高楼与路灯遮蔽了光辉，浮现的只有晦暗的色调；身处乡村不仅可以清晨听鸟，还要想方设法防止鸟群破坏菜园，而在城市，人们只有无鸟之憾，哪有鸟多之愁；城市的喧嚣堵塞了人的耳朵，大自然的声音只在乡村可以寻觅；在城市里，笑容都被规训，在乡下你能收获许多天然而多样的笑脸。"下乡的一大收获，是看到很多特别的笑脸，天然而且多样。每一朵笑几乎都是爆出来的，爆在小店里，村路上，渡船上以及马帮里。描述这些笑较为困难。我在常用词汇里找不出合适的词，只能想象一只老虎的笑，一只青蛙的笑，一只山羊的笑，一只鲑鱼的笑，一头骡子的笑……对了，很多山民的笑就是这样乱相迸出，乍看让人有点惊愕，但一种野生的恣意妄为，一种原生的桀骜不驯，很快就让我由衷地欢喜。"②

　　这些自然美景和乡村事物并非韩少功发挥浪漫想象进行虚构与夸张的结果，它们是作者眼前活生生的现实。"推开这扇窗子，一方清润的山水扑面而来，刹那间把观望者呛得有点发晕，灌得有点半醉，定有五脏六腑融化之感。清墨是最远的山，淡墨是次远的山，重墨是较近的山，浓墨和焦墨则是更近的山。它们构成了层次重叠和妖娆曲线，在即将下雨的这一刻，晕化在阴冷烟波里。天地难分，有无莫辨，浓云薄雾的汹涌和流走，形成了水墨相破之势和藏露相济之态。一行白鹭在山腰横切而过，没有留下任何声音。再往下看，一列陡岩应是画笔下的提按和顿挫。一叶扁舟，一位静静的钓翁，不知是何人轻笔点染。"③ 除了这些窗外的风景，大脾气的葡萄树、田间的智蛙、傲气

---

① 韩少功：《山南水北》，作家出版社 2006 年版，第 46 页。
② 韩少功：《山南水北》，作家出版社 2006 年版，第 24 页。
③ 韩少功：《山南水北》，作家出版社 2006 年版，第 139 页。

的猫咪、总是保护猫兄弟的傻狗、孤独的小鸡以及礼让母鸡的公鸡等都来源于作者对乡村生活的真切感受与细致观察。身体对于乡村的介入让作家的创作呈现出生命脉搏的跳动。

除了对诗意乡土世界的发现，《山南水北》也蕴含着作家浓重的现实介入情怀。乡村栖居和对乡村的诗意呈现并非意味着韩少功秉持一种去政治化的思维，相反，"以出世的态度入世"是韩少功《山南水北》中又一显豁的主题。他在乡村看到了礼俗社会中的德性因子。在《非法法也》中，人情伦理大于法理。贺乡长何尝不知道导致村子里后生死亡的真因？他何尝不愿依法办事？但如果依法查办，将毁掉三家人的生活。村子里的肇事者显然拿不出巨额金钱补偿，而受害者家里失去了顶梁柱，如果没有经济补偿，终将没有活路。在乡村社会保障体系有待完善的背景下，补偿比查案更重要。这种关切生者的"法外之法"具有维护社会秩序正常运转的作用。韩少功的态度意味深长。三个贫困家庭因此而免受灭顶之灾是最让人心安的结果。

乡村建立了自己的道德秩序，道德人伦在礼俗社会中发挥着切实的作用。乡村生活相对简单透明，任何一点风吹草动都能从某个角落迅速扩散开来。"我们无法隐名更无法逃脱，身上肩负着太多来自乡亲们肉眼的目光。"[1] 那些平日在城市里为非作歹的人，"只要一回到家乡，他们大多回归了往日的角色，成了安分守己之人，忠厚传家之士"[2]。在几千年农耕文明浸润下的熟人社会中，血缘亲情超过理法契约，疏于国法而不乏家法，因此，一种道德监控体系自然而然地形成。"乡村的道德监控还来自人世彼岸：家中的牌位，路口的坟墓，不时传阅和续写的族谱大大扩充了一个多元化的监控联盟。"[3] 在乡土空间仍然遗存着一些与现代科学格格不入的风俗忌讳。所谓举头三尺有神明，乡村一些潜在的道德规约由祖先、神鬼与自然事物来行使。正如

---

① 韩少功：《山南水北》，作家出版社 2006 年版，第 149 页。
② 韩少功：《山南水北》，作家出版社 2006 年版，第 86 页。
③ 韩少功：《山南水北》，作家出版社 2006 年版，第 88 页。

"不做坏事就不怕遭雷打",而在都市里,这种规约力量的失效带来的是人类自我约束的衰退。国法兴而家法亡是在现代国家体制之下才开始成形的,不过,道德监控在当今仍发挥着重要作用,甚至道德体系和制度体系形成了某种重合与交叉。《山南水北》中,贺乡长解决会议纠纷并让大家信服的秘诀是借助孝道。"非典"时期,人们为保人畜平安,听信哑婆子的话放鞭炮,烧香,拜阎王爷。贺乡长制止乡民搞封建迷信行为,提倡天命论的"科学"方式,这招数用在乡民身上却分外好使。

尽管韩少功对现代性之外的礼俗传统表达了敬意,但他并未一味沉湎于对道德的文学想象中。诗意乡土的礼赞与德性传统的发掘并不意味着他意图在边地构筑一个世外桃源。他理性地对待乡村文明和城市文明,指出各种文明存在的问题。在他看来,乡村并非净土,乡民对城市文明盲目模仿,讲虚荣、爱面子。比如脚蹬皮鞋,穿着不合体的西装干农活,盲目模仿城市格局建多层小楼,却把房子住成了存放农具的豪华仓库;很多乡民不思进取,爱贪小便宜,迷恋赌博,如垃圾户雨秋,宁愿住油毛毡屋顶也不盖瓦,为的就是一直保持特困户身份,好领取扶贫款打牌;部分农民生活懒散,虽对现代文明向往,但当让他们行动起来改变自身处境时,他们往往缺乏开拓的决心而半途而废……总之,韩少功在以"乡土"反观现代文明的同时,着力揭示传统文明与现代文明的碰撞给乡村带来的现实困境。其文化立场超然于乡土与都市之上,试图在扬弃传统道德的基础上,实现道德伦理与现代制度的互补性共生与转化。

第二节 无法悬置的文化根性

前文述及,在唐弢看来,本土"寻根"是个伪命题。他所谓的寻根是移民文学的产物,这一表述不无偏颇。但移民视域中的"文化"

问题确实与本土"文化"寻根构成了互文性诗学关系。陈希我的长篇近作《移民》围绕偷渡、劳务输出、技术与投资移民等话题展开叙述，在形式上确实是典型的移民文学作品。但深入其内里不难发现，它与流行的移民小说又有很大不同。通常而言，移民小说是个矛盾的载体，它所抒发的对艰难生存的感慨、对身份认同的焦虑等，大多被笼罩在去国怀乡这个略显温情的主题之下。在空间方位上，这类小说常以叙述者身处"异国他乡"为基本前提，因此，其叙述往往带有怀想故国的浓浓诗意与温情。而在《移民》中，陈希我延续了其一贯的冷峻风格。他笔下的人物总处于"惶惶如丧家之犬，栖栖如漂泊之萍"的状态，他们的生命与"流亡"同一。通过呈现边缘人的漂泊状态（如陈千红的欲望流亡、林飘洋的文化流亡），作家对母国的文化本体进行了深层次的剖析与反思。

一　水性的欲望流亡者

在陈希我看来，水性是福建人的地域文化性格。林姓是福建第一大姓，因此，可以将其当作福建地域文化性格的一个缩影。陈希我在《移民》中就特别插入了一段文字，述说林姓人南迁入闽、远渡重洋的生存发展史。历史上历代林姓人为躲避战乱灾荒常沦落为流亡之民，而小说中的现代林姓人则在物质欲求的驱使下成为另一种类型的流亡者。他们最常去的淘金之地是隔海相望的邻国日本，尽管在那里含辛茹苦，充当贱民，但他们可用"辛苦两年，幸福永年"的致富逻辑聊以自慰。还有一些人则飘流到新加坡、加拿大、美国，最终遍布全球各个角落。在《移民》中，"水性"有双重的隐喻意义。首先，"水"是阴性、柔弱的代名词，具有天生的依附性，但是它又可以随物赋形，具有很强的适应与生存能力。流水不腐，变动不居是"水"的天性。说福建人有"水性"，既指其在历史上的弱者地位，也暗示"流亡"是他们的生命常态。"水"的另一重隐喻义则更多地指流亡者的否定性特质，因为"水"还可以贪婪地覆盖一切，是欲望的表征。所谓

"水性杨花"就特指部分女性在情感上如"水"般没有定性。在物质欲望的驱使下，闽地的流亡者也可能恰如水性杨花的女人一样，失去任何操守与原则，成为落魄而贪婪的无所归依的贱民。

在陈千红身上鲜明地体现了这种生存的水性。她母亲年轻时成为下乡知青并被迫嫁给了穷村落的单身汉，于是，她把脱离农村的愿望全寄托在陈千红身上。当得知陈千红分数过低无法去省城上学时，母亲果断地让她到日本去。陈千红切切实实地践行了母亲的愿望。她本来就对乡下和小县城绝无好感，能走出去就有希望，就有无尽可能。在闽地，逃离无望之地投奔富庶之国是人们祈望涅槃重生的不二门径。陈千红正是为了改变逼仄的生存现状而出走日本，在无以为继之后又辗转回乡，再心有不甘地北上京城做最后一搏。无论在日本还是中国，她首先考虑的是生存以及自我的实现，而且无所顾忌，直至身心完全沦陷。

在陈千红身上，欲望持续发酵并裹挟了主体本身，成为一种自发性的不可控的力量。与林飘洋的一小段暧昧是她最具民族意识与自我意识的时期，但这不过是对生存残酷性的一种温情掩饰。当林金座强行占有她时，林飘洋的懦弱无能就完全呈现出来了。毋庸置疑，在异国的土地上，生存有其自身的功利逻辑，它与纯洁无瑕的爱情完全相背。现实原则激发了陈千红身上潜藏的"水性"特质，并且很快形成一种自利化的保护层，将其原初纯情的内心完全包裹起来。在中国城，她依靠林金座有限的淫威，得以维护一种表面的尊严。不过，林金座的力量非常有限，仅仅辐射一个相当狭小的空间。最终，连一家人的温饱他都难以保障。于是，陈千红开始自谋生计，低贱的工作、与男人不间断的调戏构成了她悲苦生活的全部。到了这个时候，女人最后的资本就只剩下肉身了。在"DX"，她成功地攀附上了金主渡边太郎。不过，好景不长，因公司出现经济问题，渡边彻底从"DX"消失了。而林金座的死最终使她无以为倚，只得带着他的抢劫所得悻然返回国内。

　　小说对"死亡"的书写隐含一定的寓意。首先，林金座们也是欲望的流亡者，只是他们选择了另一种极端的方式。其次，林金座之死在物质意义上成全了陈千红，这也暗讽了后者依附的彻底性。母亲那个"水和钱"的比喻应当说是对陈千红最好的诠释，她是水性的，也是钱性的。钱驱使她更水性地活着，而水性的习惯使她对金钱的欲望如滚雪球般越来越大。带着林金座用命换来的钱财，她北上京城经商。为了让生意有起色，她先后依傍于唐鹏飞、孙武等不同的男人，直至最后攀附上权贵魏小徽。在这段生命流亡史中，陈千红遭遇无数坎坷，但最终都通过依附男人得以渡过重重难关。在这里，陈千红水性的人格特质体现得淋漓尽致。这种人格以欲望（不择手段地实现自我）为内核，以依附强者、圆滑处世为其外在表征。在一定意义上，它不只是闽地地域文化性格的浓缩，它更是人世间颇为常见的弱者的势利处世哲学。显然，陈希我希望这两者间形成一种互文性的关系，借以更深层次地针砭时弊，劝诫世人。

　　陈希我的《大势》《冒犯书》等作品，在书写男女之情爱时，都表现出瘆人的阴冷与刻薄。不少评论家费尽心机，祈望在他那黑暗的文本世界里寻获一缕人性的光亮。在《移民》的文本里，我们惊诧地发现，这种光亮突然阔大鲜明起来，以至于让人产生错觉——这依旧是陈希我的书写风格吗？在写陈千红的感情生活时，作家不吝啬地添加了不少温情的作料。与林飘洋、唐鹏飞等人的短暂相处中，陈千红都曾有真情流露的时刻。如果定格于此，读者都会产生走进言情小说世界的幻觉。也就是说，作家在写这些情感片段的时候，并没有让位于任何先验的道德判断，而是客观地去呈现一个流亡者真实的情感波澜。不过，陈千红最终在权衡利弊后选择了更有权或有钱的一方。在写到她对林飘洋、唐鹏飞等人的背弃时，叙述者也没有采取高高在上的批判立场。在这里，我们能看到一个在写作上愈加成熟的陈希我。在以前的作品中，他个人的观念过于强大，以至于扭曲了人物性格应有的发展路径；而在《移民》中，他要优容舒缓得多。他既要写出陈千红情感上的挣扎与苦恼，也要写出她作为一个欲望的流亡者，在人生选择上的趋利与无情。对于一个弱者，"水性"的生存法则更多的是由现实环境逼迫出来的。对此，居高临下的道德宣谕并非更好的选择。

二　文化边缘人的流亡

陈千红是生存弱者，林飘洋则是文化边缘人。作为丧失文化自信的国民，他成为左冲右突的文化流亡者。

与生存的水性相对，林飘洋这个人物身上更多地体现了文化的冲撞与尴尬。《移民》如实地呈现了移民知识分子矛盾的文化心态，即在反思、痛诋本国文化痼疾的同时，欲以西方社会的价值标准重建文化自我；同时又遗留有根深蒂固的集体文化无意识，在遭受歧视时则力图捍卫独立的文化人格尊严，不能舍弃生于斯、长于斯的文化之根。应该说，这是自由知识分子普遍的文化困境——主观的精神选择与现实处境构成一种矛盾对立的关系。理念上，他们有着精神西化的冲动与欲求，但现实层面，他们又身处异国主流社会之外，与其文化格格不入。这就使得这个独特的群体常常难以寻觅到精神家园，处于一种尴尬的文化流亡状态。

在打工者汇聚的中国城里，林飘洋是个不合群的另类，在一群粗鄙者中，唯独他身上顽强地存留着书生的气质。这是一种存在境遇的反讽。在林飘洋眼中，周围为生存而活的人们都是鄙陋不堪的俗人；而在这些俗人看来，林飘洋则是不务正业、毫无用处的废人。同是出国打工的林姓人，别人只是把读语言学校作为拿签证的手段，而林飘洋则要踏踏实实地读书，他心中别有所求。很显然，他又打工又读语言学校，出发点绝不仅仅是为了生存。若为改变自己的物质条件，他完全可以效仿林家举走一条勉力务劳、发财致富的路。林飘洋清醒地意识到，即便在异域赚了钱，但依旧是一个被日本人瞧不起的底层劳动者。因为这种劳动与最基本的生存需求紧密联系在一起，与满足动物本能无异；而读书则让他可以从这种令人窒息的窘境中临时超脱出来。在这一过程中，他文化上的矛盾性已经展露无遗。在潜意识里，他希望得到日本人的尊重，希望成为与他们对等的主体。这恰恰是文化不自信的体现。而作为一个敏感的个体，林飘洋单枪匹马地独自承受下来。不过，在一定程度上，类似于林飘洋这样的知识分子，又总会不自觉地表现出文化的媚相，希望借此获得所在国文化的接纳与认同。在全球化语境中，民族国家的界线依旧森严。当林飘洋得知自己因无法续签而有可能成为无根的"难民"的时候，他异常愤怒和伤心。这时，他的文化心态发生了急剧的转折，由对异域文化的憧憬与爱慕转化为对它的怨愤与抵拒。他没有听从别人的劝告在日本"黑下来"，而是毅然回国。

即便是回国后，这种文化流亡感依旧在继续。林飘洋身上的文化冲撞与尴尬使得他不能像陈千红一样可以随波逐流，很快地适应生存环境的变化。他处在本土文化和异国文化的夹缝中，左冲右突，无所适从。回国后，他先寄身于出国前的学校教务处，后又转换了几家公司。在不同的工作岗位上，林飘洋都遭遇了类似的问题，即无法处理好行政事务上的人际关系。因心理上受日本文化长久熏染，即便回到国内，林飘洋还是会不自觉地用日本式的方式来处理与他人的关系。这种方式在文化上是有隔膜的，它无疑难以应对国内复杂的人情关系。在国内这样一个熟人社会中，人情关系是潜伏于大小规则背后的隐性逻辑。人们热衷于迎来送往、嘻嘻哈哈、勾肩搭背。在这种抱团式的礼俗社会中，为融入群体，个体应磨光棱角，收敛个性。若个体执意捍卫自身独立，保持与他人的必要距离，不愿和光同尘，就必然会被群体冷落与排斥。显然，林飘洋既无法适应也无从改变这种延续千年的文化惯性，他成为母国文化的弃儿，陷入空前的精神危机当中。最终，他再次流亡国外。但在国外，一种悖论又开始呈现，他几乎自动化地表现出对异国文化的抵拒。因无法融入当地文化，他再次成为文化上的边缘人。可见，林飘洋在面对本土文化和异国文化时都采取了消极抵抗的态度。这种双重抵拒加剧了文化焦虑，使其成为左冲右突的文化流亡者。

值得注意的是，无论是在多伦多大学念书或是毕业后工作，林飘洋都不由自主地回到了他所厌憎的中国人的小圈子中。这隐含了一个存在主义式的生存悖谬——所厌憎者正是存在本身。我们无法否弃亦无从自主选择生存的前提，就好比任何人无从自主选择生母与祖国一样。早在陈希我的《母亲》中，这种生存的悖谬境遇就已经展示出来。靠氧气维持生命的母亲成为一家人的负累，而赡养与看护的义务又如先验的道德命题一样神圣。这时，放弃与坚守都是灵魂的炼狱。

三　流亡与身份认同危机

在流亡当中，陈千红不自觉地扮演了双重角色。相对于日本人，她既是种族层面的"他者"，也是性别层面的"他者"，因而处于双重的"边缘"位置，频频遭遇自我身份认同的危机。她之所以能吸引那个日本客人渡边，不仅由于她美丽的双腿，还在于作为中国女人的他者形象。陈千红显然没有清醒地意识到这一点，当她无意识地仿照日本女人的方式对待渡边时，对方并不乐意，认为她太日本了。在陈千红这里，这种双重他者的身份有着相互强化的作用。她好比一个精致的花瓶，且带有异域的色彩，自然更能博取观赏者的欢心。当她不领会这种强化关系，而力图改换种族层面的他者身份时，就可能弄巧成拙，失去性别层面作为他者的吸引力。甚至，性别层面他者的意义很大程度上就由种族层面的他者身份来赋值。当与日本风尘女子和子争风吃醋发生冲突，陈千红的种族特征开始蜕变成负面身份符号时，其性别层面的吸引力也就荡然无存了。由此可见，在异域，陈千红别说成为假日本人，想做回中国人都行不通，更遑论确立自我身份的主体性了。回国后，陈千红遭遇了另一种尴尬。因在日本多年，国内男人自然觉得她身上有了一些国内女人所没有的东洋气，而陈千红也正好利用这种东洋气吸引了孙武。尽管文本未对孙武们的文化心态进行深入剖析，但这一行为本身具有很强的象征意义。它是国人冒犯日本的想象性替代方式，是弱者寻回自尊的一种意淫式文化宣泄行为。在这里，日本女人并没有成为真正的他者，因为想象性的方式并不及物；而陈千红则沦为一种可悲的性道具与中介。因此，她依旧无法找到自身的主体性位置，深陷于一种身份杂合的混乱状态中。当然，这种身份的杂合更适宜她生存，在这种夹缝中，她如鱼得水，总能让自身利益最大化。

值得注意的是，陈千红的双重他者化只是一种身份危机的客观情形，而非自觉的主观焦虑。或者说，陈千红深陷身份危机而不自知。在《移民》中，陈千红们构成了一个移民的主流群体。虽然遭遇诸多与身份危机相关的事件，但总体来讲，移民对于他们来说只是地理意义上的居住地的变动，并未带来强烈的身份危机感与文化焦虑感。即便潜意识里有获得新身份的冲动，也往往更多地与解决浅层次的物质需求相关。他们对林飘洋的鄙夷态度，暗示了文化这东西不切实际，过于飘渺与虚无。其实，在日本打工的人薪资远远超过国内的打工者，也就是说他们在生活上早就超出了一般的温饱水平，所谓物质需求更多地与贪欲相关。在满足贪欲的同时，精神亦常陷于空虚，吃喝嫖赌就成了这当中部分人的生活常态。以林金座为例，他讲究兄弟义气，但流氓阿飞的特征更为突出。后来，他走上抢劫的不归路，也是合乎其性格逻辑的。

在陈千红、林金座那里，功利主义的人生选择与形而上的精神焦虑相左，而林飘洋则陷入一种认同失败的文化对抗中。在他身上，文化焦虑表现得尤为突出。如果说陈千红是水性的欲望流亡者，是主动依附者，那么林飘洋则表现了对身份认同的深层次焦虑，处于一种不洋不中的无奈之中。林飘洋取得过加拿大国籍，但法律层面的入籍是缺乏文化认同意义的，他仍旧遭受着身份认同的诸多困难。比如，林飘洋周末休假，同事就认为中国人是不休息、不娱乐的，因此让他帮忙加班。而在申奥问题上，加拿大人为他的在场感到奇怪，正可谓非我族类，其心必异。再比如魏然，他的物质条件比林飘洋优越，拥有居住身份，家境富裕，且性格活泼。他非常积极地融入异国人的交际圈中，甚至主动追求异国女孩，但仍然难以博得外国女孩的芳心。文化差异使魏然和林飘洋处于一种精神上被阉割的痛苦状态中。

在这些流亡者那里，都有不同程度的身份认同危机，但其具体表现差异甚大。在陈千红、林金座之类的人那里，所谓身份可以和永久居留权或国籍画等号，只要能获得后者就万事大吉了；而林飘洋之颠沛流离，既是为了改变生存处境，更是为了寻求一种切合自身的文化身份。不过，尽管两者在文化自觉上有着重大差异，但母国文化作为一种集体无意识般的存在，对两者都施加了巨大的影响。

四 "文化"的宿命

《移民》虽然名曰"移民"，但其中的人物大多移民未遂。正如陈希我所说的，他要写的不是移民而是流亡。流亡意味着身若浮萍，无家可归。而对林飘洋、陈千红等人而言，还有点逃亡色彩，他们一直在放逐自己，在规避一种不愿与之共处的隐性的巨大力量，这力量来自传统文化根性，它如幽灵一般隐伏在他们身上。为什么要流亡，乃至逃亡呢？因为他们或深或浅地意识到异域文明的先进之处，并充满爱慕与膜拜之情，而当他们纵身一跃准备投入对方怀抱时，却发现脚牢牢地定守在故国大地上，对面也瞬间幻化为一堵冰冷的高墙。

前面提到，在陈千红身上，是无需奢谈什么文化焦虑的。但《移民》中的一个小细节，又透露了一些不同的信息。陈千红带着傻儿子林崛准备乘机移民美国，原本睡眼惺忪的林崛却执拗地待在登机口不肯乘机。傻儿子如同韩少功《爸爸爸》中的丙崽，表明了文化根性的顽强存在。最终，陈千红似乎若有所思地悟到了什么，只好无奈地遵从了儿子的要求，回到这片让她又爱又恨的土地上。显然，在陈千红这里，文化之根以一种隐性的方式产生作用，它好比一个强大的精神结构，笼罩了所有意图背离它的个体。

《移民》一书对个体存在状态的反思与萨特的存在主义具有某种类似性。萨特在《存在与虚无》中曾指明了"我"这个个体的悖谬处境，即在一个主观性林立的世界里，他人即地狱，个体与他人在结构上呈现为永不止息的争斗。既然存在先于本质，那么个人的拯救之道就在于自我的重新定位，在于行动上选择的绝对自由。萨特的存在主义受到胡塞尔现象学的深刻影响，他们都以一种临时的确定性来拯救分崩离析的文明。也就是说，当非理性主义横行之时，我们无法确信事物的独立存在，但可以肯定它们如何反映和呈现于意识之中。为了建立确定性，我们可以将直接经验之外的一切暂时悬置起来，将外在世界完全还原为意识中的内容。这样，主体就成了一切意义的真正来源和开端。显然，存在主义带有强烈的理想主义色彩，没有充分考虑人既是历史的创造者，又是历史的产物这一关键问题，因而后来遭遇失败也是情理之中的事。在萨特的时代，上帝已死，人成为孤立无援的主体，在这样的前提下，企图暂时切断个体与文化历史的联系尚且不可能，遑论在文明传统异常强大的中国。在这个古老的国度，传统的力量渗入社会的每个细胞，构成了生命最基本的部分。任何人都难以将自己完全剥离出来，成为一个在行动上可以自由选择的人。哪怕是林飘洋这样的左冲右突者，最终也没能打破这个文化魔咒。《移民》中还列举了一个意味深长的例子——马原的流亡。这一过程充满反讽。他躲到山清水秀之地，以为可以就此搭建自由的人性王国，但很快，他就卷入一宗有关土地征用的纠纷当中，且受到人身伤害。值得深思的是，问题的最终解决还是搭帮了马原的文化声望与社会关系。

马原事件是一个绝佳的符号象征。他力图搭建的封闭的自由人性王国——就好比存在主义者希望将经验之外的世界"悬置"起来一样——更多的是出于诗性想象，在现实中必然阻力重重。让人感慨的是，马原最终依赖的恰是自身厌憎与反对的。类似马原者，都有很强的文化自觉意识，该抵拒什么，又当迎合什么，心里是十分明了的。但几乎静态的文化结构如同铁幕一般的存在，抵拒和迎合似乎都无济于事。这就好比我们要提着自己的头发离开地面一样，都是不可能的。因此，林飘洋式的流亡者的尴尬在于，即便走到天涯海角，他们也无法摆脱那个与生俱来的文化根性。作为每个在这块土地上土生土长的人先天的文化基因，它早已成为每个携带者精气神的一部分。无论它具有多少劣根性，也无从清除与摆脱。当陈千红终究因林崛留下时，叙述者发出如下感慨："她的一切都在这里，就像一棵榕树长在了这里，跟这块土地盘根错节；或者说，是一粒沙子长在海蚌的伤口里。"① 林飘洋的最终回国寓意良深。对于知识分子群体来说，去国外寻求真知在一定意义上是他们百年现代性追求的延续，通过接触更加广阔的环境和开放的文化，他们可以更好地超越自身，实现生命价值。但作为文化他者的移民者要时刻经受强势文化的审视与打量，犹如芒刺在背。林飘洋劝说魏小徵回国自首，其实也是对自身的文化心理审判，那种以为可以从自己的国家金蝉脱壳的想法是不现实的。恰似"一粒沙子长在海蚌的伤口"，林飘洋们最终选择了直面文化根性，与其共生共存。

一定意义上，这正是陈希我精神受虐诗学的延续。在他的文学世界里，出现了不少歇斯底里者。他们看破了红尘万物的本相，但又无法超脱这一切，毕竟这就是生存本身。黑暗无边而来，他们都在竭力寻求一丝光亮。林飘洋们深陷文化泥淖，精神极度苦闷，但恰恰就在这种自虐中，主体才有文化改变与创造的诸多可能。文化根性是坚硬而恒久的存在，但主体精神的受虐，至少预示了文化良性渐变的点滴希望。

第三节　文化悲歌与乡土缅怀

重复是人类生活的常态，朝九晚五，一日三餐；重复是生命存在

---

① 陈希我：《移民》，金城出版社 2013 年版，第 5 页。

的方式，四季循环，繁衍生息，周而复始。与人类生命、生活息息相关的文学亦与重复不可分离。希利斯·米勒在《小说与重复》中曾说过："任何一部小说都是重复现象的复合组织，都是重复中的重复，或者是与其他重复形式形成链形联系的重复的复合组织。"① 在米勒这里，重复是重要的叙事手段，甚至是小说本体性的存在方式。小到词语、句子，大到情节、场景，或显或隐的重复形成了作品的内部结构并支撑着文本意义的产生。作为作家自觉的叙事技法，于怀岸的长篇小说《合木》② 中的词句重复、情节重复、跨文本重复等共同指向一个主题意蕴——乡土缅怀与文化悲歌，并体现出作家一贯的书写立场与精神追求。

一　词句的复现

对于词句重复的讨论古已有之。《文心雕龙》中曾言诗歌写作忌"同字相犯"。重复在传统诗词书写中既是禁忌亦是常态。陆游的《钗头凤》中"错，错，错""莫，莫，莫"通过重复、回环的方式形成了沉郁凄婉的抒情效果。重复使诗词具有复调式音乐特质。比之于冷静简练的叙事诗，抒情诗往往热衷于追求重复回环的修辞效果。李白的《蜀道难》《将进酒》等乐府诗歌就以词语、句子甚至段落的重复使诗歌的感染力倍增。在小说中，词句重复作为一种叙事策略同样颇为常见。于怀岸的《合木》中出现大量词句的重复，这显然不是无意的疏忽。《合木》一方面以合木木匠的视角描述现代化浪潮冲击下乡村所经历的生存方式的改变；另一方面以"我"这个手工艺人"不变"的生存态度和生活节奏表达对乡土文明的怀念与对现代性的批判。与这两方面相关，小说中词句重复的作用一方面在于推进故事演进，告知读者什么在变；另一方面在于塑造杨姚、胡长顺执拗的乡村

---

① ［美］J. 希利斯·米勒：《小说与重复》，王宏图译，天津人民出版社 2007 年版，第 3 页。

② 于怀岸：《合木》，刊载于《江南》2018 年第 4 期。

匠人形象，并对猫庄匠人不变的慢生活进行突出强调。

《合木》中，表示时间跨度的词句多次复现。其中，"四十年"出现五次，"三十年"出现十八次，"三四十年前""三十年前""三十年来""三十岁之前""三十岁之后"这些词亦反复出现。与这些词语重复并行的是相关句子的大量重复，"我做大料木匠四十年"与"我做合木木匠三十年"在文中不断以相似的形式出现，有时在段首，有时在一段情节的末尾。小说中时间词句的重复揭示了中国乡村前现代时间观与现代时间观的对立，形成慢与快的对比。主人公杨姚生活的年代正值中国社会政治经济的转型阶段，改革浪潮席卷城市，市场经济全方位重塑社会生活。"快"节奏成为现代城市生活的关键词，只有速度才能产生效益，只有速度才能获得先机、抢占资源。速度带来经济实惠的同时也改造了人自身。人被裹挟进飞速运转的现代社会，对速度的追求使得人们给固有的时间容量以最大限度的填充，因而逐渐丧失对时间的感觉和把握能力。无远弗届的功利主义主宰了人，形成现代都市群体的浮躁心态，人性也在功利主义的驱使下变得扭曲。城市化进程产生外溢效应，同样改变了乡土中国的生活形态。小说中主人公不断提起自己的木匠职业，"四十年"和"三十年"两个词语重复的数量差异很大，到了后来甚至只会提到"三十年"。"四十年"向"三十年"的转变暗示了杨姚职业的变化——由一个起屋木匠转变为一个合木木匠，这揭示了在现代性冲击下乡村生活所受到的巨大影响。"时代的滚滚洪流"在文中重复了七次，每次出现都必然伴随着猫庄人和事的改变，如现代化机器生产对传统小作坊生产的冲击、农村人到城里打工、拆木屋建砖房、传统手工匠转行、殡葬改革等。当现代性潮流汹涌波及乡村时，乡土秩序和人伦来不及被动应对便被瞬间吞噬，人们除了随波逐流外别无选择。"时代的滚滚洪流"反复回旋，将乡村人的焦虑、不解和无奈表露无遗。

不过，与乡村诸种"变"相对，语句重复还向我们展示着恒定与"不变"。语句重复将木匠杨姚与舀纸匠胡长顺等传统手工匠人执拗的性子予以强化，揭示了他们对传统乡村生活的回望与坚守。对于生活在猫庄一辈子的杨姚来说，现代世界的"快"与自己无关，小说从第一人称"我"的视角出发将四十年的木匠生涯娓娓道来。"我做大料木匠整整四十年，从二十岁一直做到六十岁。前十年跟着师傅到处起屋，后三十年我一个人走村串寨合木。""我做大料木匠整整四十年，前十年跟着师傅起屋，后三十年我一个人合木。""我做合木木匠三十年"这句话以相似的形式在小说中穿插环绕，重复出现十几次。对于"我"来说，时间是缓慢的，生活是循环的，"我"的生活是在合木人家与自家间两点一线、永无休止地循环下去。周围人事变幻，十年起屋，三十年合木，"我"总归是猫庄的木匠。

"我喜欢做大料木匠，我喜欢走乡串寨，我上有老下有小，我不喜欢背井离乡，更不喜欢抛妻别子，没人请我起屋之后，我就去四村八寨合木。这一做我又做了三十年，一直做到现在老了，再没人请我了。"杨姚宁愿放弃起屋去合木也不愿离开村庄另寻出路，小说连用两个"我喜欢"，又紧跟着用"我不喜欢""更不喜欢"表达了"我"对乡村循环性慢生活的享受以及对现代生活方式的厌憎与拒斥。"我喜欢用斧头劈、砍、削木料，喜欢用锯子锯、刨子刨木板，我喜欢闻柏木、杉木、桐木等各种木料散发出来的清新的带着树脂味儿的微微的香气。我喜欢汗水从我额头、面颊滴落，开沟似的沿着胳膊、胸膛和背肌流下来的感觉，等到晚上冲个凉水澡或洗个热水澡，那真是无比的惬意。一觉睡下去，第二天什么时候天亮的也不知道……但我不喜欢这些高科技的玩意儿……我更受不了随着锯齿转动，木屑粉末飞溅，像有人不断地抓沙子往脸上扔，打得整张脸生疼生疼的，木屑粉末也直往嘴巴、鼻孔和眼睛里钻，令人非常不舒服。"此处，作者连用三个"我喜欢"并紧跟"我不喜欢"和"我更受不了"，为我们呈现了一种果决的疏离现代性的生活姿态。所谓"慢工出细活"，手工艺人的生产远离浮躁和趋利。木匠杨姚拒绝使用电动工具，在使用传统工具的劈、削、锯、刨中，他将身心沉入自己所创造的作品中去，实现了充满灵韵的物我同一。无论是师徒二人给吴有发家起的五柱八挂的大屋、给胡长顺家搭的吊脚楼，还是杨姚独自合的木都倾注了手工艺人的心血与汗水，他们对完美手艺的追求与全身心投入自是冷硬器械难以比拟的。传统手艺创造的是艺术，产生的是充实，带给人的是温暖。

小说还运用句子重复将作者对传统手艺日渐消失的那种痛惜之情更强烈地释放出来。当得知师傅和"我"给乡人们起的木屋被拆掉时，"我"气愤、悲叹，"我们花了整整十四个月起它，狗日的吴有发只花了半个早晨就放倒了它"，"起一栋屋从开始备木料算起至少要一年半载，拆一栋屋只要半个早晨。"句子的重复起到强化小说情感与叙事张力的作用。执拗的吕纸匠胡长顺在没人买纸的情况下仍不断吕纸，当他无力阻止父亲胡天明拆掉吊脚楼时痛苦不已地向杨姚倾诉，"他给我说，多好的吊脚楼和厢房啊，拆屋的那天晚上，我哭了，你信吗？""多好的一座吊脚楼，拆了真是可惜！就是劝不住我爹，我和周小芬都劝不住他。拆掉的那晚我都哭了，胡长顺看了我一眼，有些不好意思地说，信不信由你？"小说在叙述"我"和胡长顺之间情感纠葛的开头和结尾时引述如上对话，"我"对胡长顺的夺妻之恨在"我"与他对传统手艺珍惜与不舍的情感共鸣中消弭了。小说同样以重复语调表达"我"对他的宽谅与认同，"就因为这一句话，我跟他所有的恩怨一笔勾销，就因为这一句话，我认定了他是我一生最好的朋友"。在杨姚和胡长顺这些传统手工艺人眼里，他们创造的"物"（木屋、棺木与纸）绝非仅是用来消费的商品，"物"因走入乡村生活而富有生命。"物"的生机在于其厚重的文化底蕴，它所延续的是文化生命。经由语词重复叙事，传统手工艺人"慢"与"静"的匠人精神与机械复制社会的"快"与"燥"形成鲜明对比，传统手工艺人坚守乡土文明的执拗态度及其对现代性入侵的无奈与悲郁在词句的回环往复中亦得以强化与宣泄。

二　情节重复

《合木》中的情节重复亦很常见。重复是生活的常态。对于一个乡村农民来说，最理想的生活莫过于"三十亩地一头牛，老婆孩子热炕头"，娶妻生子，生生循环。作者在这部小说中通过对"出走"情节的重复叙事向读者展示了主人公杨姚重复的日常生活理想是如何被打破的。"出走"情节在于怀岸的小说叙事中比较常见。在《合木》这部小说中，贯穿木匠杨姚一生的就是一个个出走的故事。爱情和亲情是支撑一个家庭的精神力量，但彭二妹的情感背叛与出走使他失去爱情，女儿出去打工并远嫁他方使他失去老来的倚仗，儿子出走城市打工杳无音讯、生死不明使他绝望。他的理想生活被彻底粉碎。"出走"情节的重复是推进故事演进的重要力量，三次出走情节之间并非平行关系，而是存有因果联系的行为。首先，三个人的出走都与所谓的"时代滚滚洪流"有关，进城务工成为许多农村人的生存出路。其次，儿子和女儿的出走在很大程度上与不和谐的家庭关系密切相关，杨姚和彭二妹关系的冷淡、孩子与杨姚关系的疏离是促使儿女远离猫庄的情感因素。最后，"我"合木木匠这个身份是彭二妹出走的根本原因。所以"出走"重复这一叙事策略再次指向小说的主旨——"我"对乡土生活的坚守。"我"合木情节的重复与家人出走情节的重复共同构成小说叙事的内在张力。一次次合木使"我"终于成为职业的合木木匠和孤家寡人。

情节重复对塑造人物性格具有强化的作用。杨姚是坚守乡土生活方式的手工匠人，对这一人物性格的塑造主要通过"合木"情节的重复来实现。"合木"是杨姚生活的重要组成部分，当理想生活屡遭"出走"的反复破坏时，存留并重复的是合木。杨姚对做合木木匠的抗拒情节在小说中多次重复，"那时我对合木这个活儿都心存抵触，很不情愿地被谢家旺硬拉来干活儿"。"一直以来，在我们猫庄一带，合木木匠就被认为是个不祥的人，是被上天诅咒了的人。这也就是我一开始并不想做合木木匠，也是我老婆彭二妹坚决反对我做的根本原因。""主要那时我也没有想到我今后就会做合木木匠这一行，只想给谢家旺老娘合完后，我仍是要去做起屋木匠的。""我做合木木匠三十年来，不是没有想过改行，不是没有想过放弃做合木木匠，特别是在那个雪夜里发现彭二妹跟别人睡在我家的床上后，我睡着不起的那三天三夜里，我就想透了，我不干这个了，我想我哪怕种地也行，不会我可以学嘛。""对于合木这个为死人服务，让我身上充满了死人味儿，像一只黑乌鸦一样讨人嫌的职业，许多年来我真的爱不起来。"杨姚不愿成为合木木匠的重复表达与他的一次次合木相对照，给师傅合木是出于恩情，给谢家旺的母亲合木是出于对谢家旺的敬佩，给彭明勇父亲合木是出于乡里之情，给二姑爷合木是出于亲情。胡长顺与杨姚有夺妻之恨，他仍然出于职业的责任感给胡长顺父亲合木，彭二妹背叛并离开了杨姚，他仍然给她合木。这些不同质的"合木"情节的重复塑造了合木木匠杨姚善良、守信、宽容、执着、勇于担当的人物性格。杨姚这些可贵的品质是传统手工匠人集体性格的浓缩，当"我"每次合木时，师傅的话就会反复萦绕在我耳边："我师傅说过，永远不要让一个好人伤心，更不要让一个好人失望，因为这世界上好人太少了。""师傅生前常说，做一行，爱一行；做一行，敬一行。""师傅在世时说过，我们做匠人的，最忌的就是好色，不仅会坏了自己的名声，也会坏了这一行的规矩。"作者在小说中赋予传统乡村手工匠人以优秀品质，这又与被名利驱使的功利社会形成鲜明的对比。无论是乡村还是城市，手艺对于很多人来说都只是赚取金钱的工具。小说采取情节和场景的重复意在缅怀传统手艺人良好的品性。

"死亡"是除"出走"和"合木"之外小说中另一重要情节。"死亡"情节的重复主要是为了强化一种偶然与必然相交织的宿命意识。在现代性浪潮冲击下，乡村社会的巨变已成不可逆之势，小说利用死亡情节的重复来揭示乡村的风云变幻。刚过六十的师傅身体健硕，却在给吴有发起屋上梁之时被木梁打中头部死亡，师傅之死隐喻乡村现代化大幕的开启。师傅是猫庄真正意义上的最后一个传统木匠，他死后，起木屋的人少之又少，师傅的徒弟相继转行或向城市寻找出路。胡长顺是猫庄最后一个舀纸匠，造纸厂的兴起击垮了他的舀纸作坊，乡镇的拆迁使他丧失了住了大半辈子的家屋。葬入土中换得死后的安居成为他唯一的想望。在殡葬改革普及之前，他选择喝农药自杀。"我"在师傅死后由起屋转为给人合木，是猫庄一带最后一个合木木匠。"我"在死之前如师傅一样身体强壮，当遭遇诈骗后意外得知儿子失踪多年的真相，"我"失去了对理想生活的最后希冀，躺在自己合的木里自杀而亡。师傅之死亡是偶然，"我"和"胡长顺"之死是人为的必然。三人的死亡共同指向了乡土传统文明形态的式微。小说通过死亡情节的重复揭示了传统手艺人在时代历史进程中无可避免的悲剧命运。

三　跨文本重复

上述词句重复和情节重复都是复现于文本之内的。其实，跨文本重复也是作者善用的叙事策略。跨文本重复指的是，一部小说可以重复其他小说中的动机、主题、人物、场景等。跨文本重复既存在于同一位作家的不同作品之间，亦存在于不同作家的不同作品之间。《合木》中主要有故事空间、人物身份和意象等跨文本重复。在中国当代文学史上，许多作家以重复的故事空间构筑自己的精神故乡。贾平凹、张承志、韩少功、李杭育等人都执守某一乡土场域以找寻文化之根。于怀岸是个有血性的湘西作家，在他二十几年的创作生涯中，"乡土"成为他不可割舍的创作指向。他曾经在一篇创作里表达过自己的创作理想，即建造一个完全虚构又与真实世界有着千丝万缕联系的世界，因此他虚构了"猫庄"这一文学故乡。"猫庄"是他众多小说中不可缺少的精神文化空间。通过"猫庄"这一叙事空间，意在使读者体察中国历史巨变中民族的兴衰、文明的更替与个体命运的变化。"回不去的乡村"是其打工系列作品的精神内核，在《青年结》《骨头》等作品中，他描述了走出乡土（猫庄）的苦痛与焦灼以及城市与乡村之间的撕裂。《白夜》《屋里有个洞》《夜游者》《幻影》等作品意在展示"封闭的乡村"（猫庄）中民众生活之种种，譬如乡村的落后愚昧、人性的野蛮以及日常生活的空虚与滞重。这些作品在诗性田园的乡土想象之外道出了真实的乡村境况。《一粒子弹有多重》《爆炸》《大鱼》依托"猫庄"这一空间展示历史的风云变换与个人命运遭际的交织。向传统乡土社会致敬是于怀岸长篇代表作《巫师简史》（《猫庄史》的扩延版）的主旨，他将家族命运与国家历史相结合，以"文化乌托邦"的建构实现对现代性的反思。在重构猫庄历史和揭示走出猫庄的复杂心理纠葛之后，他又将视线投向"猫庄"及周围乡村的变迁。近作《合木》透过"我"一个猫庄合木木匠的视角来展现现代性大潮下乡土的阵痛。通过空间复现，《合木》中的"猫庄"显然与前述创作构成了一种深度互文结构。

除故事空间的跨文本重复外，《合木》还表现出人物身份与意象的跨文本重复。20 世纪 80 年代以来，国内逐渐兴起以传统手艺人为书写对象的小说创作热潮。这类创作往往依托特定的乡土空间来塑造精通某一传统手艺的匠人形象。譬如汪曾祺的《戴车匠》中的车匠、王润滋的《鲁班的子孙》中的木匠、李杭育的《沙灶遗风》中的画匠、莫言的《枣子凳子摩托车》中的木匠等。这些创作究其根本都是当时文化寻根的产物。于怀岸的《合木》无疑是 20 世纪 80 年代以来文化寻根热的余响。《合木》中这种身份书写的重复与文学史传统具有内在延续性，即对匠人精神的高扬，对匠人美好人性的歌颂，对"最后一个匠人"的感叹。同时，于怀岸对匠人形象的塑造又具有独特性。一是对匠人复杂心理的刻画。那些以手工匠人为书写对象的小说往往呈现出一种细腻、宁静的诗画风格，而《合木》在强调"慢"手艺的同时，一种焦虑感遍布字里行间。"我喜欢做大料木匠"的畅意和"我"做合木木匠的无奈共存，"我合木整整三十年"的自语与"我再也不能合木"的忧虑交替出现，这刻画了杨姚对合木木匠身份既排斥又认同的矛盾心理。作者意欲用匠人精神来对抗现代社会的急功近利与欲望膨胀，又深感渺小个人抗衡现代性历史大潮的无力，因而只能无奈地抒发对日渐消失的传统手工艺的缅怀之情。二是该小说不以突出匠人的"奇"功为重，而是以浓郁的宿命意识道出手工匠人的生悲死痛。小说充满悲剧意味，具有美好品性的手工匠人并没有依循"善恶有报"的因果轮回而得到福报。胡长顺一生执着于臼纸手艺，一心想葬入自己备好的木中，但即使自杀提前死亡也最终死无葬身之地；杨姚为了不背井离乡和抛妻别子而做合木木匠，结果却换来了妻离子散的下场。这种悖论式的宿命轮回加深了小说的悲剧色彩。

房屋是乡土小说中勾画乡村图景必不可少的意象，在乡土作品中承担着重要的叙事功能。"房屋"和"家"紧密相关。加斯东·巴什拉说，"如果没有家屋，人就如同失根浮萍。家屋为人抵御天上的风暴和人生的风暴。它既是身体，又是灵魂，是人类存在的最初世界"。屋是家的象征，它既能为生命带来安全感，又是提供心灵慰藉的场所，所以才有"安得广厦千万间，大庇天下寒士俱欢颜"和"躲进小楼成一统，管他冬夏与春秋"这样的诗句。从古至今，拥有一所自己的房子是每个人内心最基本的渴求。

21世纪以来，房屋意象被作家频繁启用。在21世纪的乡土小说中，房屋意象更多指向"家"的崩塌与乡土文明的衰败。《合木》亦表达了近似的主题。房屋意象曾在《巫师简史》中起着重要的叙事功能，猫庄人的木屋被土匪烧毁，巫师赵久明在建造新木屋祠堂上梁时遭毒箭穿心而亡，新任巫师赵天国受城里洋人天主教堂建筑的启发大胆改建石屋以抵御天火与土匪入侵，这石屋终成难以攻破的军事堡垒。石屋对木屋的替代和两代巫师的更替之间形成微妙的对应关系，被损毁的木屋象征着传统文化在诸种现代性力量合围之下的土崩瓦解，石屋意象则是现代性力量的象征。在《巫师简史》里，脆弱木屋与坚固石屋的对立正如法器与枪的对立，均是现代性入侵在物质层面的反馈。《合木》中，房屋意象再次出现。房屋连接着生与死，小说中多次出现对地上的屋与地下的屋在人们心中的重要性展开讨论的场景。对于乡民来说，地上的屋与俗世幸福相关，地下的屋与天堂安乐相关，所以猫庄的人能以住上向师傅起的屋为荣，要睡上杨师傅合的木才安心。一幢房屋占据一个空间，当生命在世的时候，温馨的家屋是他们的摇篮，当生命结束，他们可以在棺木里将已消逝的时间绵延，精魂得以在空间和无限绵延的时间中永驻，这正是"房屋"空间的乡土意涵。乡村生命的历史由房屋意象来确证，"那是一条非常美丽的峡谷……溪水两边是坡地，散乱而有序地建着十多栋房屋，房屋一律皆木屋，青瓦黑壁，古朴宁静，屋旁是田地，夏天绿油油的，秋天一片金黄，一到冬天，那里的雪总是比别的地方来得早，白茫茫的一片"。房屋与村庄周围的环境融为一体，生命在宁静和谐的田园中世代繁衍。谢宗玉的散文《麦田中央的坟》意味深长。房屋、祖先的坟与周围环境形成一种和谐的氛围，由生到死，由死而生，生命在乡村的时空中得以循环。但《合木》中却透出一种不祥的气息，房屋换代（由木屋到砖房再到洋楼）、强制搬迁和移坟推墓打破了乡村生命循环的固有状态，轰然倒塌的木屋正是乡土文明"安土重迁"的传统思想在现代性冲击下失效的象征。

第二章 地域书写与超克地域

　　作家的创作或多或少都受所在地域的影响，所谓生于斯长于斯而感于斯。文学有地域空间性，但又不仅仅局限于此。地域可以展现作家的独特个性，过度依赖它又会使作家囿于其中而疏于观念的介入。因此，本章以海南与湖南湘西两地文学创作个案为立足点，一方面考察地域如何成为激发作家灵感的文化宝库；另一方面，在批判当代文学部分创作过度依赖地域文化这一现象的同时，探索文学创作实现地域超克的可能性。

　　在现代性以不可阻挡之势席卷全球的当下，海南岛因其地理位置，在椰风海韵与喧嚣的现代性进程间构筑了一道天然屏障，从一定意义上延缓了这一进程。不过，以现代性为总体特征的外来文化与海南本土文化相交汇，形成了一种风格独异的文化杂糅。崽崽、林森等一些敏感的本土作家对这一文化形态有着独特的体验。与自我认同相关的尊严守护，以及弥合现代与乡土的冲动，自然构成了本土地域书写的精神内核。不过，此类书写奏响的仍旧是一曲忧伤的文化挽歌。21世纪以来，湘西文学接续前期的繁荣呈现出异军突起的迅猛发展势头，成为文学湘军的重要力量。继沈从文之后，出现了一大批有影响的作家，部分作家的作品还走向了海外。他们一方面继承了沈从文开创的乡土文学传统——展现湘西地域特色，追溯湘西历史，表达对民族文化精神的坚守和反思；另一方面则以敏锐的眼光和独到的思考审视当下、抵达未来，在创作技巧和手法上多元化。论者分别通过作家视角和批评家视角来考察当下该如何走出自沈从文以来的写作传统、如何表述当下的湘西、怎样使写作从湘西走向世界，从而凸显湘西文学的超越性品格。

第一节　文化杂糅与海南本土书写

一　风格独异的文化杂糅

海南自古以来都是备受冷落的偏远之地。黎族文化默默无闻地隐藏在这个安静的角落里，直到贬谪的苏东坡在这边隅之地留下了些许文化馨香，使中原的气象略略有所存现。中华人民共和国成立后，历史足迹使海南开始成为人们关注的对象，"红色娘子军"的革命想象在这片土地上萌生，也意味着海南文学与历史进程的关系日益紧密。从 20 世纪 80 年代建省到目前国际旅游岛计划的实施，海南不仅成为人们捞金淘银的"福地"，也成为知识分子争相奔赴的热土。外来文化随移民作家的加盟携尘而来，与本土文化成对照之势，在两者形成的张力的推动下，海南文化自身发生了意味深长的变化。但从整体上讲，外来作家仍受着"生于斯，长于斯"的故土影响，海南美丽的自然风光和人文积淀并没有很好地在这些移民作家身上实现血液的替换——他们要么在椰林小径里继续构思着故土的故事，要么已经放弃地域的想象而实现思想的转型，又或在网上开拓另一重写作空间。总之，海南的地域文化在他们的小说中终归是浅唱低吟，即便是 80 年代形成的"大特区文学"也不过是为他们提供了一个临时的书写场域而已。

即便如此，文化也不是凝固的"神话"，而是持续性地处于交汇生成之中。海南岛于 20 世纪 80 年代加速进行的现代化，既吸引了外来人才，也带来了以现代性为根本特征的外来文化。当外来事物登陆特定地域，必然会与之产生相互碰撞的"化学"反应，这种反应可以有效地辐射在本土作家身上，使他们产生对故地新的文化想象，并灌注于作品之中。以现代性为总体特征的外来文化与海南本土文化相交汇，形成了一种风格独异的文化杂糅。这一进程既给本土文化带来了新鲜血液，也带来了撕裂性的疼痛。因这一进程还在继续，本土作家很容易就可以感触到这种对抗性的融汇与紧张。

海南独特的自然环境使其具有"天生人、天养人"的优势，正因如此，人们也就相对散淡。正如斯达尔夫人在对法国南北文学区别的比较中提到的，自然环境对人的性格气质影响颇深。古代各个时期从广东、福建及大陆各地迁移至海南的人，同本地的原住民在海南得天独厚的自然环境浸润下形成了共同的生活习性。三三两两闲散的海南人，在椰子树下成天地喝着老爸茶，就是海口最简约传神的素描。经济与文化的边缘状态使岛民们普遍缺乏一种现代理性与进取精神，这有点符合外地人对海南人的夸张想象，即类似于生活在深山老林里的山野村夫一样不谙世事。这一想象可能疏于考虑地理、民族、历史、经济等诸因素所造成的海南文化的杂糅状态，但它起码暗示了本土作家书写实践具有的在地性。相比外来作家，他们对城市和乡村的书写无疑更能体现海南的地域文化特色。比如崽崽，就是当代比较执着于海南书写的作家，他对海南人的了解可谓深到骨髓，因此可以成为分析的标本之一。他的一些文本提示我们，海南人的生活仅从基本需求层面上看是富足的，"醒了就吃食"，饭桌上一定要有荤腥，吃的不好被人笑话，"吃肉好过吃药"。在市场经济还没有席卷之前，他们是只在吃食上打转的，后来商品经济之风刮过海南，股票交易、彩票、发廊、房地产等灯红酒绿的东西也进入他们的生活。不过，现代意识与理性精神始终不足。崽崽在小说中就塑造了许多此类底层海口人形象。海南湿润的气候及临海多水的地理优势造就了一批从事渔业的买卖人，而20世纪80年代启动的现代化进程优化了职业结构，随之诞生了一批出入公司的小职员。即便在后者身上，也鲜有内地大都市的那种快节奏。他们日常生活散淡，流连于街头巷口、老爸茶店或夜晚的宵夜摊椰子铺，这些带有地方特色的场所与海口人懒散的气韵共同构筑起世俗化、生活化的文化景观。相形之下，外来移民则带着与本地人截然相反的性情踏足这片慵懒的城市，他们不管是刚刚起步的创业人还是成功的企业家都带着激情与渴望，不想浪费生命中的分秒。这种差异有着文化的根源，但其本身也成为一种影响作家的文化杂糅。

二　文化"痛点"与尊严问题

文化杂糅以地域为前提，它已经成为海岛本土作家的生存处境，成为他们无从逃离的书写宿命。因海南经济起步较晚，这种以现代性进程为主要动力源的文化杂糅的出现也是最近的事。尤其在海口这座移民城市，外来人口几乎成了现代化的主要载体，他们与本地居民构成了有趣的对照。从整个海岛来看，现代性进程则是一个"野蛮"的闯入者，它"蛮横粗鲁"地破坏了原生地域的文化生态。海南一些敏感的本土作家，对这些文化"痛点"有着深切的体会。

尊严问题就是文化杂糅情境下海南本土作家常涉及的一个文化"痛点"。在这里，我们可以看到文化重塑人的尊严的巨大力量。福柯曾谈及尊严问题，他更为关注尊严中的自我因素，即有自尊才有真正意义上的尊严。也就是说，应通过"自我技术"，"使个体能够通过自己的力量，或者他人的帮助，进行一系列对他们自身的身量，或者他人的帮助，进行一系列对他们自身的身体及灵魂、思想、行为、存在方式的操控，以此达成自我转变，以求获得某种幸福、纯洁、智慧、完美或不朽的状态"①。关注自我（涉及身体、灵魂、思想、存在方式）是"自我技术"的关键，只有关注自我才能实现人自身的尊严。这在恩恩的小说《我们的三六巷》中有着很明显的体现。外地人"闯海"是穿插小说的一条主线，文本将外地人与本土人放在同一故事空间中进行对照，他们性情各异，但大多缺乏一样东西——尊严。卓金

---

① 汪民安：《福柯读本》，北京大学出版社 2010 年版，第 241 页。

在其小说中俨然是一个完美的人物，本地男孩吉仔经由卓金的引导，在接触社会的一系列事件后逐渐地完善了自身人格，并有了一种更加健全的社会尊严观。这不妨说是崽崽的刻意为之，外来文化价值观在与本地的互相试探冲突中达成了完美的融合，而吉仔则是这一过程后的理想构型。

我们从饮食文化上看出海南人朴实率直的品质，"我们海南人吃东西就讲一个鲜字，吃东西就吃一个味……就是清水白煮……你们大陆人就爱自己骗自己，花椒、辣椒、八角"[①]。海南人原汁原味，没有大陆人的精明与圆滑。对吃早茶也特别重视，穷的喝茶吃包，富的啃鸡爪，下猪肚牛杂，无论富穷，总要在茶店折腾一上午，谓之吃"韵味"，甚至公司、单位开会也要挪到茶楼，边啃鸡爪边领奖状。在茶楼里吹天谈地，在行动上却畏缩不前。外来的闯海人则充满了奋斗精神，三六巷人每天吃茶逗乐看着卓金、琼生、星星等外地人从穷困一步步完成自己的奋斗目标，却只会说"小富在俭，大富在天"，或者为邻居盖房子几平米地之类的芝麻小事争得面红耳赤。当然，崽崽更着重于对"原住民"人性的思考。他谈到吹牛时说，海口某些人吹牛是为了让别人看得起自己，但也就到此为止了。可是某些外地人吹牛，让别人看得起自己只是一个台阶一个序幕，一场好戏跟在后头呢![②]只有通过自己的主观努力才能获得自尊，也才是赢得尊严的关键。但我们从福柯的有关论述中可以看出，奉行功利主义也许会一时成功，但人却异化了。所谓的"成功人士"无不处于现代性负面效应的笼罩中。经济社会人往往沦为物的奴隶，譬如琼生的金钱至上，李梦莲的沉沦物欲世界。很多闯海人最终都成为被物质操控的提线"木偶"，而吉仔则实现了精神的升华，阿霞也从三六巷的狭隘自私中逐渐通达了敞亮的境界。

---

① 崽崽：《我们的三六巷》，江苏文艺出版社 2012 年版，第 104 页。
② 崽崽：《海口人》，《天涯》1995 年第 6 期。

显然，面对物欲重围，人的品格还是要留存那"原汁原味"的素朴才好。海南本土文化中特有的慵懒、散淡，有时或可成为现代性急躁冒进的一剂解毒良药。探讨人的尊严和精神的缺失，是崑崑城市叙事的重要主题，这也是很多本土作家持久关注的，如韩芍夷的长篇小说《驿动的年轮》、吉君臣的《丽人出城》，都力图在物欲横流的都市寻求精神重建的可能。显然，这些本土作家都在有意无意地回望乡土，希望从那里重寻灵魂的力量之源。

三 地域文化与精神危机

现代性进程席卷了海南的城市，这里的霓虹灯又引诱了大大小小的县城和乡镇，五光十色的物质生活背后是欲望的持续性发酵。准宗教的巫文化一向是中国人值得信赖的精神依托。但在现代性的洗礼中，这一巫性文化传统也受到了很大的冲击。当天上三尺不再有"神明"时，乡民们的精神该寓居何处呢？这些乡民们的精神苦恼，正是作家想挖掘的。海南本土作家林森的小说《关关雎鸠》以带有地方特色的笔墨呈现了小镇人人生的困境，揭示了海南人的情感和精神危机。军坡节装军、看婆祖、拜五海公是瑞溪镇人历来非常重视的事。军坡节是为纪念女英雄冼夫人而举办的民间节日，在这天，装军是振奋人们精神的重大仪式。凡谁家有病有灾，让六角塘村的婆祖想个解救之法必定有效，五海公则是全镇人的神明。很快，小镇开始有了新生事物，白小姐的彩票、吸毒、永发镇嫖娼、啤酒机赌博、色情录像厅和迷情脱衣舞，花花绿绿，应有尽有。总之，一切都变了。老潘家祖孙三人平凡无奇，但生活却已波澜迭起了。宏亿吸毒不能自拔，宏万买偷来的摩托车连累父亲进了监狱，老潘则在老伴和儿媳妇的逝去中一天天愁苦终老……现代性的消极力量强力地挤压着人们的精神空间，并惩罚性地将他们抛到了神性荒芜的"世俗之城"。军坡节取消，年轻一代的美好记忆不复存在，尽管后来发掘民俗，又恢复了装军，甚至增添了许多莫须有的文化节，但小镇民俗传统的精魂早已丧失殆尽。婆祖的解救已经无效，五海公也再不显灵，没有根的人们散若浮萍。小镇的年轻人想逃离小镇走向都市，而老一代人依旧缅怀有着祖屋的乡村，像老树一样枯守着那片精神的废墟。

乡土一向是当代作家纵情书写的对象，也是作家寄托梦想的地方。单纯的乡村，不含任何杂质的田园意象，成为作家当然的文学想象。海南本土作家如符浩勇、郑庆杨、符兴全等，有许多反映乡村生活的小说。它们着力于描绘海南农村独特的风俗民情，挖掘乡下人纯洁朴素的品质，并批判了商业文化和城市文明，体现了对田园生活的向往，比如符浩勇的《金嗓子》。不过，乡村并不是一个宁静封闭的恒久结构，它一直被挟裹在历史时空的变化中，受到现代性持久的挤压。逃离还是回归，似乎是作家永远的心结。

这当中，林森的小说具有代表性。它体现了一种弥合裂痕的冲动，即将过去和现在、乡村和城市融合起来表达的诉求。[1] 这毋宁说是文化杂糅的另一种文学想象。它力图超越审美现代性的单纯批判，去获得一种更广阔、深远的文化境界。但现代急速前行的列车显然无心为此停留，它并没有为这幽怨的文化美人单设驿站。小说奏响的仍旧是一曲忧伤的文化挽歌。它不仅表征了一种自我确认文化身份的困境，而且恶化为生存意义的完全缺失，逃离已成为唯一的出路。在《风满庭院》中，"我"一个体弱多病的大学生回到乡村家里养病，却无法得到安静。村里的牛相继死去后，人们请"师傅公"作法驱灾辟邪。这显然无法遏止村里接二连三的灾变。修路造成村里人的分裂，而与邻村的冲突升级成血案，"我"不得不匆匆逃离。乡村生活的沉寂表面看似令人向往，但这个曾经"有安详宁静有美丽有灵魂归属的村庄，也同样有丑陋、愚昧和粗俗"[2]。先祖和师傅公的做法无法阻遏历史和时代生活的变化，老潘也回不去心灵的乡村，唯有布满尘埃的祖

---

① 林森：《小镇》，作家出版社 2011 年版，序。

② 林森：《小镇》，作家出版社 2011 年版，第 191 页。

先祠堂静静地守候着。

第二节　现代性危机与精神困境

当下，不仅城镇，即便那偏远的乡村，亦难抗拒现代性的全面合围。海南岛因其地理方位，确实在椰风海韵与喧嚣的现代性进程间构筑了一道天然屏障，但这仅仅是延缓了这一进程。20世纪末，最大特区的光环吸引了无数的淘金者。一夜之间，海岛几乎呈现出完全新异的文化精神轮廓。很快，浮尘散尽，它又逐渐显露出一些原本的底色。显然，岛外的文化精神恰如好斗的狄奥尼索斯，它力图彻底改写海岛的精神图景。那么沉寂的海岛能否经受住这一挑战，完成新的精神突变与再生呢？

优秀作家往往是文化精神最敏感的触探者。海南本土作家中的崽崽与林森就敏锐地意识到这一冲突背后暗含着深层的文化意蕴，尽管两人有着迥异的探寻路径。

一　本土文化性格的复杂性

崽崽致力呈现海南本地人文化性格的复杂性，他在很多作品里都表现了本土人不屈不挠的生存意志和维护自尊的坚韧品质。他还热切地赞扬了海口人的朴实善良、乐于助人，比如《我们的三六巷》中的吉仔、老吉嫂、狗六和阿霞。不过，崽崽又非常痛惜本土人的懒散与不知进取，如对李富、王遥等人进行反讽性刻画，这就涉及海南文化性格的地域性特点。这里地处亚热带，气温常年较高，雨水丰沛，日照充足，物产丰富，在这种环境下极易形成人们安逸疏懒的生活方式。

尽管崽崽有限度地承认，本土人的放任懒散是扼杀人积极生存的慢性毒药，但结合其对现代性功利主义的批判性理解，就不难发现崽崽对这一本土的文化性格有着更加辩证的看法。建省初期，相对海南本土的普通居民而言，涌入海岛的外来者无疑与市场、资本等有着更多的关联。这些淘金者中，不少人已经在一些发达的沿海城市摸爬滚打过；而海南人因自然条件的优越，早已习惯于生活的散慢，没有追求，只局限于天生天养的状态，怯于行动。崽崽表露了对三六巷人懒散不知奋进的不满，即他们热衷于茶楼的空谈，甘于小富小吃的日子，却大多不肯行动；而外来者则带来了一股新鲜的奋进的空气，坚信自己能爆发巨大的能量。卓金、星星等闯海人有着蓬勃的奋斗精神，他们以自己的勤奋和智慧摆脱初上海岛的贫穷窘迫，一步步走向了成功。这种理性功利主义引发了一种创造、奋斗的精神，并感染了一部分本土人，从而改造了他们的人格特性，比如阿霞在这种激励下的巨大转变。在崽崽这里，海南人本身的碌碌无为一定程度上是精神的一种停滞甚至死亡状态。不过，崽崽也清醒地意识到，在利己主义导向下，理性功利主义也会蜕变为一种负面价值，成为精神异化的主要催化剂。部分外地来的淘金者，如琼生、王连财、李梦露等人，为达目的不择手段，往往把利益的满足当作最高目标，而把尊严、德性等完全抛却。相比懒散怠惰的海南人，这些外来的淘金者显然遭遇了更为严重的精神沦陷。

二　两种文化性格的交互杂糅

那么，崽崽是如何为精神的沦陷寻找出路的呢？显然，海南人受地域影响所形成的文化性格可成为疗救精神痼疾的良药。安逸自然的天性之于过于功利进取的现代性步伐而言具有清热解毒的作用。崽崽并非要断然地抑此褒彼，他欣然认可的是一种现代功利型文化性格与本土静守型文化性格取长补短、交互杂糅的状态。现代性文明中积极进取的奋斗精神可以感染激励苟安懒散的本地人，而在本土地域文化浸染下形成的天性纯良、知足常乐又能对变味的工具理性构成一种纠偏。卓金和吉仔是崽崽小说中极力褒扬的人物。卓金这个女性形象具有理想主义色彩，做人做事都将尊严放在第一位。因不齿于官员丈夫写道德文章弄虚作假，她果断与其离婚；她脚踏实地，学习大学生摊煎饼，凭劳动养活自己；去找工作时，阿霞为防止他人竞争把招聘启事撕下，而她极力反对；买卖土地赚取了第一桶金，接近成功的她没有陷入物欲横流的旋涡，而是及时抽身并找到自己的志向所在——专注于贝雕艺术。小说在处理卓金的情感时，可谓独具匠心。在与丈夫离婚后，她遇到与她志同道合的琼生，堪称羡煞人的一对，但琼生为了成功和财富不择手段，一样是个不折不扣的俗物。她最终反倒被一个小自己很多的男孩所感动，这个叫吉仔的男孩朴实羞怯、天性善良。她与吉仔的结合具有很强的象征意义。吉仔给予卓金灵魂的启示，而吉仔又在卓金的影响下逐渐成长为自信、上进、睿智的人。在卓金和吉仔身上，现代功利型文化性格与本土人所拥有的原始淳朴的秉性达到完美融合的状态。在崀崀看来，这无疑是规避精神沦丧的可行路径。

人物吉仔契合了崀崀的如下观念："有些美好的东西恰恰存在乡村和小巷里，这是最有人情的地方。有些东西很原始不被赏识，可是这正是人之为人的根本，无论我们经历怎样的时髦，支撑我们生存的还是那些原始的感情。"[①]《我们的三六巷》最终还是倾向于到美好的原初人性中去寻找解救当下精神危机的良方。也就是说，崀崀对本土的东西总体上还是持一种肯定乐观的态度。相对于现代功利型文化性格来说，原生态的东西在纯化世道人心、维护灵魂的高贵层面呈现了更顽强的生命力。

三　把脉乡土文化精神

不过，在始终执着于乡土书写的林森看来，境况并没有这么乐观。林森的地域书写风格较之崀崀要隐晦一些，相对于崀崀自觉地将海口风情以及海口人的特性鲜明地展现出来，林森则将地域特色渗入日常生活中去，可以说是更加内在化的地域书写。比如在《小镇》中，地

---

① 崀崀：《我们的三六巷》，江苏文艺出版社2012年版，第376页。

域性是小镇人琐碎日常的一个若隐若现的背景，在这里，地域特征与庸常生活已经化为一体。小说关注这弹丸之地，并不在于猎奇式地呈现乡野的文化景观，而是要深入文化衰败的内里，尝试去为乡民的精神生存状态把脉。因此，林森最终要以乡民精神状态的失序紊乱来映射文化精神结构的下行蜕变。显然，在这里，崽崽所谓的原初人性不过是一种诗性理想，因为现代性无远弗届，早就蔓延扩展到了最为僻远的乡镇。虽说礼失求诸野，但在乡镇显露的却是传统礼俗文化的衰败。《小镇》弥漫着文化保守主义的气息，它企图从传统礼俗文化中寻求精神的慰藉，而现实的情形是，礼俗文化仅剩一些符号化的碎片，不过是在充当主流消费文化的花边而已。在现代性的全面合围下，礼俗文化再难重获生机与活力。《小镇》最终唱响的是一曲礼俗文化的挽歌。

林森的长篇小说《关关雎鸠》围绕着瑞溪这个小镇上人们细碎的生活来展开叙述。现代事物闯入了这个原本静水流深的地方，一切都在悄悄萌动和裂变。最重要的是人心变了，到处都是浮躁趋利的脸孔，温情与道义也就荡然无存了。于是，潘多拉盒子打开，灾难与祸患迅速膨胀与放大。最终，灾变的阴影完全笼罩了老潘和黑手义两家人。小说多次提及"军坡节"，它是文本中最突出的礼俗象征，同时也是瑞溪人精神危机的表征。军坡节是海南人缅怀冼夫人的盛大祭祀，节日降临，参与的人们既有宗教热情，又有节日狂欢，这是传统海南人融入全体、获得存在意义的重要方式。曾经的瑞溪镇人也是一样的，在一年一度的狂欢里，他们忘却了日常的苦恼，完成了精神上的返乡。老潘的孙子潘宏亿小时候为参加"装军"而自豪，这也是一直支撑他精神的深刻记忆。老一辈瑞溪镇人笃信五海公、婆祖、石头爹的灵验，信奉祖宗祠堂的力量，他们在传统礼俗文化的光晕里其乐融融。

启蒙与科学将现代性的祛魅效应发挥到极致，传统礼俗文化的光晕逐渐暗淡，以至于这些充实老瑞溪人生活的传统开始成为迷信与笑柄。军坡节一度作为封建迷信被取缔，正是现代性文化挤压传统礼俗的表征。在普罗大众那里，现代性的解放功能不过是为物欲横流提供了坚实的理据。与物欲享乐相伴随的是花样繁多的负面生长物——吸毒、贩毒、嫖娼、赌博、色情、彩票，等等，它们正变着法子腐蚀新一代的瑞溪镇人。于是，我们看到了《关关雎鸠》中的诸多乱象。黑手义大家族因钱财而分裂；年轻的潘宏亿染上毒品不能自制；镇民贪财被三多妹的社会集资把戏蒙骗；许多人迷恋赌博而毫无生活斗志……整个小镇处于无望的精神沦丧的边缘。如果说之前的小镇自得地沐浴在礼俗文化的光晕中，那么现在的小镇则从上帝之城跌落，失魂落魄，成为争名夺利的世俗之城。传统礼俗文化精神已不再是安顿小镇人灵魂的所在，而完全蜕变为花里胡哨的文化花边或某种炫目的东西。老潘和黑手义曾经年轻而强壮，他们以坚韧的内心抵抗着生活的波折。老潘以往完全不信任五海公，还因为妻子笃信而骂过她。在家里亲人的一次次事故后，老潘终于臣服于无常的命运。为了找到吸毒逃跑的孙子，他开始虔诚地求拜五海公。不过，更多的人之所以对五海公感兴趣，不是因为敬畏与虔诚，而是为铁杖穿腮的"降童"神迹所吸引。在这里，神灵短暂的合法性也要以迎合俗世为前提，即必须显灵，必须有趣味，必须与奇观电影一样异彩纷呈。失去精神故乡的人们在新事物的轮番轰炸中心醉神迷。黄色录像厅、啤酒机赌博、迷情脱衣舞……诸种欲望已将人们完整的灵魂完全肢解。军坡节的再次回归，也无法将人们从欲望的鸿沟中拉拽回来。装军、祭祀、敬神，都已演化为炫目的表演，与看一场低俗嘈杂的电影无异。

最终，潘宏亿重新向毒品寻求慰藉，精神濒于失常的王科运则独自举行了悲怆的"装军"仪式，这些都喻示了精神故乡的完全覆灭。老一代小镇人只能一次次返归乡村的祖屋去寻求灵魂抚慰；新一代小镇人逃离小镇奔向都市，因为那里有更多值得赏玩的欲望客体，在欲望之网里，精神无可逃遁。

显然，相比崀崀，林森消极得多。崀崀善写城市边缘居民的生活，有意将现代功利型的文化性格与本土具有地域特色的文化性格融为一体，塑造自己心中的理想人。而林森则将目光投向乡镇，在这里，无论是人们坚韧的生存意志还是千年的礼俗传统，都无法抵挡现代性的强势进驻。乡民们欢欣于现代性物质解放的同时，却在精神上流离失所。

第三节　超克地域与湘西文学

一　文学的湘西

"文学的湘西"在中国文学版图中非常抢眼。沈从文可以说是"文学的湘西"概念的奠基者，同时，在湘西文学构成中，他既是源头也是高峰。他以对湘西故土满含深情的笔墨构筑了一个宁静、美好、理想的湘西世界，塑造了系列经典文学形象，从而奠定了湖南乡土书写的基础。自此以后，湘西文学不断掀起新的创作高潮。

21 世纪以来，湘西文学接续前期的繁荣呈现出异军突起的迅猛发展势头，成为文学湘军的重要力量。继沈从文之后，出现了一大批有影响的作家，有的作家的作品还走向了海外。他们一方面继承了沈从文开创的乡土文学传统——展现湘西地域特色，追溯湘西历史，表达对民族文化精神的坚守和反思；另一方面则以敏锐的眼光和独到的思考审视当下、抵达未来，在创作技巧和手法上多元化。黄永玉的小说《无愁河的浪荡汉子》开创了一种新的文体，有极高的美学价值和现实意义；彭学明的诗性散文是美与力的呈现；孙建忠、蔡测海、刘萧等人的小说将湘西民俗文化与魔幻现实主义手法进行完美的结合；于怀岸的系列小说主要秉承了传统的现实主义创作原则，扎根民间，体现了一种现实关怀；田耳的小说则试图对各种艺术表达的可能性进行探索……总体看来，湘西文学创作呈现出蓬勃发展的良好势头。

湘西地处边远，人们对它的认知更多来自文学性的想象。这块土地上的种种风俗、多彩文化传统以及它表现出来的精神形象都是通过文学书写呈现出来的。文学作为恒久的力量塑造了湘西的文化形象。文学湘西固然重要，但文学不应当停留在文学惯常的常识当中。沈从文文学中供奉着的希腊小庙式的形象或是充满魔幻现实主义的巫术色彩的"边城"形象在当下已不再适用。因此，笔者分别通过作家视角和批评家视角来考察当下该如何走出自沈从文以来的写作传统、如何表述当下的湘西、怎样使写作从湘西走向世界，从而凸显湘西文学的超越性品格。

二　湘西作家的诗性言说

湘西自治州作协主席向启军是 20 世纪 90 年代湘西青年作家的一员，其创作主要取材于其土生土长的湘西农村。他的散文书写风格与沈从文非常接近，往往以平静细腻的笔触将湘西风貌情物缓缓呈现，湘西的山水林木在他的笔下往往显得柔中带刚、波澜不惊。其散文代表作《远徙的魂》就是以平实的笔触描绘湘西人的日常生活和风俗人情。

向启军主要从湘西作家的创作方面谈了湘西文学最近的进步表现，他认为，这十几年来，湘西文学比起以前有明显的进步，涌现出一些比较优秀的作家、作品。他回忆起九几年开会的时候曾经出现过的一个争论，部分学者认为湘西文学的创作还局限在湖南这个小圈子里，没有产生全国性、整体性的影响，与会作者还就此展开了争论。他认为当时湘西地方作家相对于其他地区整体受教育程度的确不高，理论上比较缺乏，创作比较粗陋，他们所进行的还不能称得上是真正的创作。经过这么多年的摸爬滚打，尽管湘西作者大部分都是以湘西本土题材为依托来进行创作的，但实现了由不自觉到自觉的转变，这主要体现在作家对本土民族文化自觉的探讨以及对其内涵的深入挖掘。现在整体的创作有了一个质的飞跃，创作出了一批质量较高的作品，比如黄青松的《毕兹卡族谱》、于怀岸的《巫师简史》、刘萧的《箪军之城》、龙宁英的《逐梦——湘西扶贫纪事》等，都进入了民族性和人性的深度。这一质的飞跃基于对本民族文化的深入体验和感悟。

于怀岸是"文学湘军五少将"之一，从早期对自己打工生活的书写到长篇小说《猫庄史》的出版，其创作历程体现出由对个人的关注转向对湘西世界的深刻思考。可以说，湘西的民族历史文化传统是其创作转向的关键因素。在猫庄系列小说和后来的《巫师简史》中，他都是通过虚构的且与真实世界有着千丝万缕关系的世界来表达对湘西历史现实的批判性认识和反思。

他对文学创作提出了两点疑问。一是怎么切入当下的问题。他对此问题表达了自己的质疑，他怀疑还有没有当下，何谓当下，到底当下是十年、二十年、三十年还是一百年？他认为写作在英语里都是过去式，按短时间来讲肯定是没有当下的。无论是意识流写作还是碎片化写作都是写过去的，它是历史，是距我们远还是近的问题。二是关于少数民族创作民俗和地域性的问题。他提到曾经在新疆的一个关于少数民族创作的会议上，有的专家建议少数民族文学创作民族的味道要重一些，民族的风情要多一些，而他则认为这恰恰是自己要回避的一个地方。他明确表示自己在创作中尽量弱化湘西地域色彩和民俗风情，即使创作中存在赶尸、巫师之类的内容也是推动情节辅助人物所需，而非刻意渲染铺陈。网络时代获取信息非常便捷，这种神秘的色彩也已经褪色。如今，各地乡村都是相似的，到处建满了小洋楼，乡村都成了空村，湘西和邵阳、岳阳、衡阳这些地方没什么不同，所以在写作的时候还是要弱化这种民俗色彩。虽然空间是类似的，但湘西的人是不同的，湘西人有自己独特的性格特点。因此他建议湘西作家的写作应当把关注点放到独具个性的湘西人身上。

黄青松也是20世纪90年代湘西青年作家群体中的重要一员，他的代表作《毕兹卡族谱》的创作酝酿了十年之久，直到后来从事非物质文化遗产方面的工作才引发了他内心的创作冲动。这部小说很好地把地方性与民族性结合在一起，同时也融入了作者对现代和传统关系的深入思考。关于对"湘西"这一概念的分析，他提出湘西是一个地理上的概念，同时也是一个文化上的概念，是一个随着时代变迁的复杂概念。在他看来，湘西是位于酉水河流域之内，同时包括沅水的一部分，从腊尔山台地到吕洞山这么一个武陵福地的地理概念；它更多的是在湘、鄂、渝、黔四省市交界之地，所以说到湘西的时候有种"大湘西"的说法，许多人也非常认同这一概念。一直有人说湘西比较封闭，但他认为湘西并不封闭，封闭只是相对的，从长江到内陆然后再到酉水，大交通一直存在。在"陆上丝绸之路"没有建立以前，就存在一条水上丝绸之路，从酉水到沅水再通过洞庭湖到达长江中下游，反过来，从长江中下游经过洞庭湖、沅水以及酉水的一部分再到云贵高原，走马帮到缅甸。这种格局一直延续了两千年，直到水路封截，建立湘川公路，人们无法进行交流沟通。依靠公路通流也不是很顺畅，那时就产生了大量关于湘西封闭的认识。现在湘西有了翻天覆地的变化，高速公路开通之后，尤其是信息化的时代对湘西的民族生活产生了渗透性的、颠覆性的影响，使整个民众的生产生活方式发生了很大的改变。

另外，黄青松还思考了湘西文学在当下如何写作的问题。他敏锐地发现，近年来孙健忠、刘萧、于怀岸、田耳等作家身上出现了比较迅猛的创作势头，并且在湘西作家的创作中还出现了一些对理论的有深度的思考，他认为作家不一定是理论家，但要有一定的思想深度和技术上的操作。大体来看，他认为写作包含两方面。一是回到传统，但这绝对不是一种复制，而是在形式上的一种对基因的延续；二是向前迈进的创新，传统和创新是一个事物的两面，挥新无以进，挥旧无以守。文学是一个非常小众的东西，新旧之间、古今之间是可以打通的。其实我们离唐诗宋词并不远，关键是我们自己是否愿意做这种打通，继而在创作手法和表现上采取全开放的创新。当然现在我们也有一些无所适从，信息社会消解了我们传统的诗意化生活，当下能为未来提供什么还需要再思考。

龙宁英是一个讲苗语，唱苗歌，穿苗装，用汉文写作的苗族作者。

她的《逐梦——湘西扶贫纪事》荣获第十一届少数民族文学骏马奖。她既写散文又写小说，从散文创作到后来的小说创作，我们可以看到她对湘西苗族人民的持续关注。其散文主要展现了苗族人民的民族精神，而后来的小说创作则深深地切入了苗族人民的现实生活。从开始写小说到记录湘西生活的一些散文创作再到现在写报告文学，经过这几十年的写作，她的感受是写现实、写当下是文学创作最有意义的——早期写作时借小说表达自己想说的事情，借小说编故事，所以那时的小说是虚构的，和现实生活有一定的距离；后来主要写作关于湘西苗族武陵山区历史文化的生活散文，对苗族的文化历史、风俗精神用文学的方式做一些思考和解读；有了当初散文非虚构的在场写作实践的基础，在三四十岁之后正式转入一个非虚构的在场写作，因此有了当前的报告文学作品。她认为报告文学不仅仅是一种记录和报告，还有作家自己对湘西这块土地的思考，这才是最重要的，是作为一个本土作家最应该做的。做一个有担当和有使命感的作家，就是要去写老百姓最渴望阅读的文字，去了解老百姓在干什么、想什么。

龙宁英还表达了在创作中要正确对待地域文化的看法，她通过创作报告文学得出的感悟是，走进湘西人民的生活才发现湘西的神秘不是外界流传的那些低俗的东西。湘西人自古以来不会放蛊……湘西的"把谛"（湘西苗族人称祭司为"把谛"或"巴代"，为苗语"bat deb"的音译）是湘西这块土地上民族文化鲜活的灵魂，他们与神灵进行灵魂上的对话，是脚踏大地、仰望星空的思考者、哲学家，他们身上承载着的是一个古老民族的信仰。他们是一群令人感动与敬仰的大智慧家，要深入了解湘西的历史和民族的精神文脉，必须拜他们为师。当下最令人担忧的是，他们一个个老去，坚持传统的人越来越少，湘西的把谛"活"文化化石正濒临消失。她认为对于"赶尸"这些东西要客观对待，文学创作不宜过多地去渲染，不能将匪气、蛊气、尸气这些当作湘西神秘文化的主流进行没完没了的推介，这些错误的引导对湘西人的精神重塑不利，也不是湘西人的真实本色。当下的湘西文学最重要的是排除那种对莫须有的巫蛊神秘文化的强调，关切湘西人民的现实生活，弘扬湘西人民不畏艰苦的拼搏精神，重新树立湘西的形象，还原湘西人民与土地的真实面目——这是湘西作家所肩负的重大责任。

刘萧也是当今湘西中青年作家群体中的重要一员，相比其他作家，她并没有惊人的产量，她以一个作家特有的冷静沉入湘西凤凰这片土地，观察这里的人，感受这里的生活，考察这里的历史，最终以独特的艺术感知写出了《筸军之城》这一具有宏大历史视野的长篇小说。该小说入围了2016年的骏马奖前六名，它以恢宏的气势再现了镇筸军在漫长历史中的兴衰存亡。在刘萧看来，自沈从文之后，湘西文学沉寂了很多年，她一直认为湘西应该有一本大书。如今作品层出不穷，但真正能够震撼人心的有力度的好作品并不多。她认为湘西这块土地有一个优势是其他地区所没有的，因为地域的一些特点，不管文学是否抒写当下，湘西都是一个未尽的湘西，比如她的家乡——凤凰，不大，但是几百年的烽火，有五分之一的时间都是在打仗，历代出现了很多总兵、参将、将军，是一个很有故事的地方。这里的人从小的信条就是"不战则死，不死则战"，因此这是个出英雄的地方，英勇善战是这里的文化精神。

她认为湘西其实有很多问题值得作家思考，很多东西值得书写却还没写出来，与于怀岸和龙宁英一样，她也对一味地挖掘湘西神秘文化、铺陈风俗民情很反感，她表示湘西风情的确值得挖掘，但表面的东西已经不太重要，关键是挖掘内在，比如习俗下面的人性。现在各地文学搞得如火如荼，湘西还是比较沉寂的，湘西有如此好的地域条件，虽然湘西作家的创作还没有很好地融入这个大环境中，但他们对创作已经有了自己的思考。她最后提出，书写当下，关键是要以旁观者的身份关注当下的现实，挖掘内核的、本质的东西，也只有如此，湘西作家才能写出更大气的作品。

三　智性的在场批评

自沈从文创造了文学中的"湘西世界"以来，湘西凭借这块独特的土地不断滋养着文学，使湘西文学十几年来获得了长足的发展，但是目前也面临着一些问题和困境，正如卓今所说，湘西文学创作就如同正烧着的水壶里的水，已到九十九度，处在一个亟须突破的关键期。

批评家们普遍认为湘西文学创作需要更为自觉地超越地域性的意识。刘大先谈到作为地理概念的湘西与作为文学的湘西的关系。他认为作为地方性的名词来讲，湘西比较边缘化，更多人对它的认知是来自于文学；文学作为一个恒久的力量塑造了湘西的文化形象，文学是地域性的，但又不仅仅是地域性的。刘大先认为文学不应当停留在文学惯常的常识当中，沈从文文学中供奉着的希腊文学小庙式的形象，或是充满魔幻现实主义的巫术色彩的"边城"形象，在当下已经不再适用了。卓今则提及黄青松的《毕兹卡族谱》、于怀岸的《巫师简史》、刘萧的《篁军之城》、龙宁英的《逐梦——湘西扶贫纪事》等，认为这些作品的呈现使湘西文学达到了一定的高度，并在全国范围内获得了较大反响。卓今表示，湘西地区巫楚的神秘力量和奇异的山水造就了丰富的创作对象和创作元素，为文学创作提供了得天独厚的条件，使得湘西作家取得了巨大成就；但也正是由于本地域、本民族的狭窄圈子，湘西作家还存在着视界、视野的缺陷。她认为在全球化与信息化时代，文学生产方式在社会化大生产的前提下也在发生改变。在这个全球化的时代元素趋同的现实条件下，大家应该在宽广的视野中把本民族、本地区不同的东西呈现出来，即在全球视野之下呈现自己的独特性，这就是一个格局的问题。她也表示视界、视野的缺陷不是个人的缺陷，而是集体呈现的一种滞后，因此她提出了"有效性"这一概念并将它作为文学书写突破地域性局限的关键，认为作家在创作中要时刻把握有效性和人民性。湘西作家比较注重风土人情、民风民俗的呈现，这在过去是有效的，但在当前全球化的时代元素趋同的情况下，这种书写的有效性已经减弱甚至失去了；现在的有效性是要直接面对自己的生活方式，湘西作家应该在更宏大的视野中呈现本地区的独特性，挖掘人在现实中所面临的精神问题和社会问题。每一个伟大的作家都会关注并力图解决最困难的问题，落到实处就是人民性。

罗宗宇认为从湘西创作的源头来看，其特点是立足于湘西这片土地的文化历史，我们自身在那样一个历史文化场域里，时时刻刻感受到文化历史场域对当下的生活和文学生存的一种巨大的影响力和磁场，湘西作家创作的优势就得益于湘西厚重多样的背景。尽管在现代化的强势进攻下，这种文化逐渐走向解体，但是相对来说还呈现出非常明显的原生态，因此我们应当发挥好这一文化历史的优势。同时，他也认为地域性、民族性在某种意义上是一种局限，他提议应当从沈从文的文学传统中获得新的启迪。沈从文先生除了借重湘西地域文化外，还真切地进入了当时的现实生活，其1938年写的《长河》就是一个切入当下的创作。因此他倡导一方面牢牢立足于湘西文化传统，另一方面站在当下描绘正在流动的湘西，在主题表现方面实现一种超越，即将湘西味道与当下的时代环境相融合，使之产生某些质的变化。他认为田耳的创作是一种启示，田耳的创作民族性特征不是那么明显，或者说，他是有意识地疏离了民族书写的立场和传统，因此能够获得大家的认可。

龙永干分别就地域性（乡土性）和民族性两个层面指出湘西作家在建构自己的文学世界时的局限性。他认为从地域性层面来说，湘西文学的局限性在于陷入了道德与金钱"二律背反"的创作模式，即道德对金钱的拒斥，这一"二元"对立的强调有其合理性，也有很大的局限性。对金钱的渴望，是任何一个人、任何一个民族最基本的本能，完全陷入这个二律背反里面的话就没有超越性。从民族性来看，龙永干认为湘西作家民族书写的对象比较单一，往往将叙述对象锁定在单个民族中，他认为应当将苗族、土家族、汉族等不同民族之间的交错、胶着的格局在湘西历史演变中的发展变化呈现出来，总之，要把文化生态、多样性的生存格局写出来。笔者认为，湘西地域文化为文学创作展开了一重全新的空间，使当代文学具有多元的色彩，而过于偏重地域性则会使作品沉溺于种种风俗民情、掌故轶闻而淹没、置换了性格。文学是人学，那么就要有一定深度的思考，要有观念的介入，要处理好具象与抽象的关系，两者要实现一种平衡。如果说地方特色是一种具象的呈现，能够体现作家创作个性的话，那么观念的介入就是作家超越地域影响的重要一面。

批评家们还从文学传统和社会介入意识方面来切入这一问题。赵飞认为凡是文学必然会涉及语言的问题。她持一种语言本体立场，把语言视为作家和诗人的思维，认为文学是语言的艺术，语言之于文学是一条基本的底线，也是一个看得见的本质。她认为，正是语言使我们能够从中见出作家的思想深度和判断，文学首先要坚持语言本身的东西，因此作家一定要重视语言的修炼。沈从文的作品之所以能够流传久远，正是由于他以"诗人的语言"所表达的诗人思维和精英思想构筑了一个美的世界。语言是民族文化的基因，是作家思想的可能性，语言是融入作家的血液中的，你怎样来组织你的语言，你就会有一个怎样的世界。因此她提出，要使民族性、历史性切入这个世界，必须靠语言来表现，湘西作家必须从传统文学经典谱系中对经典的语言的强调出发来组织自己的语言，建构起个人的湘西世界。这无疑是一种经典的、传统的、精英的语言文学观。

刘大先则持相反的观点——承认我们对文学的普遍认知是文学个人化的写作，这种个人化体现出文学的写作是自由心灵的表达。我们一定有不同于世俗生活的一面，即我们不仅要有现实生活，还要有诗和远方，心灵是无法被摄像机所拍摄到的，这就是文学的意义所在。在他看来，在我们这个时代，随着外部世界的变化，我们的身体经验、情感体验和精神感受也发生了变化，我们对外部世界的感知与沈从文的世界肯定不一样了。针对如何书写当代的作品这一问题，他提出文学作为一种个人化的书写应当超越个体的认知——文学是一个公器，不进入公共领域进行话语交流的写作其实是一种无效的写作。随着网络信息交流的迅速发展，我们的空间感和时间感都发生了急剧变化，即使是湘西这样一个较为偏僻的地方实际上跟整个世界也是息息相关的。那么如何在对世界整体性的认知下凸显湘西的独特之处？他提出了"现实感"这一概念并将其作为对当下湘西文学创作的要求，这一概念即是强调我们对时代现实的感知，对历史要有一个纵向的认知和横向空间的比较。他承认语言确实是现代文学一个本体性、革命性的东西，但是当下传统的诗意已经消解，以往那套经典的文学谱系在我们这个时代已经行不通，我们当下的文学已经呈现出一种收缩的、精英化、体系化的状态，这种精英化的文学正越来越边缘化。因此，文学不应该再固守在某种本质化的观点当中，应该随格局的不断变化而变化。文学作为一种社会的话语，它不应该只是几个文人的小圈子，文学如果要具有生产性，对我们当代的文化具有一定的建设性，就必须要对这个社会产生影响。面对通俗畅销书的疯狂蚕食，文学要做的不是一味抱残守缺地坚持自己的精英主义立场，而是应该带着一种更加开放的心态来看待这种变化。刘大先从美国作家乔纳森·弗兰岑以整体性的观察向现实主义回归的创作趋势中得到启迪，提出了不同于坚守文学经典立场的另一个出路——重新发明文学，即将文学从狭窄的精英一隅中释放出来，通过对社会政治结构、经济变化以及整个人心灵变化的整体性观察，写出我们时代的文学，这才是有意义的文学。

与刘大先强调现实感知和对历史的整体把握相一致，卓今提出了历史观的问题。她认为无论是历史小说、乡土小说还是家族小说都涉及历史观的问题，历史观需要对大尺度的空间和大纵深的时间的把握，只有在整体把握规律的基础上才能得出比较正确的历史观，而只有坚持这样的历史观，作品面向未来的生命力才会更强。相反，如果作家无法形成合理的观点和判断，这个作品很快就会过时。与此相关的，卓今还提出了价值判断与事实判断，这是个逻辑起点的问题。一个作家在动笔之前有一个世界观的问题，价值判断的致命缺陷在于先入为主、立场先行，如果价值观不对或是偏离，从这种思想出发去找寻材料、塑造人物、构筑情节，可能作品就会跟着越偏越远。正确的办法是事实判断，在大量的事实面前去判断如何来确立价值。龙永干从具体创作内容来谈如何凸显历史性。历史性即时代性，即湘西人怎样走出去打拼自己的生存空间以及在时代之中怎样变化。时代性在创作中应当有两种基本呈现方式。一是外在的时潮怎么到湘西来，湘西人是怎么接住的；二是湘西怎么走出去，如何通过奋斗争取自己的生存空间并砥砺其民族性。湘西作家往往对于前者写的比较多，而对于湘西人怎样走出去打拼自己的生存空间以及在时代之中怎样变化则涉及得比较少。

批评家们认为湘西文学创作在审美形式和艺术表现等方面还有诸多拓展空间。卓今提出，湘西作家的创作与其他地区的写作相比之所以达到了一个整体高度，与其写作对象的审美构成有很大关系。这涉及传奇、苦难、神秘文化等方方面面，从沈从文、黄永玉到孙健忠，他们的作品艺术性都非常强。目前湘西文学创新的关键就在于作家如何把湘西传统的审美构成、审美要素的提升转换与现代相结合，只要能够强有力地把握好这种结合，作品就会获得质的飞跃。罗宗宇则建议在审美意识和技巧方面要思考把湘西特有的魔幻因素与世界性结合起来，在艺术创作手法上，不能仅仅停留于传统的现实主义创作手法，而要以一种开放的现实主义融入对人的心理和灵魂的保护；采用历史主义进入湘西历史文化书写的时候，应当用一种开放性的品格，即多样的、多元的艺术技巧去保护湘西的历史文化。不管是现代魔幻主义写作，还是传统的现实主义写作，都需要继续多元化地融合和提升，使得我们的文学表达更具民族性和现代性，实现这种融合是对民族书写的最高要求。龙永干在湘西文学创作的艺术表现方面也提出了自己的想法——魔幻与神秘的因素要和人物的命运结合起来，比如湘西人在面临某些现实的苦难时怎样遭遇了魔幻的元素，而非生硬地把魔幻元素安插进来，那必然会产生一种夹生的感觉。在长篇小说的结构方面，要思考结构和线索是否相互勾连，前后是否彼此呼应，和主题是否相容，避免出现此类硬伤。

吴正锋通过对田耳创作的具体分析表达了湘西作家对多种艺术可能性的探索，他认为田耳构筑了一个"佴城"的艺术世界，并与沈从文所构筑的"湘西世界"进行了对比。"佴城世界"是有意疏离沈从文那种美好的湘西世界，沈从文的"湘西世界"是古朴典雅、牧歌式的乡村世界，而田耳的"佴城世界"则充满着诡诈、阴险、龌龊，他完整地呈现了不同现实下的人的生存状况，比如警察、风尘女子、乡下的教师。总之，田耳把笔触深入 20 世纪末至 21 世纪初湘西人的社会生活现实中，构筑了一个下层人的平庸的、灰色的世界。这种写作，不仅仅是现实主义的描写，有时还进入了一种弗洛伊德的精神分析的境地，将人细微的内在精神展示出来。他的作品是非精英式的，其写作受余华等人的影响，不像沈从文那样具有高高在上的精英情怀。他以贴近普通市民的价值观来进行叙述，所以呈现出来的生活是原生态的。不过吴正锋也观察到田耳创作的色调并不单一，他也有精英的关怀，譬如他的《一个人张灯结彩》，就有一种人文价值关怀。可以说他的创作既保存着普通市民的价值和立场，又有着精英的价值和立场。

第三章　传统文化的理性审视

　　自鲁迅开启乡土小说启蒙批判开始，一批"五四"作家纷纷以类似的姿态在乡土世界中叙说有关第三世界的"民族寓言"。无论是对落后愚昧的农民形象的塑造，还是对病态腐朽的中国的呈现，其实都有意无意地将批判的矛头对准了传统文化。在启蒙的诸多维度中，反传统是一个较为醒目的面向，这在随后的革命文学中得以延续。20 世纪 80 年代的新启蒙开始对这一反传统的现代性进程进行深入反思。于是，围绕文化问题形成了较为复杂的思想意绪。这种矛盾心境在整个当代文学中也有着相当明显的体现。

　　本章选取了《白鹿原》《绝秦书》《巫师简史》三部作品展示作家对传统文化的理性审视。其中，《白鹿原》是 20 世纪 90 年代的作品，后面两部则是 21 世纪以后的作品。如果说，寻根文学重在发掘偏远地域中的非主流文化，那么陈忠实则反其道而行之，从"儒家文化"这一中华文明的正统文化出发重构"寻根"。儒家文化既指向中国传统伦理道德的一批经典学说，又是封建社会政治统治的主导意识形态与合法依据。对于普通民众来说，它还是乡土中国生活的日常哲学。在《白鹿原》中，陈忠实对儒家文化的关注更多集中于儒家文化在乡土大地的世俗化过程。《白鹿原》聚焦关中平原上的一隅"白鹿村"，通过对其从清末到中华人民共和国成立五十余年间家族的兴衰成败和起落沉浮的人物命运的描写，揭示了儒家文化对民族心灵与民族命运的影响，小说充满了浓郁的怀旧色彩。不过，陈忠实并非停留于"怀旧"，其以"儒家文化"来重构"寻根"的行为更重要的意义在于挖掘儒家文化在当代社会新的成长点。张浩文的长篇小说《绝秦书》在处理民族与文化问题时，力求将其渗入文化的日常细节中，以还原其历史复杂性。《绝秦书》中通过对人物周克文的刻画表达了对儒家文化情感上的体认，而在人物周立功身上，则可以看到现代与传统的激烈冲撞。经由这两个人物，小说具象地呈现了文化自救的艰辛历程。于怀岸的长篇小说《巫师简史》具有独特的地域文化特色，同时，该作又对单纯的地域性书写保持了必要的疏离与警惕。文本与社会历史构成一种紧张的对话关系，体现出超越地域性的诗学追求。这具体体现在两个层面。其一，"猫庄"这一文化乌托邦与现代性历史进程构成了剧烈的冲突。"猫庄"的解体成为传统与现代历史博弈的诗学隐喻。其二，文本在处理具体文化元素时，也将其置于现代性的历史视野中。两类文化元素的对立是传统与现代历史博弈的自然延伸。《巫师简史》弥漫着文化怀旧气息，这里既有对文化乌托邦解体的悲悯，又有对现代性的批判与反思。

第一节　儒学世俗化与乡土中国

　　1993 年，《白鹿原》的问世引发学界持续不断的关注。这部荣获第四届茅盾文学奖的作品因深沉厚重的历史感和气势宏大的史诗风格而广受赞誉。在这部长篇小说诞生之前作者陈忠实已经写了多部中篇小说，这些作品大多是对当时乡村状况的描述，关注农村改革所引发的各种变化。其中唯有 1986 年的中篇小说《蓝袍先生》与前述作品不同。在这篇小说中，陈忠实把关注点放在了 1949 年之前的原上农村，力图回溯民族过去，思索民族命运。《蓝袍先生》引发了陈忠实更为深入的思索，在他看来，民族命运作为一个重大命题是中篇的体量无法完成的。在有了《蓝袍先生》的基础之后，陈忠实开始谋划一部关涉民族命运与民族文化的长篇。此时，正值中国文坛上"寻根文学"潮流兴起。对寻根文学，陈忠实既满怀兴趣又充满疑虑。他对"文化心理结构"的思考与寻根文学密切相关，他想通过对人的心理的探寻解开民族历史与民族命运的密码，重启民族精神，赓续文化命脉。不过，他发现很大一部分寻根作品越寻越远，甚至寻到人迹罕至的蛮荒之地去了。他认为文化之根应扎在人类活动的聚集之地。"卡朋铁尔进入海地，寻根文学和文化心理结构创作理论，这三条因素差不多同时影响到我，我把这三个东西综合到一起，发现有共通的东西，促成我的一个决然行动，去西安周边的三个县查阅县志和地方党史文史资料，还有不经意间获得的大量的民间轶事和传闻。那个长篇小说的胚胎渐渐生成，渐渐发育丰满起来，我感到真正寻找到'属于自己的句子了'。"① 正如卡朋铁尔放弃现代派进入海地体验生活以激发创作灵感一样，他在完成中篇小说《蓝袍先生》后，毅然重归乡下，依靠往昔乡土经历和现实生活体验，开启其寻根之旅。在多年的积淀之后，《白鹿原》在20世纪90年代得以问世。

"与'寻根'文学一样，它也体现了发掘传统资源以探求民族精神、重续文化命脉的努力；而与'寻根'文学否定'中原规范'的倾向不同，它要寻求的恰恰是以儒家文化为代表的'中原规范'中隐藏的生命活力。"② 如果说寻根文学重在发掘偏远地域中的非主流文化，那么陈忠实则反其道而行之，从"儒家文化"这一中华文明的正统文化出发重构"寻根"。儒家文化既指有关中国传统伦理道德的一批经典学说，又是封建社会政治统治的主导意识形态与合法依据。对于普通民众来说，它还是乡土中国的日常生活哲学。在《白鹿原》中，陈忠实对儒家文化的关注更多集中在第三层，即儒家文化在乡土大地的

---

① 雷达主编：《陈忠实研究资料》，山东文艺出版社2006年版，第93页。
② 张林杰：《〈白鹿原〉：历史与道德的悖论》，《人文杂志》2000年第1期。

世俗化过程。在小说的扉页上，陈忠实已隐约宣示了自己写作的意图——"小说被认为是一个民族的秘史"。在文本空间中，关中地域的一个小小村庄无疑是整个乡土中国的缩影。关中作为中华文明的发祥地之一，各种文化汇聚，其中，儒家文化的浸润至深。不过陈忠实并非驻足于"怀旧"而止步不前。20 世纪 90 年代以来，市场与资本强势合围，唯利主义潮流席卷一切，人文精神日趋沦丧。在此背景下，复归传统，激活儒家文化伦理中积极正面的思想资源成为部分作家创作的诗学动机。本节以《白鹿原》作为文本分析的对象，阐述儒家伦理道德的世俗化过程，揭示其现代性遇挫，进而质询其可能的当代价值与现实意义。

一　儒家伦理的世俗化呈现

"中国传统儒家伦理的世俗化是指传统儒家伦理落实到现实生活和人群的过程，是对现世生活的否定性肯定，即对现实生活进行合乎儒家伦理价值观的提升。"① 儒家伦理的世俗化过程渗透人们现实生活的方方面面。对于乡土中国来说，儒家伦理世俗化的直接目标是实现稳定的乡土自治，间接目标是意欲形成一个建筑在儒家道德教化权力上的王者，从而达成大同世界的理想。儒士、儒学教育、以血缘为纽带的宗族组织是儒家伦理世俗化必不可少的重要力量。

"儒士通过上传下达的作用实现了儒家伦理走向民间人际关系和民间生活。"② 儒士一般分为三类。第一，出仕为官或为官僚体系的待补人员。第二，传道授业解惑的书生、名士、学子。第三，乡绅、贤达、族长、孝廉等。③ 后面两类来自世俗社会，却又具有普通民众所缺乏的知识与眼界，因此是解释和弘扬儒家伦理的重要载体，是儒家伦理

---

① 李彬：《儒家伦理的世俗化》，《衡阳师范学院学报》（社会科学版）2004 年第 4 期。
② 李彬：《儒家伦理的世俗化》，《衡阳师范学院学报》（社会科学版）2004 年第 4 期。
③ 栗玉仕：《论董仲舒政治与伦理一体化模式的理论设计》，《清华大学学报》（哲学社会科学版）1999 年第 4 期。

世俗化的中坚力量。《白鹿原》中，朱先生属于第二类，正统的儒家子弟，代表着儒家伦理的理想层面，是白鹿原的精神支撑。作为关中大儒，他远离政治纷争和家族争端，"从道不从君"，只站在儒家的角度理性看待历史变迁，单纯地从儒家道德理想主义出发实践其"治国平天下"的理想。白嘉轩属于第三类，他是白、鹿两家族的族长，是宗法社会结构的代表。如果说朱先生属于儒家伦理的坚守者，那么白嘉轩就是儒家伦理的实践者，朱先生的儒家主张通过白嘉轩得以贯彻实施。

最为明显的一个例子是朱先生帮白嘉轩起草了《乡约》，使得儒家道德伦理在白鹿村得以深入人心。小说中列出的《乡约》实际上是宋代的《吕氏乡约》，主要包括德业相劝、过失相规、礼俗相交等部分内容，既有行为规范，也有制度规定。"乡人相约，勉为小善"，《吕氏乡约》的目的正是道德教化。小说中对《乡约》的执行在《吕氏乡约》程序的基础上做了改动。小说沿用《吕氏乡约》对犯过错者进行处罚的制度，实际上是有悖于道德教化的自愿原则的。同时，小说还增添了道德宣讲环节，弥补了《吕氏乡约》的缺失。每到晚上，由学堂徐先生为全村男人宣讲《乡约》，男人背记后把学到的内容教给妻子、儿女。全村人学会之后要依照《乡约》条文行事，如有违反，视其轻重进行处罚。"白鹿村的祠堂里每到晚上就传出庄稼汉们粗浑的背读《乡约》的声音。从此偷鸡摸狗摘桃掐瓜之类的事顿然绝迹，摸牌九搓麻将抹花花掷骰子等等赌博营生全踢了摊子，打架斗殴扯街骂巷的争斗事件再不发生，白鹿村人一个个都变得和颜可掬文质彬彬，连说话的声音都柔和纤细了。"① 在乡约宣讲的长期熏陶教育之下，道德规范作为一种观念形态内化为白鹿村乡民的普世价值观，使白鹿村的日常生活秩序得到有效的维护。

家庭是进行儒学教育的最初场所。"孝道"作为儒家道德教化的核心是家庭教育的关键。"养不教，父之过"，在一个家庭中，父亲承

---

① 陈忠实：《白鹿原》，人民文学出版社 2022 年版，第 87 页。

担着教育子女的责任，所以自己首先要践行孝道，躬身示范。孝敬长辈和祭祀先祖是白嘉轩谨遵孝道的体现，他对父母尊重敬爱。按照传统，父母去世后要守孝三年，其间不能办喜事。但他还是遵从了父亲"不孝有三无后为大"的遗嘱和母亲的劝说在短时间之内娶妻。在父亲死后，他供养、孝顺母亲，每晚必会到母亲屋里坐一会儿，陪伴母亲。除了孝顺长辈，祭祀祖先也是儒家传统孝道理念的一部分，小说中穿插了拜祖宗、迁坟、修墓等一整套家庭礼俗。在白嘉轩的教诲之下，儿子和儿媳也对长辈敬爱尊重。家庭成员自幼学习家庭礼俗，白家形成了一套以"孝"为核心的家庭伦理秩序。

家庭是儒家伦理世俗化教育的基础，而学校是道德教化的主要场所。白嘉轩为了使村里孩子更方便地接受儒家文化教育，在白鹿村创办了学堂。白孝文、白孝武、鹿兆鹏、鹿兆海、黑娃等白鹿村的孩子都是学堂的学生。除了村间学堂，小说中最重要的教育场所是白鹿书院。古代中国的学校分为官学、私学和书院三类，白鹿书院就是第三类。书院本是藏书与编书的地方，从五代时期开始才转化为宣传儒家思想的教育机构。白鹿书院是白鹿原儒家文化空间的核心，儒学在书院中得以传播，书院教育以德教为主，朱先生是白鹿书院的主持人。白鹿书院坐落在白鹿原的原坡上，与周边乡村保持着一定距离，这个地理位置颇富深意，意味着儒家文化作为世人敬仰和膜拜的对象，是乡土中国的文化之源，是普通乡民的精神依归。通过正规的儒学教育，儒家伦理走入世俗得以内化于民。

以血缘为纽带的宗族组织是儒家伦理世俗化的重要力量。费孝通曾提出中国乡土社会的结构为"差序格局"，在这种差序格局中，"社会关系是逐渐从一个一个人推出去的，是私人联系的增加，社会范围是一根根私人联系所构成的网络，因之，我们传统社会里所有的社会道德也只在私人联系中发生意义"。① 乡土社会的道德体系呈现出一种由己向外

---

① 费孝通：《乡土中国》，上海人民出版社 2019 年版，第 41 页。

推及亲属、朋友的人伦波纹圈，其实质是一种私人道德。以血缘为纽带的宗族组织作为一种差序格局，其道德体系也是私人道德的推延。《白鹿原》中，白鹿村是一个家族宗法组织，白、鹿两家本属同宗，白嘉轩是白、鹿两姓的族长，具有道德权威性。白鹿村号称仁义村，"仁义精神"是正统儒家文化与宗法制乡土社会结合而成的一种民间儒家精神。它是孝、悌、忠、信、恭、宽、敏、惠等私人关系间道德要素的共相，是由白嘉轩的自我道德规约推至整个家族宗法组织的道德规范。"仁义精神"在白嘉轩身上得到集中体现。他秉持着"耕读传家"的家训，勤劳务实。"耕"是农民的生存之道，通过"读书"接受教化则是立身之本。白嘉轩通过白家祖训教育后代勤俭持家，通过农耕来实现家庭繁荣。他让孝文、孝武进山背粮食，去白鹿书院跟着朱先生学习儒家文化之后，就让他们回家务农。他对人宽容，以德报怨，试图救黑娃、救鹿子霖。不计个人恩怨的背后隐伏着道德教化的动机。他尊重长工鹿三，视其为兄弟，与他同吃同住同劳动。他以自己的德行修养在白鹿原上树立起仁义精神。他行族规，立乡约，遵祖训，修祠堂，建学堂，续族谱，通过这些活动，白鹿村的宗族共同体更加稳固，以儒家思想为核心的乡土情谊建立起来，乡民的思想得以约束，儒家的伦理道德教化也得以建立与加强。

儒家伦理世俗化过程中一个不可忽视的方面是民间信仰对儒家伦理的转化。有学者评论，朱先生能预知天象、打卦占卜、设计镇娥塔，因此其形象多智而近妖。之所以呈现这种形象，一方面是儒家文化落地乡土社会，与其他文化互浸的结果。对于乡民来说，儒家、佛家、道家等信仰与鬼神崇拜都可共存为己所用。一定程度上，儒家伦理的世俗化是儒家文化与众多民间信仰合流的结果。另一方面，秉持多种信仰的乡民往往会对学识丰富的人抱有误解，从而将其神秘化。"一个学问太高太深的牛才子，他的言论和行为，他对社会事象的看法和对日常俗事的判断，在文盲占百分之九十以上的乡村人群的眼里，是很难被理解的。理解不了便生出神秘感，以至演变到神话，还有一个心理崇拜为基础。"① 作为儒学代言人的朱先生在乡民眼中是一个能够为乡民解决问题的"神"，所以当朱先生依靠自己的博学多识推测天气情况时，被乡民认定具有预知未来的本领也就不难理解了。由此也可以见出，在儒学世俗化过程中，上层儒家文化理念与下层儒家实践之间存在着一定程度的错位。

二　乡土自治的式微与儒家文化的现代性遇挫

历朝历代，政治、教育、宗族、民间信仰等因素共同作用推进了儒家伦理的世俗化进程。在这一进程中，儒家知识分子与乡绅形成同盟，宗族文化与儒家文化相融合，儒家政治与族长治理相契合，形成了以"德治"为核心的乡村自治体系。在《白鹿原》中，乡村自治体系显影于中国社会秩序颇为混乱的新旧交替之际。这一体系与现代治理制度的矛盾和张力已经显而易见。"从乡村治理的视角，它意味着以家庭为治理单元、以德治为核心范式的乡村自治制度，与政府的层级治理之间的紧张甚至对峙，以及不能避免的制度更迭。"② 从历史上看，乡村自治在这段历史时期对维护乡村社会秩序仍然起着重要的作用。"这是在当代革命历史小说中，乡村宗法组织和传统儒家伦理第一次被描写为独立的，足以与国共双方并列抗衡的社会文化力量。"③ 从辛亥革命到国民党统治、从联合抗日到国共内战、再到中华人民共和国成立，在波诡云谲的历史大潮中，以儒家文化为代表的传统势力与新生革命力量的碰撞打破了封闭保守的乡村秩序。在现代性力量的全面合围之下，传统的乡村自治模式终至崩塌，儒家文化亦渐行渐远。

---

① 陈忠实：《朱先生和他的"螫子说"》，《唐都学刊》2011 年第 3 期。
② 陈星宇：《"儒家"遮蔽下的乡土中国——〈白鹿原〉的乡村社会结构指向》，《当代文坛》2017 年第 6 期。
③ 许子东：《当代小说中的现代史——论〈红旗谱〉〈灵旗〉〈大年〉和〈白鹿原〉》，《上海文学》1994 年第 10 期。

小说主要从四方面呈现乡村自治的式微与儒家文化的现代性遇挫。

一是族长话语权力的锐减。《乡约》本是族长白嘉轩对乡民进行儒家道德教化、维护乡村文明秩序的文本。在《乡约》的约束之下，白鹿村秩序井然。不过，历史变动中的各种政治冲突与阶级矛盾并未因《乡约》中的德治条款而停止。同时，白嘉轩族长的权力也受到了挑战。在民国政体建立之后，乡村自治体系被排挤，国民党"中央"政权下的现代政治力量开始攫取乡村的统治权，《乡约》成为官名。"交农"事件是族群治理与政府治理之间对立冲突的标志。白嘉轩领导乡民以鸡毛传帖的形式发动暴动反对政府收缴"印章税"，导致鹿三等人被捕。白嘉轩赶到法院据理力争，但他陈旧的话语申辩与现代法律语言无法形成有效沟通，最后是贿赂的银钱和朱先生的一丝薄面起到作用，使众人被解救。虽然最后保障所收回了缴纳"印章税"的决定，但这次事件却揭示了白嘉轩的权力对于白鹿村以外世界的无效，儒家文化的理念与乡村治理技术无法进入现代民族国家的政治经济体系之中。在后来的一系列事件中，白嘉轩屡屡遇挫。他无法阻挡持枪强征粮食的"白腿乌鸦"兵，也无法在大旱之年带领族民成功求雨。鹿子霖因为共产党儿子鹿兆鹏的缘故被抓进监狱，白嘉轩尽力去救却始终有心无力。一直背离儒家伦理的黑娃终于"学为好人"，却落得个死刑的下场。白嘉轩为黑娃所做的道德担保无法撼动冷漠的法律审判，陈旧的传统道德话语在现代话语体系的合围下完全失效。

二是祠堂作为乡村治理的文化空间的失效。乡村自治权力的发挥依托儒家文化空间。小说中，祠堂作为负载儒家文化的物化形式，是白、鹿两姓族人的精神归属。乡民的宗族身份在祠堂里得到确认，从婚姻到生育直至死亡，祠堂是他们此生的精神寄托，也是他们死后灵魂的栖息之所。正如白嘉轩所言："凡是生在白鹿村炕脚地上的任何人，只要是人，迟早都要跪倒到祠堂里头的。"① 白嘉轩的自信不无道

---

① 陈忠实：《白鹿原》，人民文学出版社 2022 年版，第 561 页。

理，祠堂空间在乡村自治中的确发挥着重要作用，主要有如下几大功能，即祭祀祖先、道德教化、处理乡村重大事件、对乡民的惩罚与规训等。不过，它是一个封闭的宗法空间，其辐射的权力范围也只能在宗族之内。当寄生于祠堂的宗族伦理、儒家伦理这些前现代社会的思想观念遭遇现代性风暴的冲击时，便变得不堪一击。

黑娃参加革命后在白鹿村掀起了一场"风搅雪"，他和革命三十六兄弟闯进祠堂又挖又砸，变祠堂为农民协会的办公地，并宣布"一切权力归农协"。那些不容于传统伦理的人进不了祠堂，那些主动出离乡土的人拒绝祠堂。白鹿原上的年轻一代不约而同地从祠堂走向庙堂。白孝文和黑娃最终回归祠堂的举动构成了对祠堂的解构。白孝文在祠堂祭祖只是为了雪耻，之后便在精神上彻底剥离了祠堂所代表的传统道德，走向政治权力。黑娃重新回归祠堂，以儒家文化进行精神洗涤的行为没有让他逃脱阴险的政治绞杀，他的死揭示了祠堂作为乡村治理文化空间的失效。与祠堂紧挨着的戏楼是祠堂的延伸，本来是增强族民凝聚力的娱乐之地，却失去了本来意义，变成了不同政治势力表演的舞台。他们你方唱罢我登场，共同呈现着那个动荡不安的历史时代。对于那些与革命密切相关的现代语义和各种组织，对于那些充满血腥与暴力的政治斗争，祠堂和它所代表的儒家文化都无从有效应对与介入。

三是儒学教育的失败。白鹿原上的年轻一代从接受儒学教育走向对儒家文化反叛。"耕读传家"是白家世世代代恪守的祖训。白嘉轩对儿女做了一辈子的安排。儿子成人后要恪守"耕读传家"的祖训，把家族发扬光大；女儿要恪守家训，婚姻要听从父母之命。鹿子霖虽然事事学新，鼓励孩子接受现代教育，但骨子里仍然是封建礼教的维护者，他强迫儿子兆鹏依媒妁之言娶妻。鹿三作为白鹿原上最好的长工与地主白嘉轩有着融洽的主奴关系，他希望这种关系在儿子黑娃身上得到延续，结果却事与愿违。白孝文、白灵、鹿兆鹏、鹿兆海、黑娃相继走出封闭的宗族空间，走进了现代政治空间，走上了反叛儒家文化的道路。"人欲"的苏醒触发了年轻一代，使其最终站在了儒家伦理的对立面。"存天理、灭人欲"是儒家思想的重要理念之一。"情欲"是人欲之一。费孝通曾经对乡土社会的男女关系进行过分析，他认为，乡土社会依靠一种稳定的秩序运行，只有感情的淡漠才能保证社会秩序的稳定。父母之命、媒妁之言的包办婚姻中没有感情的激荡，也就不会有破坏社会稳定的因素，"男女只在行为上按着一定的规则经营分工合作的经济和生育的事业，他们不向对方希望心理上的契洽"①。所谓男耕女织只是维持乡土社会秩序的合作模式，自由恋爱和对情欲的探索将打破稳定的乡土社会秩序。因此，乡土社会采取了种种禁欲的教育方式来阻塞人的自然欲望。

白鹿原上的年轻人从情欲出发突破儒家思想禁锢，进而不约而同地导向革命的欲望、介入现代社会的欲望。白孝文原本是白鹿村新一代族长，他在鹿子霖的设计下被田小娥诱惑而释放出压抑在内心的情欲，这种情欲最后转化为一种生存的欲望和权力的欲望。白灵、鹿兆鹏、鹿兆海都接受了现代教育，反对包办婚姻，在脱离传统文化空间后，对自由恋爱的向往与对民族、国家未来的探索使他们彻底走向对儒家文化的反叛之路。黑娃本能地厌恶父亲鹿三对白嘉轩绝对的顺从与忠诚，他到外乡打工时在郭举人的小妾田小娥的引诱下释放情欲，之后携小娥归乡祭祖被拒让他成为乡土伦理的边缘人。他闹过农协、当过土匪，虽然最后回归传统，但儒家道德修养不能充当政治清白的担保，这也侧面反映了儒家教育的失效。

四是大儒朱先生儒家理想的失败。朱先生是儒家文化的正统传人，是儒家道德理想的完美代表。白嘉轩的儒家伦理是世俗化的，他虽然奉行祖训，遵守乡约，克己复礼，待人仁义，但相对于儒家道德的要求，他是有缺陷的，他利用计谋换得了鹿子霖的风水宝地，又种植鸦片为其家庭积累下第一桶金。与白嘉轩不同，朱先生毫无私欲，具有

---

① 费孝通：《乡土中国》，上海人民出版社 2019 年版，第 67 页。

圣贤的人格。他一心为民，宣传仁义思想，希望能通过白嘉轩来实现自己的儒家理想。但当这一道德理想落地时，他遭遇的却是尴尬。白鹿原在现代性冲击之下已无法维持儒家道德支撑下的乡土自治。白鹿书院在现代教育机构的冲击下不得不撤退至郊野。朱先生大义凛然的禁烟行为看似是壮举，实则被认为是愚行，滋水县令没有再聘用他，因为他阻挡了他们谋财的道路。白鹿原上疯狂生长的罂粟宣告了儒家文化对抗现代性的失败。他奔赴战场抗日的计划因军队的内部纷争被迫流产，他的抗日宣言终成一纸空文。最后，朱先生只能像白嘉轩无视外头的纷扰专心扎棉花一样，关闭书院终日埋头修县志。面对现代性震荡下的乡村世界，朱先生尽显疲态，而乡土之外的广袤世界，他更无从深度介入。面对国共政治理念之分殊，他提出"鳌子说"来阐释其内涵，这一阐发看似生动，其实抽象而空洞。他个体的道德持守只能化为一种静态的精神展示。小说在最后安排了朱先生的死亡，隐喻了乡村自治模式的失败与儒家理念的难以为继。

三 历史与当下：重塑儒家文化的当代价值与意义

《白鹿原》问世后，有诸多学者聚焦小说中蕴含的儒家文化思想，认为小说充满了浓郁的怀旧色彩，同时指出陈忠实在创作小说时对儒家文化抱有一种矛盾的心理："一方面，他力图伸张传统的伦理精神以救赎沉沦的人世，另一方面他又力图站在历史主义立场去伸张历史的必然性与合理性，这样，他在伸张传统伦理精神时，意识到的是它的缺陷及其衰亡的不可避免，在伸张历史的必然性与合理性时，又常常看到的是历史的混乱荒谬，结果，他的作品就陷入了自身的悖伦。他展示历史必然性的意图被他的道德尺度所解构；他所要高扬的伦理精神又被他的历史尺度所否定。"[①] 其实，陈忠实对儒家文化的赞颂绝不是纯粹的复古与怀旧。《白鹿原》成书于"寻根热"之后，"儒学

---

① 张林杰：《〈白鹿原〉：历史与道德的悖论》，《人文杂志》2000 年第 1 期。

热"方兴之际。我们必须把文学领域中对儒学的关注，拓宽至 20 世纪 90 年代兴起的"儒学热"来加以考察，儒家文化的中兴有着复杂的原因，并非简单的复古可以解释。

一个直接又重要的刺激因素是东亚经济腾飞引发人们对儒家文化与现代化之关系的重新认识。19 世纪中期以来，西方资本主义以突飞猛进的速度发展，而这时候的中国却日益走向衰落，尤其是 1840 年以后更是陷入了苦难的深渊。因此，"文化一元论"的论调甚嚣尘上，即西方国家的经济发达与现代文明是对应的，中国的经济落后与古旧的东方文明是对应的，儒家文化作为古老东方文明的一部分自然应当被淘汰。马克斯·韦伯将基督教的新教伦理与资本主义的生产方式密切联系起来，论述了两者的亲和性。由此一来，"重义轻利"的儒家文化与市场经济不相和，是阻碍现代工业文明发展的旧文化的论调流行起来。这种西方文化优越论随着 20 世纪 90 年代亚洲经济的起飞被打破。在欧美经济不景气的情况下，日本、亚洲"四小龙"、中国等亚洲地区在经济与科技方面发展迅速，其成功背后的文化因素引起人们的关注。当然，在"第二次世界大战"之后，这些地区市场经济体制的建立与西方文化的引入不无关系，但身处"儒家文化圈"内，儒家文化观念对企业行为的影响可谓深广，这起码说明了儒家思想与现代化并非是对立或排斥的关系。于是，不少学者开始研究儒家伦理与现代企业管理经营的潜在关联，力图发现有助于经济发展的文化力量。现代新儒家更是声称亚洲经济的腾飞是"儒家资本主义"道路的结果。"这条道路的特点是把儒家伦理色彩揉进资本主义的经营管理，把西方只重个人才能、胆略和气魄，改变为行政工程、心理调节和人际关系调节，善于发挥群体的聪明智慧。"① 尽管此类观点引发了不少争议，但确实在一定程度上动摇了所谓的西方文化优越论。

另一重要的因素在于儒家伦理被视为拯救人们信仰危机与精神缺

---

① 林娅主编：《当代中国哲学热点问题透析》，中国政法大学出版社 2000 年版，第 177 页。

失的文化良药。改革开放以来，中国经济取得了长足进步，同时也带来了许多问题。人们的社会生活，尤其是精神领域遭遇危机，伴随市场经济发展和社会现代化而来的是信仰缺失、精神焦虑、道德滑坡等问题，这使得人们开始对西方文化进行反思，并尝试从传统文化中发掘医治"现代病"的良方。在经济发达的西方国家，人们同样遭遇着不同程度、不同性质的精神危机与价值缺憾。儒家文化中的人伦观、义利观、理欲观等对完善道德、重建信仰、抑制物欲、疏解精神具有重要作用。因此，一些国内外学者开始重新审视儒家文化，积极挖掘其中的积极因子，加上现代新儒学倡导者理论建构的努力，"儒学热"在20世纪90年代成为重要的文化现象。

探索儒家文化的现代性内涵，实现儒家思想文化的创造性转化与创新性发展是20世纪90年代以后儒家文化研究的主要目的。在"寻根热"与"儒学热"背景下诞生的《白鹿原》，在情感上依恋儒家文化，绝非一时兴起的复古或不切实际的伤感怀旧。陈忠实以"儒家文化"来重构"寻根"的行为，其内在的动力在于探查儒家文化在当代社会新的生长点，考察儒家文化的现实意义和实践价值。儒学的命运同中国社会变革息息相关，儒学的起伏兴衰有规律可循，"在中国社会处于'量变'阶段，当企图以'保守'或'渐进'的方式来解决社会矛盾的人占上风时，儒学便被人们加以弘扬和利用；在中国社会处于'质变'阶段，当企图以革命或突变的方式来解决社会矛盾的人占上风时，儒学便遭到践踏和批判"①。从辛亥革命一直到中华人民共和国成立，亦即在小说半个多世纪的时间跨度中，中国社会动荡不安，儒学的命运也随之起伏，纵观中国历史，儒学在稳定政治环境下的乡土空间里能够持续发挥作用。《白鹿原》中涉及的正是中国社会从量变向质变转化的时期，因此我们既能依稀看到儒家文化浸润下理想乡村自治的影子，又目睹了儒家文化在现代性合围之下日渐衰微的命运。

① 陈炎：《积淀与突破》，广西师范大学出版社1997年版，第190页。

不过，历史并非循环与重复，文化也并非静止不变的本质性存在，儒家文化在往昔乡土中国发挥着巨大作用。在稳定发展的当代中国，对于深受这一文化心理结构影响的中国人来说，儒家文化无疑有着巨大的精神向心力。每个民族都有其独特的性格，即文化心理结构，"孔子创立的一套文化思想，千年来已经无孔不入地渗透到人们的观念、行为、习俗、信仰、思维方式之中，自觉不自觉地成为人们处理各种事务、关系和生活的指导原则和基本方针。也就是说，它构成了这个民族的某种共同的心理状态和性格特征。它已由理论积淀为一种文化—心理结构"①。文化心理结构作为历史的积淀影响着人们的当下与未来，只不过，它面临着动态转化与创新发展的问题。

"寻根"并不意味着要求传统儒家文化的全面复原。陈忠实理性地审视曾经被全盘否定的儒家文化，力图从中发掘对中华民族之复兴能持续发挥良性作用的文化财富。如果从这个角度来审视《白鹿原》，我们就能更深入地理解陈忠实将清末到中华人民共和国成立这一时段作为呈现儒家思想的历史背景的内在原因。只有在这一从量变到质变的过渡时期，儒家文化内蕴的各种复杂态势才得以全面展现。历史参与者可以从中有所摒弃与撷取。20 世纪 90 年代以来，市场与资本强势合围，唯利主义潮流席卷一切，人文精神日趋沦丧。在此背景下，复归传统，激活儒家文化伦理中积极正面的思想资源成为陈忠实创作的重要诗学动机。在小说中，我们看到儒家文化已经简化成一种日常生活伦理哲学。《白鹿原》中，白嘉轩以"仁义"作为自己行事的标准，在朱先生的教导与启发下，追求自我人格的完善，待人宽容，重义轻利，无论遇到再大的事情，他都泰然处之，"学为好人"是他一生的追求。与之相反，鹿子霖一心钻营，心胸狭窄，爱算计、好小利，私德有亏，由于他过于看重外物，因此总是处于患得患失的状态。两相比较，人格高下立现。在当今社会，人们往往被欲望所裹挟，崇奉

---

① 李泽厚：《孔子再评价》，《中国社会科学》1980 年第 2 期。

利己主义，重做事轻做人。在此意义上，儒家文化中"克己修身"
"学为好人"这种重视个人道德修养的人格建构模式就极具借鉴意义。

第二节 民族与文化的诗性反思

"五四"以来，有关文化传统的现代性批判在 20 世纪 80 年代的新
启蒙语境中受到重新审视，而一些理论陈述在应对这一文化困境时，
往往易于滑向独断与粗疏。如杜维明在表述列文森对中国知识分子的
评价时就说，"他们在情感上执着于自家的历史，在理智上却又献身
于外来的价值。换言之，他们在情感上认同儒家的人文主义，是对过
去一种徒劳的、乡愁的祈向而已；他们在理智上认同西方的科学价值，
只是了解到其为当今的必然之势。他们对过去的认同，缺乏知性的理
据，而他们对当今的认同，则缺乏对情感的强度"[1]。这一论断固然有
一定的现实基础，但整体上来说列文森的文化"冲击—回应"说有意
无意地将文化处理成了一个被动的静态物。

张浩文的《绝秦书》在处理民族与文化问题时，则力求将其渗入
文化的日常细节中，以还原其历史复杂性。《绝秦书》中通过对人物
周克文的刻画，表达了对儒家文化情感上的体认，而在人物周立功身
上，则可以看到现代（西方）与传统的激烈冲撞。经由这两个人物，
小说具象地呈现了文化自救的艰辛历程。

一 儒家文化的民间智慧

李泽厚在 20 世纪 80 年代曾经从心理学、文化人类学的角度分析
儒家文化与民族，尤其是与中国知识分子的关系。他认为，孔子不仅

---

[1] 傅乐诗、周阳山等：《近代中国思想人物论——保守主义》，台北时报文化出版事业
有限公司 1980 年版，第 327 页。

成功地塑造出一种民族的文化心理结构，"更使之成为人的族类自觉"①。这种印在内心的文化心理促使一些当代作家怀抱着士的精神，坚持不懈地为传统儒家文化进行着悲壮的正名。从《白鹿原》里持儒守家的白嘉轩、仁义至人的朱先生，到《古炉》里奉儒救人的王善人，再到《绝秦书》里学儒教民的周克文，作家们建构了一批仁义智慧的民间儒者形象。在这些形象背后，我们可以发现书写者在主观上无不抱持一种孤苦而又坚定的文化怀旧意念。

作家们笔下的儒者形象突出表现了"执拗"的血性，也因此带有一定的悲情色彩。贾平凹笔下的王善人有着教化世人的非凡决心，"说病"几乎成为他的一个伴随终生的习惯。他不断地被邀请到各家说病，做着引导人性向善和维护伦理道德的努力，甚至不惜以火自焚殉了自己的信仰。他最后留给古炉村的那颗被火烧焦的心，表明了他顽强坚守传统以及文化救赎的强烈愿望。白嘉轩的执拗则体现在他虽跨越晚清、民国这样复杂的历史动荡期，却始终恪守着耕读传家的传统和宗法家族制度。《绝秦书》中的周克文，在表现出民间智慧的主体性的同时，也暗含着执拗的因子。

强调儒家文化的民间智慧，是贯穿《绝秦书》始终的一条主线。作家曾指出："民间智慧是我们安身立命、生生不息的文化酵母。"②周克文就是一个饱读诗书、拥有仁心智慧的民间宿儒。从鹤立鸡群的明德堂的出现到周家寨发生的种种，整个小说都弥漫着浓重的儒家文化气息。耕读传家是周克文的理想生活状态，他对土地的态度是非常真诚的，他的地施的肥比别人多两遍，这不仅是因为自己家底殷厚，而是坚信人不哄地，地不欺人，在弟弟周拴成要把祖田卖掉时，他出高价想计策也要把它买下来。在暴利的驱动下，家家户户种大烟，周克文却不为所动，果断改种粮食和棉花，这与他的仁善思想是分不开

---

① 李泽厚：《儒家文化与新时期作家研究》，《中国社会科学》1980 年第 2 期。

② 张浩文：《去隔与贴近：当前农村题材文学创作的问题与应对》，《文学报》2006 年 6 月 1 日第 3 版。

的。小说还给周克文之智慧以充足的表现空间。遭遇土匪抢劫，他主动以银元换时间，给土匪讲故事感化他们；棉花分期成熟，收获不及时就会折损，他利用换工的方法成功解决难题，且主动换工给黑丑，既帮助他先将地种好又教他农活技术，从而帮助了孤儿寡母；棉花收获前学狼叫避免了乡民偷摘，后又将第一批收摘的棉花分给乡民；在纳粮缴税这件事上，他左一个《孟子》，右一个《资治通鉴》，旁征博引地说服县长，巧妙地化解了民众与政府的冲突，也使自己免于落下一个谋反的罪名……

显然，周克文的民间智慧与儒家的立善存仁思想密不可分，正是由于他秉承"大学之道，在明明德，在亲民，在止于至善"的儒家之道，才会凡事避让周旋，机智应对和处理乡村事务。这种应对与处理同时也暗含了他执拗的特点——坚持利用儒家文化教化乡民。饥荒大年馑，一开始他也深知一人无力回天，但看到洋教施舍粥饭后立即决定把粮食捐出来救济灾民，其真正目的是不想让孔孟之道就此损毁殆尽。尽管两个儿子接连因粮食而死，他依旧近乎固执地要把粮食拿来赈灾跟洋教打擂台，以换回民心维护儒文化的正统。

二　现代与传统的激烈碰撞

在一些作家眼中，即便在现代性语境中，儒家文化开始式微，但它依旧可以在乡村的约束管理上发挥出不可小觑的能量。比如在《白鹿原》中，"儒家文化不仅是一批经典，并且还是乡土生活的日常哲学"①。在白鹿原这片土地上，儒家文化居于绝对的统辖地位，它负责解释与处理所有事件。不过，在这一区域之外，或者外部力量介入乡村时，儒家文化往往就使不上力，它似乎很难有效地进入现代社会。②《绝秦书》显然对此了然于心，它通过周立功这个人物有意地碰触了

---

① 南帆：《文化的尴尬——重读白鹿原》，《文艺理论研究》2005 年第 2 期。
② 南帆：《文化的尴尬——重读白鹿原》，《文艺理论研究》2005 年第 2 期。

东西方文化冲突的交汇点。

周立功这个人物似乎是晏阳初的缩小仿真版。与晏阳初一样，周立功从小生活在有敬学传统的家庭，后来又接受了新式教育，接触到了西方的思想。他从学习中国文学转向社会学，跟随晏阳初搞平民教育，力图改变农村现状，实现民族自救。晏阳初自己曾经直言，"三C"影响了我一生，就是孔子（Confucius）、基督（Christ）和苦力（Coolies），即来自远古的儒家民本思想，来自近世的传教士的榜样和来自四海的民间疾苦和智能。① 因此，晏阳初的平民教育思想以关心民间疾苦、以民为主为主要改革动力，它在传统儒家民本思想上又赋予了现代意义。周克文和周立功都希望能够教化村民，但在最终目的上还是存在着一定差异的。一是完全以孔孟为师，依靠民间儒家智慧立足；二是以晏阳初、梁漱溟为榜样，学习平民教育思想。晏阳初不赞成武装革命，提倡超党派、在不与政治挂钩的基础上进行文化改革，但事实上，晏阳初的定县平教实验之所以顺利，与军阀和当地政府的许可与大力支持不无关系。因此，作者对周立功的刻画似乎也在质疑他平民教育的可行性。如果没有这些政治势力的支持，情况会是怎么样的呢？况且，晏阳初实验成功的很重要的一点即是以农民化的方式来教育农民，才有了比较显著的效果。相比而言，周立功的农教会面对的阻力是强大的，其支持者只有两个——周克文和引娃。

作者在这里显然是贬子扬父，周立功在周家镇这一隅之地开识字班是在父亲兼族长的周克文允许和支持下进行的，既没有政府的支持，又没有掌握晏阳初平民教育的真谛，其成功的可能自然渺茫。周克文对儿子的支持基于自身强烈的传统文化意识。当然，明德敬学的传统部分还来源于父亲周牛娃不识字的切肤之痛，因不通文字他最终娶了个麻脸秃头而遗憾终生。当周立功识字班招学员受阻时，周克文利用民众心理，以唱戏的方式吸引乡民注意，继而晓以大义让乡民认识到

---

① 江登兴：《晏阳初：与爱因斯坦齐名的中国人》，《中国改革》（农村版）2002 年第 2 期。

不识字的危害，借此成功地解决了招生难题。反倒是周克文的做法暗合了晏阳初平民教育的理念。因有基本教育为之基础，终于自己寻出莫大生路矣。[①] 识懂千字文，处理基本的生活问题后再谈面对社会问题时"聋、瞎、哑"的弊病，这是开启教育时需注意的，必须要掌握民众的心理和社会之风化习俗。[②] 周立功就没有注意这些问题，他没有像晏阳初一样在国外亲历华工的苦难，地主家庭的出身和接受的西方思想造就了一个穿西装打领带满嘴洋话的少爷形象，使他与农民先天就隔了一层。而周克文是周家镇的族长，旧时的秀才，有名望，受大家尊敬，说话容易服众，且贴近民众，以民众接受的方式加以教育自然事半功倍。当然，他对儿子的支持不是毫无限度的。由裹小脚和婚姻自由问题造成的父子的强烈冲突可见乡村建设之难。显然，作者在认同传统儒家民间智慧的同时，也对这一文化形态的僵化与保守性提出了理性批评。

引娃是周立功救国理想忠诚而盲目的支持者，从乡村建设到实业救国她都紧跟在周立功身边，但她支持的动力仅仅是来自对周立功的爱慕，对周立功所做的一系列事情到死都没有理解，只是认为他是一个"干大事的人"。她对爱情单方面的执着与周立功利用西方文化改造乡村、富国强民的热情构成一种隐喻的关系。尽管周立功满腹学识和抱负，但由于没有深入了解农民和看不清政治经济形势而导致乡村建设失败。他没有成功说服大家，却无意中以爱情征服了引娃。他写文章痛斥烟毒，可谓真诚而鲁莽，根本不了解政治之复杂且又贪生怕死，还是引娃日夜兼程去搬救兵救了他；办实业没有资金，连吃饭都成问题，是引娃用了自己的私房钱才使他每顿都能吃上油泼面。最后引娃以生命换回了周立功的饭费，他却对她的去向毫不知情。这种隐喻与整篇小说幽默机智的调子构成强烈的反讽。可以说，列文森所提

---

① 《晏阳初文集》，教育科学出版社1989年版，第11页。

② 《晏阳初文集》，教育科学出版社1989年版，第18页。

到的中国知识分子的困境在周立功这个人物身上得到了传神的表现。

三 儒家文化与国家命运

《绝秦书》在情感上认同儒家智慧的同时，也对儒家文化以及民族国家的命运进行了深入思考。

当时在中国推行文化改良的不在少数，除了晏阳初，梁漱溟也是一个典型。尽管梁漱溟向新儒学靠拢，与晏阳初偏向于依托传统儒学的现代民主政治观略有不同，但两者都将中国落后的问题归结为文化问题，提倡平民教育与文化改良。在梁漱溟看来，只有"乡治"是餍足人心的新方向，它就政治经济问题，而为人生大道指点。美国学者艾恺认为，梁漱溟的乡村建设理论本身是矛盾的，它要求国人维护圣人的理性，从而实现物质上的富足，以此来应对外来文化的侵扰，弥补传统道德之缺失。这是一种文化理想主义，圣人的理性没能在过去的历史上成就中国的富足，更不用说应对现实的状况。《绝秦书》贬子赞父的做法实际上表明，它对晏阳初和梁漱溟的文化改革、平民教育是有所保留与反思的，尽管也流露出了对他们文化人格与践行的尊重。乡村建设遭遇的挫折显然更需要我们去理性对待其思想与具体主张。他们都没有认清当时中国的现实问题，军阀割据、政府腐败、外敌入侵、党派纷争、阶级冲突，一切问题都亟待解决，而"乡治"不是一朝一夕的事情，只有在安稳的政治制度和环境下才能循序渐进地展开，也许这才是晏阳初所谓"如果你想在教育上或其他领域内提倡新思想和新制度，那就最好不要介入政治，这样，你才有作实验的绝对自由，这是能充分发挥自己智慧的惟一方法，否则，你就会由于放弃原则而失败"① 的真意。

尽管如此，《绝秦书》借由对周立功有限的肯定，也表露了对乡村建设有限的认可，至少这种文化自救行为暗含了一种可能的历史流向。

---

① 江登兴：《晏阳初：与爱因斯坦齐名的中国人》，《中国改革》（农村版）2002 年第 2 期。

对于儒家文化和近现代中国的命运问题，列文森所做的探讨对中国学者可谓影响深远，他所创立的"西方冲击—中国回应"的中国传统文化的研究模式道出了中国传统知识分子的困境和近现代中国所面临的现实问题。中国所面临的是由旧文言向新语法的转变，这种质变对中国传统文化而言就不仅仅是丰富和完善的问题，所代表的是一种文化对另一种文化的驱逐和取替。从《绝秦书》整体的构思来看，作者并未仅仅着眼于文化的"冲击—回应"，而是将中国社会内部的诸多问题有条不紊地呈现出来，周立功的文化改良为何遭遇失败，实业救国为何进行不下去，作者显然试图将这些问题植入日常生活的细枝末节中去。儒家本身具有一定的弹性，并不像周克文所想的那样，只要一经洋人的入侵和腐蚀，传统就会土崩瓦解。儒家思想自身也是纷繁复杂，旁生歧出，当它步履蹒跚地遭遇西方强势现代文化这股异质力量的冲击时，会发生非常复杂的化合反应。这里与其说是被动的文化更替，不如说传统文化在疲敝之时正需要一支异质真理的强心剂来促使它的再生。无论是列文森西方中心主义的阐述模式，还是柯文以中国为中心所做的社会内部结构变化的探索，都有将中国传统文化静态化处理的缺憾。

《绝秦书》对儒家文化及国家命运的思考，则是在充分关注文化日常细节（周克文、周立功等具体个体的文化遭际）的前提下，从传统文化内部入手进行探讨的，这种诗性反思能有效规避理论思考的独断与粗疏，更有利于还原文化自身的多元复杂性。近代儒家文化的压力主要是西方资本主义现代性所施加的。应当说，基督教文化进入中国在一定程度上对儒家文化构成了威胁，但基督教文化正是促使儒家文化思变的动力。周克文为了应对洋教蛊惑人心，架起施粥大锅与洋教对抗以图挽救人心，这种"以彼之道，还施彼身"的文化对抗至少表明，儒家文化在面临冲击时有了文化自我意识，主体性进一步强化，从此开始了艰辛坎坷的自救与自强。现代新儒家的转型努力则是这一自救进程的主脉。"五四"以来儒家文化的离散，使得现代中国面临道德、存在、形而上三个层面的意义"迷失"。这种价值层面的危机，真理形态的科学无能无力，启蒙理性建构的法理也无从解决，这就为儒家文化的复兴提供了最基本的语境支撑。正因如此，近年的韩少功才试图通过回归礼俗社会来弥补法理社会的缺陷。[①]

《绝秦书》之深刻性在于，理性看待传统文化道德在乡村治理中的作用的同时，又暗示了其在现代性冲击下可能的历史走向。这至少表明，早期列文森将儒家文化比作博物馆是不准确的。

第三节　传统与现代的历史博弈

湘西是一个神奇的地方，它有着独特的文化传统。千百年来，这里因苗族、土家族、汉族等文化的碰撞、胶着与融合，从而呈现出一种多民族文化杂糅的状况。正是这一丰富的文化样态使湘西形成了区别于其他少数民族地区的复杂多元的地域文化。所谓钟灵毓秀、人杰地灵，湘西多姿多彩的地域风情成就了"文学的湘西"。书写湘西风情，塑造湘西世界是湘西少数民族文学书写的传统，但在当下的信息化社会，地域的神秘色彩已然开始褪色。文学是地域性的，但又不仅仅是地域性的。地域可以展现作家的独特个性，过度依赖它又会使作家囿于其中而疏于观念的介入。许多少数民族作家已经开始意识到地域性书写的局限性，他们在继承民族传统和地域特色的同时将这方独特的水土与社会历史现实密切结合。在这方面，于怀岸做出了很好的尝试，他的长篇近作《巫师简史》把个人命运与社会历史现实紧密联系起来，以20世纪上半叶"猫庄"这一小村寨的历史变迁折射出整个中国的现代化进程，体现出超克地域性的

---

① 廖述务：《公共正义的诗意构想——以韩少功新世纪创作为中心》，《文艺理论与批评》2012年第3期。

诗学追求。

一　文化乌托邦的建构

人们往往对"地域"这一概念存在着一种先入为主的理解，把地域性与乡土性或民族性等同。其实所谓地域，只是作者展开文学想象的书写场域，他可以乡村为背景，也可以都市为中心，总之，地域性的内涵一定程度上是借由作者书写的空间场域而定的。因此，超越的关键不在于是否脱离这一地域，而是要在书写方式上脱离浮泛的地域色彩的渲染，切实把所依托的这方土地与社会历史现实有效地结合起来。《巫师简史》是一部以地图上邮票大小的湘西为书写场域的作品。作者在面对这一书写语境时显示出老道与成熟，把一个封闭的乌托邦村庄铺展在湘西五十年的历史时空中，从而呈现出"理想之城"与"尘世之城"间的张力关系。

"乌托邦"无疑是理解这部小说的关键词。围绕这部小说形成了两种截然不同的观点，一种观点认为《巫师简史》展示的是一种社会乌托邦①，另一种观点则断然否认"猫庄"具有乌托邦性质②。后者评鉴的依据来自乌托邦小说始祖莫尔的《乌托邦》中对乌托邦所作的界定。论者列举了四条反对意见，大概意思就是猫庄很多地方无法达到莫尔所设定的乌托邦水平。达科·苏恩文在对各种有着亲属关系的文类进行细致分析后得出，乌托邦小说是一种文学类型或语言文字建构，其充分必要条件是一个特定的准人类的社群的在场，在这个社群中，社会政治制度、准则和个人关系，与作者所处的社群相比，是依据一种更为完美的原则而组织起来的。③ 也就是说，那些建构乌托邦想象

---

① 刘恪：《我们经历过什么，未来会怎么样》，《湖南文学》2015 年第 8 期。

② 周创易：《〈巫师简史〉："无政府主义"的历史寓言》，2016 年 1 月 26 日，http://bbs. yys5. com/thread – 123738 – 1 – 1. html。

③ ［加］达科·苏恩文：《科幻小说面面观》，郝琳、李庆涛、程佳等译，安徽文艺出版社 2011 年版，第 155 页。

的人，都是以一种既与现实相关又与现实疏离的方式来想象一种建构者心目中更为完美的统治系统。那些严苛地以莫尔的《乌托邦》为衡量标准而断然否定"猫庄"的乌托邦性质的观点实际上是在嫌恶猫庄的"不够完美"。

事实上，《乌托邦》只是乌托邦小说的初级形式，它同样存在许多不完美之处。尽管莫尔的乌托邦实行的是公有制，号称人人平等、财产公有，但还是有奴隶的存在。并且，在"不完美"上，两个文本具有极大的相似性。莫尔的乌托邦的一贯策略就是在我们与他们之间造成差异，比如商业贸易、雇佣外国兵和外国奴隶、贿赂外国官员以及暗杀等为乌托邦所不齿的事情，乌托邦却热衷于施加给其他国家。同样，在猫庄，赵天国领回了罂粟种子，带领乡民大肆种鸦片却严禁乡民吸食鸦片，五十年间不允许猫庄一个青年投军，或篡改瞒报猫庄人口情况，或贿赂买丁，甚至以民团团长的名义从其他山寨强征。詹姆逊曾经指出乌托邦政治的根本动力一直都存在于同一和差异的辩证法中。① 它意味着新的、差异性的东西必然与现实经验相关，受现实经验制约。所以，即使是最好的乌托邦也不是最全面的，无论是《乌托邦》还是《巫师简史》都不例外。

另外，《乌托邦》全书旨在创设一种幸福的社会政治学，可以说是一种静态的乌托邦建构。正是由于这一静态性，它只能是一种假设，无法面面俱到，无法处理具体历史语境中遭遇的问题。相比而言，《巫师简史》则是理想乌托邦在现实社会中的一种动态演练。比如，对于外来技艺或者新事物的态度，两个乌托邦世界都乐于接受。《乌托邦》里的人们对外来的印刷造纸术很感兴趣，并且很快习得这些技艺，至于这种外来先进技术的吸纳会不会打破原有安静、理性且和谐的共同体？《乌托邦》中没有考虑。相反，《巫师简史》中赵天国"师

---

① ［美］弗里德里克·詹姆逊：《未来考古学：乌托邦欲望和其他科幻小说》，吴静译，译林出版社 2014 年版，第 5 页。

夷长技"的各种手段使封闭的猫庄在此后的五十年中掀起了翻天覆地的变化。正因如此，以《乌托邦》作为依据来讨论《巫师简史》的乌托邦属性是一种简单且无效的比附。引入莫尔的真正意义在于呈现《巫师简史》的复杂性。

《巫师简史》以中国传统文化为底蕴，用与中国社会现实相关却又疏离的方式构筑了一个前现代的政治愿景。传统文化与这一前现代政治愿景营造出一种"文化乌托邦"，而且它所创设的社会组织系统与历史境况密切相关，显然有别于超拔的莫尔式的公有主义狂欢。这一文化乌托邦所体现出来的特质有遵循儒家文化传统的社会基层自治，拥有道德理想化的治理者，土地均分，崇尚生产劳动不贪奢华享乐，人人为兄弟无阶层之分，重视传统礼仪教化，等等。小说将这一前现代政治愿景置入时间洪流中，与诡谲多变的现实剧烈碰撞，从而显示出传统政治与现代政治之间的历史张力。

二 人物塑造的"守—逃"模式

小说在呈现这一张力的时候运用了鲜明的"守—逃"模式，这一模式串联起两套人物系统，一套是以赵天国为代表的坚守派，一套是以彭学清、赵长春、彭武平为代表的逃离派。

赵天国既是猫庄的巫师又是族长，作为巫师，他达天命、救人事；作为族长，他要振猫庄、管人事。支撑他将两种职责统于一身的是深厚的儒家文化传统，这在一些当代作品中多有呈现。《白鹿原》中白嘉轩始终以儒家教义守护着古旧封闭的祠堂，《绝秦书》中周克文坚持用儒家文化来教化乡民，执拗地跟洋教打擂台以维护儒家正统。《巫师简史》中历代治理者虽有着巫师的身份，但在处理具体乡村事务时还是以儒家文化为根本。猫庄号称仁义之寨，历代治理者都做到了明德、亲民、至善，视乡民为兄弟，对土匪亦能保持一份仁义之气，如小说中赵天国善待企图抢寨灭族的土匪头子龙泽辉的尸首。另外，比之于白嘉轩等人，赵天国显然是更为理想的乡村治理者形象。白嘉轩在村子里不但具有管理权而且还是可观的财产所有者，因此，在具体施政上难免有维护自家利益的私心，如白嘉轩与鹿子霖的勾心斗角。赵氏一族的统治者则压根没有利用权力为自家谋福利的心思，猫庄的土地按人口平均分配，庄户没有地主、长工之分，人人为兄弟，播种、收获、盖屋都是互相帮衬。小说意在建构一个人人平等、富足安康的理想之地，对这种儒家文化的民间智慧进行了浓墨重彩的渲染。赵天国的一切行为都是为了振兴山寨和守住山寨。把周先生请进庄里给猫庄孩子讲学授课，不为功名但求识字算账、明理知气；他仿照外国人的教堂在猫庄建石头房子，有效拦阻了土匪的侵扰；带领乡民种植鸦片使全庄逐渐富足起来；不吝黄金果断给族里购置快枪以增强猫庄的自卫防御实力……因此，在小说中我们可以充分感受到统摄猫庄这一理想飞地的"文化乌托邦"的强大力量。遗憾的是，人类历史尚在继续，乌托邦亦没有终结版本，当现代性的强力从各个层面联合包抄时，传统文化乌托邦这一苍穹中的星火也必然黯淡萎缩下去。

在该小说中，家族统治和宗法伦理自身的局限性是导致"不完美"的前现代乌托邦政治走向幻灭的内在原因。赵长春、彭武平是猫庄的逃离者。赵长梅被赵天文欺负生下猪尾巴孩儿，被族规逼得跳河自尽，彭武平为母报仇枪杀赵天国与赵天文未遂愤而逃离猫庄；赵长春与名义上的外甥女彭武芬相恋遭到父亲的坚决反对，包办婚姻和虚伪的家族颜面迫使赵长春逃离猫庄。彭学清虽然不是猫庄人，但作为乡村青年一方面不满于包办婚姻，另一方面怀揣着对外面的向往主动走出乡村。他作为猫庄人的女婿支持婚姻自由，希望给赵长梅自由选择爱情的权利。这些逃离者在返回猫庄之后逐渐撕裂了这一封闭堡垒——猫庄历代不住外姓人的规矩被彭学清驻扎的国民党军队打破了，猫庄历代不准族人当兵的族规被族长的儿子赵长春打破了，猫庄封闭的寨墙和石屋被彭武平的解放军工程队炸毁了……小说意在展示文化乌托邦撕裂的阵痛，文化乌托邦的消亡既是这一传统文化自身痼疾的发作，又是现代性全面合围的结果。

现代性对 20 世纪中国乡村的入侵是一种普遍现象，而于怀岸则给出了一个极端的特例，他将理想乌托邦乡村作为现代性入侵的对象，无异于把这一冲突置于一个放大镜下，更能凸显现代性与传统之间的矛盾冲突。可以说猫庄的变迁史是中国现代性进程的缩影。猫庄这一前现代政治统治有着深厚的根基，作为最高统治者的赵天国具有高度的政治权威，猫庄只有辈分大小，没有高低贵贱，但其族长的身份和地位是不容亵渎的。他严守族规，长梅被人奸污却还是要被惩罚；为了挽回赵氏宗族的面子，不惜让哑巴周正虎顶罪；赵天文虽然已为县政府任命的保董，他组织赌博，赵天国仍然有权力开族会惩罚他。所以说，猫庄在很长一段时期内处于一种家族自治状态，族权的力量有效屏蔽了外界各种政治势力的渗透。

在猫庄，传统和现代性之间进行着激烈频繁的角逐。小说利用赵天文这一人物形象所诠释的其实就是传统对现代性的一种他者化，即前现代政治对现代政治的"恶"的想象。当赵天文这一集"现代性的恶"于一身的人物想通过外界力量来夺取赵天国的权力时，小说把这两种关系转换成了个人之间人心善恶的对比，赵天文发疯这一情节，明显带有善有善报恶有恶报的因果报应观念。赵天文虽然在这种因果报应中死去，但赵天国阻挡不了更多更大的外在力量对猫庄这一封闭系统的侵蚀，猫庄面临着土匪的侵扰和不同政治势力的挤压。赵天国所作的只是"守"，无论什么风吹到猫庄来他只管被动地挡回去。视界的局限使他没有去考虑动乱背后的深层原因，他只把这些当作如同瘟疫一样莫名的灾祸。其实当时的中国面临着巨大的转型，不断兴起的土匪和各种政治势力的混战皆是现代性的产物，是中国走向现代政治过程中伴随的必然阵痛。大清朝阻挡不了外国的坚船利炮，猫庄封闭的大门也必然被打开。无论是土匪还是猫庄传统的守卫者，都将不可避免地汇入现代性的大潮中去。小说最终唱响的是一曲文化乌托邦的挽歌。

三　传统与现代的历史博弈

作家的创作必然要置身于一定的场域之中，在漫长的创作生涯中，作家往往不会局限于一个单独的场域进行书写。于怀岸正是这样一个在城市场域和乡村场域游走的书写者。在城市场域里，他往往从底层视角出发，以批判现实的笔触关注那些困顿的谋生者，比如以《南方出租屋》为代表的打工系列小说。这些小说往往带有无可逃脱的悲情色彩，不断向读者展示着自己冰冷而孤独的僵躯。而当作家回望乡土，来到他生长的湘西地域空间中，他终于得以释放过往独特的生命体验，生命的体温得以回升。《巫师简史》这一"文化乌托邦"的建构传达的依旧是浓重的悲剧情怀，但它体现了作家在宏大历史语境中对社会政治问题进行深度思考的能力。

于怀岸的写作之所以能够达到一定高度，与他处理巫楚文化元素的方式不无关系。可以说，这一出色的处理方式正是《巫师简史》超克地域性的又一关键因子。

在当代湘西地域书写过程中，存在着一些处理这些元素的极端方式。或是塑造诗意的人物形象，铺排渲染美丽的田园风光，使阅读者陷入万花筒般的虚浮风情中；或是刻意渲染巫风魅俗，制造恐怖氛围，给阅读者戴上黑色的放大镜。这些方式往往置湘西社会现实于不顾，随意播撒文化元素，这是对湘西世界的纯化抑或污化行为。湘西地域风情和巫楚文化并非不值得关注，问题的关键在于如何将这些独特的文化元素与现实元素结合起来，使地域性和现实性、审美性和历史性达成一种圆融的统一，最终使这一地域书写能够对作家强烈的观念介入起到促进作用。

于怀岸在湘西神秘元素的处理上展现了成熟的操控能力。他力避上述两种处理方式，把湘西神秘元素从封闭的单一呈现中解放出来，融入现实因素，以湘西巫楚神秘元素和现代性元素的隐蔽冲撞来凸显文化乌托邦与现代性的博弈。小说在建构传统的文化乌托邦愿景的同时又不断地以这一愿景的历史实践解构自身，在这一建构和解构的并行运动轨迹中，如果说神秘元素是乌托邦文化愿景得以延续的因素，那么现代性元素则反其道而行之。在赵天国这一人物身上集合了神秘元素与现代性元素。神秘元素即是"一块锈迹斑斑的羊胫骨"，巫师代代相传，历代巫师都利用它保山寨平安、六畜兴旺，并且，巫师能够从羊胫骨法器中看到自己一生的结局。赵日升死于乱石之下，赵久明被毒箭射穿，均与神秘的谶记吻合。历代巫师又是赵氏家族的族长，巫术和法器相应地就成为这一前现代政治统治的辅助工具，而法器的逐渐失灵则是这一前现代政治陷入危机的表征。

与法器相对的现代性元素则是"枪"，实质上它在最后一代巫师赵天国身上发挥着比羊胫骨更为重要的作用。两者的对立是现代性入侵在物质层面的体现，羊胫骨的悄然失灵和枪的重要性的提升显示了传统与现代之间残酷而隐蔽的博弈。赵天国因梦生忐忑，法器打卦无法显示吉凶，次日曾昭云带来了比火铳厉害数倍的毛瑟快枪。龙大榜侵袭猫庄时，神意并未给巫师赵天国任何启示，却是这些快枪赶跑了龙大榜匪众的进攻。猫庄大雨持续不停，羊胫骨法器虽然打出了黑卦，指出一个外乡人会影响猫庄，却无法明确显示出福祸如何。从赵天国为保猫庄买枪到枪支被自家兄弟以湘西政府的名义收缴再到埋枪，直至最后赵天国被红色政权以反革命罪枪决，枪作为权力的象征在其后的小说情节发展中起着非常关键的连接作用。羊胫骨在赵天国身上只起到两次至关重要的作用，一次是在小说一开始就预示了赵天国被枪决的情景，另一次则是以法器的粉碎挡住了彭武平射向他的子弹。羊胫骨这一神秘元素和枪这一现代性元素的两次对阵是猫庄这一封闭乌托邦系统终将被打破的传神隐喻。

另外，湘西神秘元素无论是对烘托深受传统文化浸染的人物形象，还是对塑造逃离传统的反叛人物性格，都起到了强化助推的作用。也就是说，它们不是可有可无的文化花边，而是文本整体生命不可移易的有机组元。

四　小结

总的来看，《巫师简史》有浓厚的文化怀旧意味，是 20 世纪 80 年代文化热的余响。文化怀旧也是现代性的产物。作家一方面对传统文化抱有好感，力图从传统中找到民族的出路，但这又与民族国家的现代转型相违逆。可以说，《巫师简史》的乌托邦色彩还表现为在历史已然单向前行的前提下，依旧试图探寻与追问前现代道德理想主义政治在现代的可行性。猫庄的治理者有着较高的道德境界，但这一境界是文化意义上的，这种以家族为背景的单一的文化心理结构无法应对现代性冲击下政治、经济、军事等各个领域总体性的巨变。小说构建的文化乌托邦在赵天国生命走向尽头时轰然坍塌。很显然，作家对上述历史逻辑是了然于心的。文化乌托邦的建构不在于为历史重新择取前行的路径，而是为直面当下提供一种批判性的视域，在这个意义上，《巫师简史》实现了对传统和现代性的双重反思。传统无力应对民族国家的现代转型，但现代性进程中所出现的一些问题可借助传统的力量来纠偏补弊。新启蒙以来的现代性进程，在带来物质层面丰裕的同时，也将道德人心成功纳入工具理性的符码系统，在这个意义上，深情回望的《巫师简史》自有它的现实意义。因此，它不仅是怀旧的、地域的，更是当下的、全局的。

第四章 历史之殇与身体图景

　　在"地方"中发现"身体"，在个体生命中重述历史，在身体叙事中揭示欲望，最后通达世俗现实中人们的精神困境，这是21世纪以来许多作家所遵循的创作路径。在这一创作路径中，地域往往是储存作者童年记忆的场所。对于作家来说，他们无须过多涉及所谓的地域色彩，只需打开这地域"储藏室"的一角，记忆便如地下清泉般汩汩流淌出来，顷刻间浸湿纸背。本章主要选取苏童、林那北21世纪以来的两部作品作为阐释对象。在苏童看来，河流就是他的乡土。"我试图置换一次空间，放大某一种乡土。在人们所固有的惯性思维中，一提到乡土，总是与陆地有关的。但是我这部小说恰好选择的是船民的生活，他们的乡土不是陆地，而是河流，是漂流的乡土。"① 苏童的小说侧重于欲望叙述，通过对欲望中男女的生存悲剧的书写，力图展现中国知识分子对人类困境的悲悯与同情。因此，笔者试图从童年经验、对中国传统文化的继承方面探讨苏童悲剧意识的根源，并以《河岸》这部关于河流的乡土小说为例来考察苏童作为一个具有清醒的悲剧意识的当代作家对人性的探寻与关注。《河岸》为我们展现了一个英雄幻梦，这一幻梦具有很大的虚幻性。作家凭借其娴熟的新历史主义笔法，于官方正史与稗官野史的缝隙间，完成了有关"英雄"的颠覆性

---

　　① 梁海：《寻找"河"与"岸"的灵魂——苏童访谈录》，《作家》2010年第13期。

叙事。其颠覆性关涉身份和禁欲两个层面，身份的撕裂性苦痛与性的禁闭，都从反面显露出"英雄"元叙事的脆弱和单薄。这种新历史主义笔法是对 20 世纪五六十年代革命历史小说"无性的身体"与"无痛感的身体"的戏谑与反叛。

林那北通过长篇小说《锦衣玉食》意欲展望一种苏格拉底意义上的纯粹生命图式，不过，小说最终却以道德退行与道德张力揭示了纯粹生活在世俗现实中的难以存续，德性生存只能是理想希冀。小说也意在喻示，此种理想生活的展望下，我们可以为现实生活做出选择。小说以"纯粹的生活"来烛照现实的污浊，一方面警示人们不要陷入无度追求的旋涡中，让欲望遮蔽善，任恶出行；另一方面期望一种朴素的良性生活追求——只有"正义和节制"导向的物质与精神之满足才是美好生活的真谛。

后现代来临，身体的历史境况也发生了巨大变化。在后现代语境中，狂欢化诙谐确乎已成为这一悖谬时空的独特表征，文明的不满亦由此泄导而出。在狂欢之余，如何寻求意义之重建，自然成为反思当下文化修辞的一个重要维度。狂欢化诙谐在后革命年代呈现出三种常见的文化修辞形态，即怪诞、反讽与搞笑。巴赫金肯定了怪诞美学所具有的颠覆能量。在他看来，怪诞是诙谐与身体的完美结合体。在巴赫金意义上的怪诞中，身体下部至关重要；诙谐因素包含了深刻的政治文化含义；怪诞美学在批判的同时，还对新意义的生成欢欣鼓舞。作为一种成熟有效的文学修辞形式，怪诞多层面地渗入中国当代文学的书写实践中。不过，在后现代语境中，"怪诞"的文化能量遭受不同程度的消解，往往蜕变为行为反讽与搞笑。

第一节　历史、身体与悲剧意识

苏童以精致的文笔和巧妙的构思营造了许多凄美哀婉的故事，以其虚构的热情被称为"说故事"的高手。无论是红粉系列、枫杨树系列，还是香椿树街系列，抑或宫廷系列，他都能给读者耳目一新的感觉，从不会钻入既定叙事模式的怪圈。无论创作风格如何改变，苏童的作品依旧有着很高的辨识度，因为在他充满诗性的语言中蕴含了一种深层的东西——悲剧意识。其小说创作的重要价值就在于重视、关注人在社会中的存在状态，揭示人的命运的悲剧性。苏童以欲望为主线，通过对欲望中男女生存悲剧的书写，力图展现以自我为代表的知识分子对人类困境的悲悯与同情。

有学者阐述了悲剧意识的内涵与形成机制，"悲剧意识是对人类生命生存的悲壮性的意识。生命悲壮性是对人类生命生存的悲壮性的意识。生命悲壮性是由人类既有生存发展的强烈欲望又没有达到目的的可靠能力，只能依凭追求生存发展的意志和有局限性的能力冒险在世这一生存处境决定的。生命一旦在世，必须首先意识到自身悲壮性的生存处境，具有悲剧意识。悲剧意识是人类生命的根基性意识，它与生命同在，但常常却因为复杂的原因被种种妄念所遮蔽"[1]。苏童通过人们在欲望旋涡里的挣扎，而无论怎样挣扎，主人公都逃不过失败的下场展现了这种悲剧意识。

一　童年经验、传统文化与悲剧意识

苏童的小说世界里充满了神秘的悲剧氛围。他在小说中描写了男男女女的自私、孤独与挣扎，叙说他们在生活中无可奈何的悲凉境遇，表现出一种对小人物，特别是对女性生存境遇的忧虑与关怀。这是一种面对人生存处境的不安定而产生的深沉疑虑，是面对人生存欲望与生存困境的永恒的悲剧性冲突而产生的深刻自省。苏童悲剧意识形成的原因比较复杂，一方面与他的童年经验有关，另一方面与传统文化的影响有关。

---

[1]　程亚林：《悲剧意识》，吉林教育出版社1992年版，第4页。

　　"童年体验是指一个人在童年的生活经历中所获得的心理体验的综合，包括童年时期的各种感受、印象、记忆、情感、知识、意志等。"① 童年生活对作家创作的影响不言而喻。许多作家、艺术家的作品尽管没有直接描写童年经历，却仍可发现其童年生活的影子。加西亚·马尔克斯就说，创作《百年孤独》是为了给童年时期以某种方式触动了他的一切经验以一种完整的文学归宿。② 童年经验的沉淀形成了日后艺术家的体验。体验包括丰富性体验和缺失性体验。"艺术家的丰富性体验，指的是艺术家获得爱、友谊、信任、尊重和成就时的内心感受。"③ "艺术家的丰富性体验，尤其是童年时期对爱的温暖的体验，是他们人格发展的重要因素。"④ 苏童的童年经验是以亲人为中心的，他在以母亲和姐姐为中心的女性圈子的悉心照料下长大。他从小体弱多病，整天躺在病床上喝着苦涩的汤药，母亲对其自然就多了一份宠爱。而白发苍苍的启蒙女教师在那个混乱年代里对苏童温和善良的微笑使他终生难忘。这一切都对他日后创作风格的形成产生了影响。因此，在苏童的小说里我们看到了各种各样女性的美，如《妻妾成群》中清幽气质的颂莲、热烈的梅珊，《红粉》中执着刚毅的秋仪，《米》中美丽版逆的织云，等等。正是童年经验所形成的丰富情感体验让苏童笔下的女性形象格外夺目。

　　但这种美是短暂的，缺失性体验使幻灭成为美的归宿。"缺失性体验指主体对各种缺失的体验。"⑤ "艺术家的缺失性体验首先是对自身缺失性状态的体验，这种体验是深刻而强烈的。艺术家自身的缺失性体验往往进而变为对更为普遍的缺失的体验，他们因自身的缺失进而感到社会的缺失、人类的缺失。"⑥ 童年时期的缺失性体验是形成苏

---

① 童庆炳、程正民：《文艺心理学教程》，高等教育出版社 2001 年版，第 92 页。
② 王宁：《诺贝尔文学奖作家谈创作》，北京大学出版社 1987 年版，第 501 页。
③ 童庆炳、程正民：《文艺心理学教程》，高等教育出版社 2001 年版，第 102 页。
④ 童庆炳、程正民：《文艺心理学教程》，高等教育出版社 2001 年版，第 102 页。
⑤ 童庆炳、程正民：《文艺心理学教程》，高等教育出版社 2001 年版，第 97 页。
⑥ 童庆炳、程正民：《文艺心理学教程》，高等教育出版社 2001 年版，第 101 页。

童悲剧人格、悲剧意识的基础。他虽然感受到了母亲的些许疼爱，但由于父母感情的不和与经济上的窘迫，使他缺乏家庭的温暖和童年的乐趣，留在脑中的只是清苦的生活，年幼的他深刻地体会到生命的孤独与悲凉。这样的童年使他过早地成熟，洞见了人性的自私，体验了人生的悲凉与无奈。这种对人性本质的认识，随着年龄增长和生活阅历的积累得到进一步强化与印证，并形成他对人性比较稳固的看法。苏童的小说中总有一种情结，"美是特别容易被摧毁的，本来就不多，很容易受伤害，或者说变质"①。其小说往往传达出悲观的宿命论。在童年体验的作用下，悲剧意识在他的心中扎下根来。

对中国传统文化悲剧意识的继承是苏童小说悲剧意识形成的重要因素。中华民族经历了几千年苦难，这块土地上的人们长期处在种种复杂的情境之中。人的种种欲望总与客观环境相抵触。作为人的本能，食和色是人类个体延续的根本，但饥饿的威胁、情感的缺失、自由的被束缚使人类陷入无法满足的追求与失望当中，这就是人类永恒的悲剧性命运。同时，经过几千年历史文明的积淀，中华民族形成了一种关心国计民生的悲剧意识，这种民族悲剧意识一直影响着各个时代的文人，同样也影响着苏童。苏童在成长的道路上没有遭遇上山下乡，从中学到大学再到工作单位的青春旅程与书本密切相连。因此，苏童与传统文化的缘分更多地来自传统典籍。他有着较深的古典文化积淀，中国古典小说《红楼梦》以及"三言二拍"对他的创作有启发作用。善于营造旧时代的氛围、讲述旧家庭悲剧的才华显示了他与《红楼梦》的精神联系；在《妻妾成群》中，对妻妾之间生死斗争的描写与对紫藤、深井、秋雨等富于象征意味的描绘交织在一起，产生了具有古典意味的奇特诗意；在《红粉》中，对于妓女复杂心理的刻画使人看到《红楼梦》中某些女子的影子。苏童在审美趣味和审美风格上继承了古典文学清幽悲凉的传统，这当中更为重要的是他对中国文人传统的文化人格的继

---

① 朱光潜：《悲剧心理学》，安徽教育出版社2009年版，第264页。

承。他的小说中充满了对普通人生存境遇的关注，这种深沉悠远的悲剧情怀是中国文人共有的品性，是传统文化在苏童意识中的积淀。他关注普通人的悲剧性境遇，他所描绘的对象大都是凡夫俗子，他们在面对生活中的悲剧性境遇时表现各不相同，但最终都归于逃亡和幻灭。

二　岸上的悲剧：虚妄的英雄幻梦

苏童的小说《河岸》展示了"岸上的悲剧"，小说始于一个英雄的历史，却以英雄梦之幻灭而告终。作者延续了新历史主义的写作立场，虚构了真实的人性。诚如卡莱尔所言："无论在任何时代，他们都能从人们的心灵中拔除对于伟人的某种奇特的尊崇；真正的敬佩，忠实的崇拜，忠贞，虽然它可能是暗淡和被曲解的。"① 总之，人们对英雄的崇拜似乎从未停止过，从生活到文本，处处充满了英雄的影子，即对神明的信仰，对伟大诗人的崇敬，对战斗英雄的钦佩，等等。尤其是当时置身在革命文化秩序中的中国大众形成了一种公共的"理想人格"——革命英雄人格。这里，对革命英雄的崇拜其实就是偶像崇拜。革命英雄激发了自我内心的欲望，与英雄靠近、成为英雄式的人物是每个人在心底悄悄编织的梦想。邓少香是将梦想与革命时代完美结合的成功者。时势不在，但梦却还在惯性地编织着。一只装着婴儿的萝筐延续了邓少香的传奇，改变了库文轩的命运，揭开了人们潜意识里的英雄欲，但流淌的河流却泄露了一个秘密——这只不过是个"空匣"。在《河岸》中，苏童无疑再次发挥其虚构的魅力构筑了一个"一切与我的父亲有关"的英雄幻梦。

英雄的母亲邓少香是故事的源头，她的亡灵是编织库文轩英雄理想的丝线。文本一开头就悄然暗示库文轩此一理想的虚幻性，这在对邓少香的英雄事迹的叙述中已现端倪。苏童以他一贯的缝补拼凑技法将历史的碎片聚合整一，使读者在文本与历史缝合的针脚处触摸那个

---

① ［英］卡莱尔：《英雄与英雄崇拜》，何欣译，辽宁教育出版社1998年版，第13页。

时代的真实。英雄的官方史和民间史不断地分裂、交织，最终权力镇压了"邪魔歪道"，仅留下了纯粹化的官方正史。油坊镇的棋亭里嘉立着女英雄的纪念碑，碑身后的浮雕英姿飒爽，女英雄"凛然地怒视着"，但透露出"一股革命时代特有的尖利而浪漫的风情"。女人是如何走向革命道路的？英雄的官方史与民间史之间的裂痕清晰可见，反抗封建家庭与不堪忍受乡下生活这两个截然相反的版本使革命之路的正义性遭到质疑。尽管工作组以迅雷之势肃清了玷污女英雄形象的负面新闻，但对英雄的名号称呼却不再那么理直气壮。落后的群众如嗅觉灵敏的老鼠，将关注点转移到英雄事迹的细枝末节上去了。在接头暗号被敌人识破后，邓少香做了两件事，整理自己的面容和关注萝筐里的孩子，这无疑是革命和浪漫的完美结合，正是这个动人的情节让她成为库文轩心中永恒的红色记忆。渔民封老四落在库文轩屁股上的手则延续了邓少香的英雄理想，并真正确认了库文轩的革命后代身份。不过，女英雄和渔民故事的不断改写令库文轩的身份认同逐渐瓦解，最终走向自我惩罚，直至毁灭。

置身在当时高度组织化和集体化的社会政治文化秩序中，作为个体的人皆表现出程度不同的心理焦虑，其外在则以一种蒙昧而狂热的状态呈现，人的真实自我被压抑。权威主义的社会文化秩序在根本上与人的自由本性相抵牾，个体人格被压抑，表现为对主流文化所宣扬的理想人格的屈从，对革命英雄人格的无限崇敬与赞美。当然，这种集体无意识的英雄情结给予人们的压抑只要没有超越一定的界限，对普通人来说就只是一种"潜伏"，甚至是一种福气。借此，他们可以生活在似有若无的英雄梦幻里，努力地做好自己"水葫芦"的事，却感到每个人都是金灿灿的"向阳花"。

三 身体经验与历史书写

库文轩革命后代身份与这种压抑个体的英雄情结遭遇后，必然致使其主体性完全丧失，革命英雄人格排斥自我并专横地支配着他的精神世界和外在行为。此时，身份即自我。从英雄后代到阶级异己分子所带来的落差是他始料不及的，"我父亲不是邓少香的儿子了，我母亲不是邓少香的儿媳妇了，我也不是邓少香的孙子了"①。身份的丧失意味着个体自我的又一次被代换，只不过这次代替自我的是无尽的"无"，是"空屁"一场。

对革命英雄的崇拜成为库文轩一生的信仰，他一生都在维护自己的英雄身份，坚贞而不可动摇。面对工作组的质询，他无论如何都不承认自己身份有问题，竟要脱裤子验胎记以证清白。为了挽回身份他可以接受一切屈辱，忍受妻子每日的秘密审查，在向阳船队虔诚地接受改造。革命者应是无欲无求的，因此，他严酷地对自己实施了性惩罚，即为了不辱没母亲的英名亲手毁掉了生命之根。他还把改造放在了对儿子库东亮性的监督上，甚至把他正常的发育都视为下流肮脏的事情。他离开岸上的生活到向阳船队去改造，是一种安慰、等待和期许，也是一种本能的逃避。河流是他最后的坚持，十三年间不断地让儿子帮他向上面送信，等待着能够重新以邓少香儿子的身份回到岸上，他对英雄后代身份的执着已经到了无以复加的地步。当这种期望走到尽头，死亡是他唯一的归宿。他驮着烈士纪念碑与河水融为一体，完成了对身份的最后坚守。然而，这种坚守苍白无力，"当不再感受到他是自己的力量和丰富感情以及品质的主动拥有者，他感到自己只是一个贫乏的'物'，依赖于自身之外的力量，他向这些外界的力量投射出他生存的实质"②。显然，当失落的自我化为空洞之"物"，任何坚守都毫无意义，注定归于失败。

在历史这个大文本的编织过程中，库文轩选择了英雄叙事。应该说，他意图用自己的坚持完成对英雄历史的正面书写。官方立场与民间立场的对峙交锋体现在父与子的冲突上。父亲固执地让儿子去看风

---

① 苏童：《河岸》，人民文学出版社 2009 年版，第 15 页。
② ［美］弗洛姆：《健全的社会》，孔恺祥译，王馨钵校，贵州人民出版社 1994 年版，第 98 页。

凰镇上并不存在的祠堂——英雄邓少香战斗过的地方时，儿子却好奇于传说中的棺材铺。战斗英雄是禁欲的革命者，因此父亲对自己和儿子的欲望实施了阉割。十三年的河流生活让库东亮逐渐看到历史的裂缝，革命英雄梦的虚幻。儿子与父亲的种种对抗也昭示了革命禁欲的失败。库东亮对父亲的监视很抵触，敌视与同情交织。他埋怨父亲在性方面所犯的错误连累自己性的成长；他不能领养慧仙，对慧仙的关注遭到父亲阻碍后，他就以用代号写日记的方式进行着秘密的暗恋；他不能随心所欲地看铁姑娘，不能自由地勃起，只好躲在两船缝隙处的河水里自慰。青春期的被压抑造成了他扭曲敏感的心理，他将对父亲的报复集中投注在对"半个阴茎"的嘲弄和羞辱上。同时，他又同情和认同着父亲，看到半个阴茎时他克制不住地、无声地流下泪水。

对父亲的爱和英雄情怀的魅影，作为两种对立的力量撕扯着库东亮的心灵。随着季节变换的河水暗示了他迷惘的心理，"秋天的时候，我相信别人的说法，我父亲不是邓少香的儿子。可是到了春天，我相信父亲了，在我的眼里，他仍然是邓少香的儿子"[1]。正如福柯所说："我们应该在其物质层面设法把握作为一种主体的构成的服从。"[2] 我们习惯于把权力想象为对主体的一种压迫，但根据福柯的观点，如果我们认为权力同时也形成了主体，并提供了它存在的条件和欲望的轨道，那么，权力其实也是我们所依靠的东西，只不过以隐形的方式存在着。库东亮反抗着父权的压迫，但同时却在隐形地认同着父亲的规训。他保护父亲写给上级的信像保护他的秘密日记本一样。他为了维护父亲的烈属身份与赵春美和傻子扁金拼命。当父亲充满希望的等待与坚持变得徒劳无功，最后绝望地准备以躯体死亡来结束一切时，他害怕和伤心起来。他伤心父亲的离去，他害怕没有父亲压制的生活。

在父亲改造期间，库东亮心中淹留了巨大的阴影。找赵春堂要烈

---

[1] 苏童：《河岸》，人民文学出版社 2009 年版。第 43 页。

[2] ［法］米歇尔·福柯：《两篇演讲》，转引自［美］巴特勒《权力的精神生活：服从的理论》，张生译，江苏人民出版社 2009 年版，第 1 页。

属证的计划泡汤以后，他做了个大胆的决定，把英雄的纪念碑给父亲驮回去。这件送给父亲的唯一礼物可以说最终实现了父亲与儿子之间的完美接力。父亲驮着纪念碑投入河水中，把虚幻的革命英雄理想放在了儿子身上。遗憾的是，库东亮所拥有的均是"虚无"。邓少香不属于父亲，也不属于他，母亲也已远走他乡，历史留给他的只是慧仙陈旧的红灯和父亲沉重的驳船。

无论是对于库文轩父子还是乔丽敏和慧仙来说，甚至对于傻子扁金，革命英雄情结始终是笼罩在人们身上的幻象。他们对身份的找寻在历史的冲刷下变得黯淡，最终只能归于对惨淡现实的接受。不过，从父子默契的接力可以看出，苏童最后还是为他的人物披上了温情的人性外衣，尽管历史的逻辑并不尽然。

四　小结

总之，苏童从自身悲剧性的生命体验出发，继承中国传统文化的悲剧意识，形成了他特有的悲剧意识。苏童以他独特的才能和艺术感染力构筑起诗性的审美空间。他看到了人的生命不可克服的内在局限性，注定了悲剧性意识成为他创作的号角。他正视一切，并没有因意识到悲剧的不可抗拒而灰心失望，而是把真实展现在人们面前，力图把人从虚幻和自欺欺人中唤醒，去诚实无畏地度过有限的一生。这种对悲剧意识探索的执着，不论对个人还是对整个民族都是非常有价值的，苏童及其小说也因此而魅力长存。

第二节　世俗欲望与纯粹生活的可能

林那北的长篇小说《锦衣玉食》从不同主人公的观察视角出发营造了四个各自独立又紧密相连的故事。在小说中，作者持笔为桨，冷耳听语，让各色人等立于舟书之上与内心对话，人物的记忆与思索相交、相搏。作家不唯给"锦衣玉食"的生活解密，更重要的是通过该小说提出一个富有哲学意味的问题——我们应当过什么样的生活？主人公柳静这类人物形象的塑造似在宣告答案，她意欲展望一种苏格拉底意义上的纯粹生命图式。然而小说最终却揭示了此种生活在世俗现实中难以存续，德性生存只能是理想的希冀。

一　道德持守：理想生命境界的希冀

小说标题"锦衣玉食"颇富意味，这一词具有丰富的内涵，人们的理解虽各有差异但指向基本一致。"锦衣玉食"可以表示物质富足，代表遂心顺意，寓意家庭和美，等等，无论何种意涵都是对完满日常生活的表达，是对人们期望的幸福生活的浓缩。然而，小说在锦衣玉食之下却暗含着另一相异理解，即幸福生活指向善的生存。苏格拉底认为人应当过幸福的生活，在这里，幸福并非指某种欲望的满足，而是通过"正义和节制"实现的善的生活。① 显然，苏格拉底对人做出了道德层面的规约，道德成为人在现实生活中必须遵循的律令。不过，在苏格拉底这里，这一道德律令并非强制，而是源于一种可以自明的预设。因为道德是关乎个人的，"是非的标准，即对于我应该做什么这个问题的回答，既不依赖于我与周围的人们共同分享的习惯和风俗，也不依赖于一种有着神圣起源或人类起源的命令，而是依赖于我对我自己作出了什么样的决断"②。也就是说，道德依赖于我与自己之间的相处。如何自处与苏格拉底意义上的理想生活密切相关。苏格拉底希望人们返归内心，使每个"二而一"的个体都能够构成与心灵的对话，与自我和谐相处，达至"思"的境界。"能思"才是人理想的生活状态。

柏拉图把能思的生活归为哲学家的专属。实质上，每个人都能够

---

① 参见《柏拉图全集：高尔吉亚篇》第 1 卷，王晓朝译，人民出版社 2002 年版，第325—426 页。

② ［美］阿伦特：《责任与判断》，陈联营译，上海人民出版社 2011 年版，第 77 页。

自觉地对是非善恶进行区分，并时刻面临着与自我的对话。作家林那北将哲学家所秉持的道德律释放至日常生活的时空场域中，她对纯粹生活的展望与古希腊哲学家们的理想生活遥相呼应。《锦衣玉食》展示了各色人等的自处方式。作者毫不掩饰地指出这世界中的卑污，同时也了然个人对外在现实的难以奈何。虽然我们没有办法要求外在世界，强去扭转外部环境，但我们可以返归自身，直视内心，过一种纯粹的生活。具有一定道德操守的人才会撷取此种生活方式，这种人就是苏格拉底意义上可以与自我相处的人。

作者在小说中塑造了此类形象。柳静是一个有精神洁癖且与庸俗日常格格不入的人。她始终保持着简单纯粹的生活态度，对俗世生活的家长里短、道人是非不感兴趣，与名利欲望相疏离，从不在意丈夫的仕途之路。她是具有道德操守的人，坚持着自己的原则和底线，这一道德上的坚持即作者所称的"精神的洁癖"，"说到底她是恬淡静谧的，丝毫没有跟世界较劲的欲望与念头，那种猴急的人，那种流着口水章鱼般伸着七手八脚到处打捞的人，她真的避之唯恐不及"①。精神洁癖既针对自己亦指向他人。于自身而言，她不容许在工作上有一丝的不负责任；她不被物质欲望所缚，也无法与俯就生活的追名逐利者融洽相处；她对陈格态度的冷淡正是由于识出他那急欲使出一切手段向上爬的野心与欲望。她的格格不入显示了她与外在世界的不和谐，而她精神的洁癖却显示了她与内心的良好对话。她不能与作恶或不义的自己相处，也不能和这样的他人相处，因此她不能容忍自己的家庭被恶玷污和践踏，尽管那个行不义的人是自己的丈夫。面对现实的污浊，她只能秉持内心，与世界疏离，骄傲地后撤到自我的角落。她宁愿接受唐必仁是为了爱情背叛自己，也不能原谅他为了升迁所行的龌龊之事，因此她毅然决然地离开家庭。

显然，在柳静这里，与跟整个外在世界的关系相比，与自我的关

---

① 林那北：《锦衣玉食》，百花文艺出版社 2015 年版，第 23 页。

系更为关键。个体必须与自我和谐相处，倘若她容忍了丈夫的行为，就是对自我的背离。"对我来说，我的七弦琴或我指挥的合唱跑调了，充满噪音，这与我作为一，却与自己不协调而矛盾相比，要好得多。"① 正如苏格拉底所表达的，宁愿与整个世界的生存逻辑相悖，也比与自我相龃龉的好。柳静的女儿锦衣也是一个精神洁癖者。她对那些逐名逐利的话题保持着本能的抗拒和厌恶，尽管她有着刺猬般的性格，言辞犀利不讨喜，却纯洁而善良，内心始终放置着一把道德标尺。她丝毫没有在意男朋友陈格背着自己把钻石卖掉为贫穷的父母购买电视机，反而被他的孝心所感动。但当她知道他打造假钻石讨好柳静以便为未来的出路谋划时，她毫不犹豫地与之分手。无论柳静还是锦衣都是与现实生活种种习以为常的生存逻辑相背离的道德持守者。作者力图通过此类人物形象的塑造和他们日常生活的勾画寄托对理想生命境界的憧憬。

二　道德退行：自辩下的自处

如果说柳静之类的人显示了与生活的格格不入、与自我的和谐相处的话，唐必仁之类的人则显示了个体对生活的俯就。他们深谙现代社会的游戏规则，和其光、同其尘，跟随外在世界的运行逻辑。实质上，每个人内心都具有对是非曲直的区分，亦都面临与自我的对话。当他们行不义时必然会遭遇内心的拷问和质询。他们本是难以自处的不可思者。不过，这类人往往能为自己难以自处的痛苦找到出口。屈从于情感的诱惑，将他们的无私状态转化为各种私人情感的表达，给"我"与"自我"的对决现场撒下一重貌似珍贵的情感迷雾，给不和谐按下暂停键，这就是小说中"隐痛"意义之所在。作者在小说中将个人的隐痛悉数展现，隐痛决定了各自的生存逻辑。他们依仗隐痛理所当然地为道德失范辩护，而后安然自处。

---

① Plato, *Gorgias*, trans. Benjamin Jowett, the Pennsylvania State University Press, 1999, p. 103.

唐必仁、余致素、贺俭光、陈格正是这样一类人。他们都受某种欲望驱使而行不义。灰暗的家庭出身是唐必仁的隐痛。他的母亲在国民党统治时期当过舞女，父亲有身体缺陷。父亲的早逝、母亲的被批斗造成了他沉默寡语的个性，从青春年少到而立不惑他都压抑着自己。年少时，家庭出身造成他无法成为先进分子，舞蹈是他生命中的唯一亮色。他凭借天生的舞蹈才能进入文艺宣传队，只有在舞台上他才不被大家忽略和漠视。在母亲的叮咛教导下，从上大学到成为公务员，他一直保持着对仕途和名利的淡漠。但人性的改变往往是内外合力的结果。年少的隐痛与荣耀始终伴随着他平淡的人生，在名利浮动、欲望昭彰的社会环境促动下，他一步步违背自我。如果说唐必仁对权力的欲望如蒙着面纱般遮遮掩掩，那么贺俭光则是明确地随波逐流、追赶名利。他处处积极表现，主动讨好能够影响他前途的薛主任，升迁失败后辞职下海，最终走向官商勾结的犯罪道路。贺俭光的隐痛通过李荔枝的故事流淌而出，在小说涉及的三对夫妻中，贺俭光和李荔枝是最为恩爱的一对，他的痛苦在于不能满足爱人的期待，让她过上富足荣耀的生活。余致素是林那北在小说中塑造的另一个有特色的女性形象。她是一个精神自阉者，相比柳静和李荔枝，她的婚姻最不幸福。婚姻基本的前提是情感的真诚与和谐，而她甘愿一直活在夫妻情感疏离的状态里，就是因为其婚姻从一开始就建立在功利目的之上，她想摆脱少时的丑闻和家人的鄙视，她需要一个权力光环笼罩下的婚姻。实质上，她是不能跟这样一个自我相处的，她的隐痛时刻冒出头来提醒她，隐痛于她而言是痛苦的，更是有用的。隐痛记忆是为伤口消毒的酒精棉球，她一次次擦拭完毕而后心安理得地与自我好好相处。

这些人是芸芸众生中的一员，秉持的是惯常的生存逻辑。生活在现代社会，不食人间烟火几无可能，与内心拉开一段距离迎合外在世界是人这一生物生命发展延续的常态。林那北作品中的不义者绝非罪大恶极者，因为后者"从不思考所做的事情而从不记忆，而没有了记忆，就没有什么东西可以阻止他们"①。他们是城市中的饮食男女，是平庸的一员，他们的不义也是琐碎平常的。"他必须再次面对自己，并且其麻烦就在于他不能忘记自己的所作所为。"② 作为道德上的退行者，他们不能无所顾忌、毫无记忆地迈过道德的隔离带，他们处在与自我的焦灼对抗中。作为实质上的无法自处者，隐痛成为他们摆脱自责和内疚深渊的止坠器。吊诡的是，具有精神持守的人往往活得别扭，而道德失范的人却总可以为自己的道德退行进行自我辩护，附于生活，最终得以自处。只有日渐变形的身体部位像一块块黑亮光斑照耀着他们萎缩的精神与衰微的道德。

三　道德张力：纯粹生活的不可能

生活是一个可以无限扩容的多维体，它是无数个体所遭逢的事件集合，是众生的言说。作者采用复调式结构，让每个人言说自己的隐痛，将匆忙前行的人们那些不能忘却的记忆释放出来，展现他们与自我的激烈交锋。小说中的主人公们在抚摸自己的伤疤时也窥探着他人伤口的脓疮，由此生活的多样性和多义性倾泻而出。作者利用这种结构呈现了道德操守和道德退行两个截然相反的发展方向，构成一种道德张力。小说中呈现的极致道德张力，揭示了纯粹生活的不可能。

具有道德操守的人可否弥合生活这潭污迹斑斑的死水？这部小说给出了否定的答案。柳静无疑是整部小说中的道德理想主义者，作为一个相对纯粹的人，她也没能弥合生活。小说向我们展示，不唯道德退行的人有隐痛，每个个体都有隐痛。道德持守者也依靠隐痛运行着自己的生存逻辑。柳静的道德操守并未对现实生活中的他人产生有益影响。苏格拉底曾经以传道人般的热情教授人们何谓"善"，努力激发他们的道德自明性。当哲学意义上的道德理想经由生活过渡为普通

---

① ［美］阿伦特：《责任与判断》，陈联营译，上海人民出版社 2011 年版，第 75 页。
② ［美］阿伦特：《责任与判断》，陈联营译，上海人民出版社 2011 年版，第 75 页。

人的道德要求时，它能否在现实生活中正常运行，良性家庭伦理关系的运转发挥着重要作用。在现代社会利己主义大行其道的趋势下，家庭是影响道德的关键因素。日常现实正如小说所呈现的缺乏凝聚力和有人情味的幸福感。人们往往只为自己负责，在各自的生存逻辑下刚性运行，个体之间没有可以缓冲的地带。

柳静无疑是一个典型案例，作为一个道德持守者，她既没能对家庭关系的融洽起到维护作用，也没起到引导家人向善的作用。相反，她与自我的和谐导致她对外在世界的完全封闭，包括对她的家庭。家庭关系僵硬，这是她的隐痛。她在家庭中是孤独的，与女儿关系紧张，与丈夫亦不能进行真诚的交流。与内心相合并不表示要把自己孤立于众人之外，道德操守也并不意味着经由日常生活的过滤就转化为一种不宽容。与女儿的紧张关系在很大程度上是因她的不宽容和对细节的挑剔。面对丈夫唐必仁的日渐改变，她采取的是一贯漠视和孤傲的姿态。无论是柳静、李荔枝还是余致素，她们在家庭范围内对爱人的道德发展没有起到任何正面的作用，反而成为对方道德退行的借口。小说中的三对夫妻，无论是道德持守者，还是道德退行者，都执拗地在各自隐痛酿铸的跑道上疾行，相互照面却从无心灵的沟通，终至渐行渐远。小说意在展现道德张力的不可撤销。纯粹的生活要求与内心和谐相处，但并非意味着它要隔离在现实之外。理想生活绝不能建立在与周围现实脱离关系的基础上，自我封闭的道德持守也绝不可能成为有效的道德粘合剂。

道德滑坡已然成为当下的普遍境况，即使是少数人的道德坚守亦受个体生存逻辑所驱使。与柳静相比，唐必仁的母亲徐盎然是更为鲜明的道德持守者，在她身上呈现出浓郁的悲剧色彩。她似乎是小说中最为理想的一个人物——有着素朴的道德品格，认为"做人比做官重要""要有好人品"，她对外在世界认识透彻，一直教导儿子要自尊自重，远离名利，守住自己。面对儿子做出践踏道德底线的事情，她的选择何其决绝，宁愿死亡也不愿与之相处，不愿再承受生活的污浊。

的确，她的道德坚守令人感佩，力图劝诫儿子寡欲向善的行为也显示了她相比柳静封闭的道德自守更为积极的道德取向。但实质上，她和柳静的日常道德都未达及那种具有普适性的"德性的生存"，她们的道德都从属于一种浮于生活的个体逻辑。如果说柳静的道德持守是自闭型的，那么徐盎然的道德持守则是外扰型的。往昔的舞女经历是徐盎然的隐痛，因此她把自尊和名声看得异常重要。她奋力为家庭挣得烈属的名号；她不允许有着舞蹈才能的儿子唱歌跳舞，当发现走舞蹈之路可以使儿子摆脱落后分子身份时又坚决地支持他；当儿子选调市委办公厅时，她坚决反对，唯恐儿子重蹈她的覆辙陷入污名的泥淖中。因此，去污和正名成为跟随其一生的阴影，这种阴影的负面影响几乎超过了她对儿子在道德上的监督和鞭策。甚至可以说，正名的欲望与道德劝诫的相互缠裹给唐必仁造成的压抑反而销蚀了个体道德坚守的力量。真正的德性生存是完全自明的，不应被外在事物所缚。小说意在揭示，面对道德退行和道德持守的割裂，自我封闭的人没有能力来弥合，建基于外在影响的道德持守者亦无能为力，生活终将分崩离析。

四 小结

小说充满悲剧意味地展示了苏格拉底意义上的纯粹生活图式的不可能。不过，小说也意在喻示，在此种理想生活的展望下，我们可以为现实生活做出选择。小说揭示各色人等锦衣玉食生活下隐藏的败絮并非鼓励人们抛却一切欲望追求苦行僧式的生活。物质享受给人带来快乐，它是人们幸福感提升的标志；权力升迁也并非可耻，它是一个人奋斗拼搏精神的印迹，关键是用何种态度来对待生活中的诸种追求。小说以"纯粹的生活"来烛照现实的污浊，一方面警示人们不要陷入无度追求的旋涡中，让欲望遮蔽善，任恶出行；另一方面期望一种朴素的良性生活追求——只有"正义和节制"导向的物质与精神之满足才是美好生活的真谛。因此，整部小说充满了悲剧色彩。

第三节　狂欢化诙谐与意义重建

一　狂欢化诙谐

20世纪90年代全面开启的市场化进程，不止为我们带来了经济的改观，也彻底地改写了文化风格。革命凌空高蹈，需要与日常愉悦保持必要的距离。在红色影视中，革命者面容严峻，高视阔步地指点江山。即便偶尔迸发的爽朗笑声，也常由同志友情、阶段性的革命胜利所激发。至于奸笑、嬉笑、荡笑、浪笑，好色贪吃，七扭八歪，则总是由蛇行鼠窜的"地富反坏右"们所垄断和专有。无疑，那个时代将形貌政治学诠释得淋漓尽致。韩少功曾在《暗示》中谈到那个带有革命性的、面容紧绷的墨子，他的"非乐""节葬"确实合乎平民口味，起始自然易于激起底层民众的同情与拥护。后来却"教众"锐减，输给了倡周礼、重仪式的孔老夫子。显然，"墨子"们对声色符号的迟钝麻木，对感性美的有意抵拒，使得民众难以持久追随。面容僵硬的苦行主义似乎一直难以抵挡世俗欲念的日侵夜扰。民众面容的活络松弛几乎就是革命退潮的身体美学形式。

吉尔胡斯别开生面地谈到过宗教与笑的紧张关系，这可构成对革命与诙谐关系的隐喻性阐释。在吉尔胡斯看来，宗教与笑是两种悬殊的人类现象——宗教涉及一个颠倒了的世界图景，而笑则是一种身体的反应。宗教严肃地致力终极关怀的问题，而笑在大多数的情况下是不严肃的。宗教和笑不可能很好地共存，于是有了"发笑的神灵、哭泣的贞女"此类意味深长的表述。笑是人类身体自愿的极度开放，是生理性的夸张呈现，因此，随着基督教的蒸蒸日上，笑文化就开始日趋退却了，"基督教是一个依托于话语和文本的宗教。在基督教中，上帝是由语言而不是由自然力量铸就的。当宗教象征围绕文字文本和一个理想的人身（它以贞洁和禁欲的生活为标志）时，笑就注定要成为一个陌生之物了"①。

反之，当时空中重新弥漫欢声笑语时，往往又意味着一个感性时代的翩然到来。

消费文化敏感察觉到开发日常愉悦的商业空间，于是，文化落入尘世，资本开始渗透到生理的欢欣愉悦之中，并熟练地完成了对本能的操控和征用。在这种詹姆逊式的"超级空间"中，审美现代性的立场难以为继。南帆用"总体反讽"来形容这一价值体系瓦解、尺度信条紊乱的时代情境②，无疑切中肯綮且发人深省。甚至可以说，当下就是一个非墨子、去崇高、热衷戏谑、张扬丑学的时代。消费文化之区别于以往时代，有一个重要的特征，即轻松欢快。相对于前现代的等级秩序、现代的理性节制，消费文化的主人一直欢呼雀跃、笑容满面。波兹曼所谓的"娱乐至死"不无夸张，不过至少暗示欢笑在当下事关重大。任何一本正经、装腔作势，都可能无端遭受嬉皮"火力"猛烈的强势狙击。狂欢化诙谐确乎已成为这一悖谬时空的独特表征，文明的不满亦由此泄导而出。在狂欢之余，如何寻求意义之重建，自然成为反思当下文化修辞的一个重要维度。

狂欢化诙谐在"后革命"年代呈现出三种常见的文化修辞形态，即怪诞、反讽与搞笑。在富有探索性的严肃文化实践中，常见怪诞风格诡秘的影踪。不过，在后现代语境中，它的文化能量遭受不同程度的消解，往往蜕变下行为反讽与搞笑。

二　怪诞与身体景观

随着现代主义的兴起，怪诞这个久被忽视的范畴才开始引人注目，尽管在此之前它就在各种艺术门类中频频出现。从原始初民的洞窟岩画、图腾塑像到中世纪的哥特传奇，再到近代的《巨人传》《格列佛

---

① ［挪威］英格维尔特·萨利特·吉尔胡斯：《宗教史中的笑：发笑的神灵，哭泣的贞女》，陈文庆译，上海人民出版社 2005 年版，第 70 页。

② 南帆：《文学的维度》，中国人民大学出版社 2009 年版，第 105 页。

游记》，都可以看到这一审美形态的足迹。但在讲究理性、秩序的传统审美观念看来，怪诞如其字面意思一样，邪里邪气，难登大雅之堂。

当代艺术中，怪诞无处不在，也引起了理论家探讨的热情。汤姆森认为，荒诞表达的是一个疏远而又陌生的世界，它具有不协调性、喜剧性与恐惧性、过度与夸张、反常等特点。相比于荒诞的偏重于内容，怪诞则需要在形式和内容上均有明显的怪异性。他认为："怪诞可以简化为一定的形式。而荒诞却无一定的形式，无一定的结构特征。人们只能感觉到荒诞是一种内容、一种特性、一种感觉或一种气氛、一种态度或世界观。"① 巴赫金在强调形式与意识形态结合的同时，尤其肯定了怪诞美学所具有的颠覆能量。在他看来，怪诞是诙谐与身体的完美结合体，并且特别突出身体下部的美学意义。在怪诞艺术中，诙谐往往成为克服恐惧的重要手段——恐怖因可笑不再恐怖，并转变为后者的成分。诙谐既有战胜恐怖的意味，又有转化异己的恐怖为自身成分的作用。对死亡恐惧的克服在怪诞美学中较为常见。在埃尔米塔日博物馆收藏的赤土陶瓷中，有些诡异的、面带笑容的怀孕老妇像。这是一种典型的怪诞风格。因为在这样的身体上，没有任何已完成的或稳定的东西。"这是濒于老朽、已经变形的身体与一个已经受孕而尚未成长的新生命的结合。"② 在这里，死亡转化为新生，恐怖转化为欢笑。笑既是在嘲讽、否定一切无生命的东西，又是在欢庆、肯定一切有生命的事物。宇宙恐惧比之于个体死亡更具全局性，也更强烈。民间文化则常以对宇宙或自然的诙谐性肉体化（往往是身体下部）来克服这一对象。如《巨人传》中的人物庞大固埃，其"出处"就颇考究，来自宗教神秘剧中的海鬼，亦可代称水元素。在小说中，多次提及他尿液的巨大威力。在这里，尿使得物质世界、宇宙肉体化了。利

---

① ［美］A. P. 欣奇利夫、菲利普·汤姆森、约翰·D. 江普：《荒诞·怪诞·滑稽——现代主义艺术迷宫的透视》，杜争鸣、张长春、赵宁译，陕西人民出版社 1989 年版，第 174 页。

② ［苏］巴赫金：《巴赫金全集》卷 6，钱中文、晓河、贾泽林、张杰、攀锦鑫译，河北教育出版社 1998 年版，第 30—31 页。

用物质——肉体下部形象描写的宇宙灾难，被人化、降格为滑稽怪物。这样，诙谐就战胜了宇宙恐惧。怪诞的这些美学功能使得它成为克服统治阶级畏惧的重要形式。

在巴赫金意义上的怪诞中，身体下部至关重要；诙谐因素包含了深刻的政治文化含义；怪诞在批判的同时，还对新意义的生成欢欣鼓舞。作为一种成熟有效的文学修辞形式，怪诞多层面地渗入中国当代文学的书写实践中。韩少功的《爸爸爸》是个突出的例子，它曾涉及大量的身体丑怪现象。主人公丙崽，目光无神，行动呆滞，畸形的脑袋很大，像个倒立的青皮葫芦。他轮眼皮、掉头、走路，都是丑态形体的极致呈现。他还经常在家门前戳蚯蚓，搓鸡粪，抓泥巴，玩腻了，就挂着鼻涕打望人影。这个智障，是整个山寨后生们调侃、取笑的对象。再加上仲裁缝的迂腐，仁宝的假新派作风（大量浮浪淫邪举止与身体下部相关），整个文本都诙谐化了。人物的怪诞化为其文化批判提供了可能。仁宝与仲裁缝的文化假面被这怪诞的戏谑无情剥离。至于丙崽，则是一个矛盾的复合体。这个"怪物"向我们完美呈现了怪诞身体的开放性与未完成性。在山寨残忍的自救过程中，丙崽喝下了毒汁，面露笑容，叫了声"爸爸"，他非但没死，头上的脓疮还褪了红，结了壳。面对这个滑稽的怪物，我们的笑声将戛然而止。它超越了怪诞美学的二元克服模式，并且暗示了古旧的传统更像一个敝旧与生机参杂的复合物，并不是我们"折入青青的山谷"就可以轻松完成蜕变与洗礼的。阎连科的《受活》则经由怪诞风格直接介入惨淡的现实，关注底层"受苦人"的挣扎与苦痛。在县长柳鹰雀导演的荒诞不经的致富闹剧中，残疾人所展示的丑怪身体成为最基本的演艺曲目。他们的每一场表演，都是一次颇具诙谐风格的盛大狂欢。致富狂想曲的最终破灭，否弃了消费乌托邦的物质愿景。诙谐似乎在召唤一种开放性的、无限自由的乡土乌托邦，但诙谐化的文本自身与僵冷坚硬的现实构成了另一重悖谬，它不无悲凉地隐喻受苦人只有文本化的虚拟天堂。

怪诞在莫言的创作中隐伏已久，并为他赢得持久的声誉。但在《檀香刑》中，诙谐则渐趋隐退。他更乐意呈现自然主义的酷刑景观，即凭借暴戾的文风将暴力美学张扬到了极致。[①] 莫言意在挑战中产阶级软的、绵的狂欢。[②] 但不可否认，他又在一定程度上返身陷入了一种粗粝的、血腥的暴力狂欢。在《生死疲劳》中，莫言略有修正，力图借助怪诞将暴力的文化政治意义呈现出来。总体而言，因观念介入的阙如以及当代意识的淡漠，近年的莫言已部分地将怪诞转化为一种引人入胜的"奇观"叙事。

另一作家余华则将怪诞畸变为肉欲的狂欢。《兄弟》起首就耗费了洋洋几万字的笔墨，以不厌其烦地叙写李光头在厕所费尽周折偷看林红屁股的猥琐行径。形式上，无耻偷窥、押解游行以及向下作者出卖屁股秘密等滑稽行为与"屁股"这一"身体下部"形象，构成了怪诞的核心要素。不过，在这里余华将"任意的夸张、人为的荒诞、僵硬的逗乐不伦不类地塞在生离死别的苦情戏之中"，以致"悲情与滑稽彼此损害"。[③]

三　反讽与意义重建

在莫言、余华那里，怪诞已经部分地退化为一种纯粹的有关身体景观的形式。更多的时候，这种蜕变会转化为另一种修辞形态。巴赫金认为，当怪诞的双重性弱化，乃至丧失后，可笑因素就失去了肯定再生的成分，这时，它往往会下行为反讽、讥笑等形式。也就是说，它转变为一种"静止的'特征'和狭隘的体裁形式"，而且这种退化

---

① 朱大可：《后寻根：乡村叙事中的暴力美学》，《南方文坛》2002 年第 6 期。
② 莫言：《莫言的〈檀香刑〉——以酷刑挑战阅读神经》，《青年时讯报》2001 年 8 月 17 日。
③ 南帆：《无厘头、喜剧美学和后现代》，载南帆《五种形象》，复旦大学出版社 2007 年版，第 105 页。

"与资产阶级世界观所特有的局限性相联系"①。尽管隔绝于当代资本主义的社会语境，巴赫金凭借敏感的理论嗅觉，依旧隐约地预料到怪诞在后现代语境中可能发生的蜕变。显然，巴赫金意义上的反讽就是狂欢化诙谐的一种变异形式。与施莱格尔的浪漫反讽、克尔凯郭尔的纯粹反讽不同，它体现了资产阶级世界观的局限性，偏于强调诙谐的地位与价值，而且如同怪诞一样，可以在文化文本中搜寻到具体的修辞样式。在内涵上，除去诙谐因素，它与哈桑对反讽的界定也有着一定的亲缘性。在哈桑看来，反讽是描述后现代文化特征的重要范畴，因缺少基本的原则或范例，主体转向反讽，如游戏、相互影响、对话、讽喻、自我反指等。②

　　新时期以来率先打破浪漫化迷人抒情气氛的当属作家王朔。在《玩的就是心跳》《顽主》《你不是一个俗人》等作品中，他擅长将宏大政治语言错位挪用到日常语境中，以形成啼笑皆非的话语效果。正如王蒙所说的，"王朔喜好将各种语言——严肃的与调侃的，优雅的与粗鄙的，悲伤的与喜悦的——拉到同一水平线上。或有意将各种人物（不管多么自命不凡），拉到同一条水平线上"③。借由对一切神像的鄙夷不敬和油嘴滑舌的打趣，王朔的反讽修辞可谓火力十足。王朔多少放弃了对于文学的真诚的而不是虚伪的精神力量的追求，尽管在他那里也有一些玩不动的沉重的东西。再者，痞子状也完全有可能如同崇高一样成为掩人耳目的虚伪面具。显然，在这里，当以反讽为主要工具时，批判或许总是与合谋同时进行着。④ 相比王朔，王蒙的精神力量显然过于单薄。因独特的人生阅历，王蒙在将传统、神像、政治大话等处理为反讽的对象时，显然要犹豫、谨慎得多。在历史大布

---

　　① ［苏］巴赫金：《巴赫金全集》卷6，钱中文、晓河、贾泽林、张杰、攀锦鑫译，河北教育出版社1998年版，第62页。

　　② Ihab Hassan, *The Postmodern Turn*, Ohio State University Press, 1987, p. 170.

　　③ 王蒙：《躲避崇高》，《读书》1993年第1期。

　　④ Linda Hutcheon, *Splitting Images：Comtemporary Canadian Ironies*, Don Mills：Oxford University Press, 1991, p. 89.

景下，王朔更像一个不满政教宣化的淘气孩子，哭闹之后一切还是要回归平静。对此，南帆曾一针见血地指出："王朔的反讽之中，嬉闹多于反思，戏谑多于冷隽。某些时候，卖弄口才的欲望导致了俏皮和调侃的大规模堆积，以至于完全淹没了反讽的哲学意味。如果说，反讽多半是无奈的迂回反击，那么，王朔式的反讽奇怪地弥漫出某种欢快的，甚至乐不可支的气息。民间的逗乐游戏削弱了犀利的批判锋芒。"①

在王朔式的反讽中，已经出现油滑与嬉笑。大众文化的日趋兴盛，终将王朔的"流氓主义"发扬光大。狂欢化诙谐开始丧失最基本的批判维度，进一步蜕变下行为流行的"搞笑"形式。比如以赵本山、周星驰、小沈阳为代表的"丑"星，在诙谐滑稽及丑的展示方面，可谓殚精竭虑、花样百出。在巴赫金诗意营造的狂欢化诙谐世界中，丑角是怪诞中诙谐因素的形象化与具体化，因此具有扫除严肃性、破除等级差异的巨大威力。而在当下的影视小品中，丑角背后隐含的反叛能量已经渐趋弱化，乃至全然消逝了。"搞笑"的字面义就暗示着"笑"是被"搞"出来的，源自纯粹的人为制造，意味着与发自本能的笑一样，可以轻巧地回避内心与社会历史。诙谐于是回归到生理的笑，不再是颠覆性能量的策源地。周星驰能引爆"笑点"，除自身搞笑的天分，时代引发的已然异化的诙谐动能更不可小觑。显然，与《卖拐》《不差钱》等小品一样，《大话西游》的奇幻仅仅制造了开心一刻。诙谐不可能撼动故事的整体结构，更不可能对于历史的整体结构提出质疑，乃至挑战。② 这些没有内涵的笑声空洞轻浮。于此，"人们只能发现一些生理学事实：声带颤动，加大肺活量，前合后仰，如此等等"③。

---

① 南帆：《后现代主义、消极自由和负责的反讽》，《文艺理论研究》2009 年第 2 期。
② 南帆：《无厘头、喜剧美学和后现代》，载南帆《五种形象》，复旦大学出版社 2007 年版，第 107 页。
③ 南帆：《无厘头、喜剧美学和后现代》，载南帆《五种形象》，复旦大学出版社 2007 年版，第 111 页。

　　在后现代语境中，诙谐播散于资本侵入的每一寸时空，在制造快感的同时，也忙于遮蔽与资本无关的任何意义。恢复狂欢化诙谐的美学能量无疑有助于意义的重建和修复。就浅近的例子来讲，网络"恶搞"往往比一些纯粹的"搞笑"影视小品要有更大的批判能量。意识形态以及商业资本的临时缺席，为诙谐腾出了施展拳脚的足够空间。如《一个馒头引发的血案》，就以一种网络"草根"的民间立场，对主流话语进行了尖刻、辛辣地嘲讽。不过，因自身立场的游移与缺失，"恶搞"往往与王朔式反讽近似，在开足火力的同时，免不了伤及自身。而韩少功重温怪诞美学的举动则暗示了意义重建的可能。他的长篇新作《日夜书》中的场长吴天保，以其粗鄙、诙谐的形象，对过往一些虚浮空洞的理想以及当下的贪腐庸惯构成了意味深长的解构。在这种怪诞式诙谐语境中，人物的颠覆能量得以全面释放。借此，韩少功隐喻性地塑造了一个召唤公共正义的新道德人形象，他与《赶马的老三》中的何老三、《怒目金刚》中的吴玉和一起，构成了一个具有意义开放性与生成性的形象谱系。经由诙谐修辞的反讽性解构，《日夜书》得以突出时代惰性情绪的合围，寻觅到一块催生新道德的文学飞地。这至少表明，当下重申巴赫金如下观念依旧紧要、可行，即狂欢化诙谐既是在否定、嘲讽一切无生命的东西，又是在肯定、欢庆一切有生命的事物。

第五章　技术未来与伦理迷途

　　21世纪以来，科技迅猛发展，将中国社会带入一个全新的境地。人类生活的高技术化已成为一种新现实，传统文学对此显得力不从心。在当下的社会文化语境中，科幻文学日益成为人们抓取现实、理解与反思现实的重要文学样式。科幻文学与科技有着天然的亲缘关系，它立足当下又关涉未来。当科技成为最大的现实，科幻文学不再是与人类日常无涉的飞地，而是人们辩证审视科技发展、呈现科技伦理困境和纾解现实焦虑的良好途径。以科幻的方式切入现实，科幻文学的两大方面值得关注。

　　一是开拓城市空间。城市成为支撑科幻创作的重要空间场域。一些科幻作家聚焦和直面技术与资本统御下城市的种种隐疾，即伦理焦虑、生态破坏、人的异变、贫富差距等一系列城市病症。科幻文学中城市地域空间的开拓给我们提供了一种新的想象范式。这种范式启发我们更加辩证地去思考科学技术给人类生存空间所带来的积极或消极的影响。一些科幻作家在建构城市空间时能够融地方经验于全球视野中，从"传统"中生发出"现代"的思考。

　　二是聚焦科技伦理。近年来，科技伦理成为学界研究的热点与焦点。科技成果与民众生活之关联空前强化，为民众带来便利的同时，其负效应亦日趋凸显。科学应用使人类面临新的境况。针对科技成果的正负效果，人类社会会做出相应调整，进而促进科技伦理的更新及

130

伦理道德责任的重建。科技本身无法规避可能给人类社会造成的负面效应。作为随科技而生的科技伦理将起到伦理引导与价值规约作用。但"过一种好的生活"对于人类来说只是一种伦理构想，事实并非如此简单。科技伦理学在理论与实践方面具有局限性。在理论方面，由于人类认知的有限性，受限于科技进步的科技伦理很难及时预见新伦理问题并对其展开合理化阐释；在实践方面，当科学技术已经成为人们不可或缺的生活元素时，大众往往囿于某项新技术的即时好处，忽视其可能带来的不可逆后果。此外，科技伦理的实施还需明确的法律依仗，而后者往往具有滞后性。

　　有鉴于此，科幻小说无疑可为深度反思科技伦理提供颇为难得的思想文化路径。探索符合人类整体利益的伦理规范不仅是科技伦理学的终极目标，也是科幻小说这一文化形式的切实追求。科幻小说的未来性使人们能够对即将面临的新伦理问题进行预演，同时，科幻小说认知与间离相结合的特征又使科学幻想与当下人类现实相勾连，使科幻小说既是人类回应科技发展的真实映射，又是人们进行科技伦理探索可资借鉴的绝佳文化形式。

　　科幻小说总是以一定的科学技术为基础，构建合逻辑性又陌异的未来世界，营造伦理困境，实现对既有伦理的审视，又在此基础上对新伦理蓝图进行构想。它逼真地呈现了人类面对科技的复杂心态，既描绘人类在掌握高科技时的骄傲与张狂，又揭示人类被科技失控裹挟的不安与焦虑，同时表露出始终无法洞悉无穷宇宙秘密的迷惘与无奈。当前科幻小说创作呈现出科技伦理的如下几个维面。一是呈现科学家所面临的科技伦理困境。二是科技强势下人类中心主义与非人类中心主义的对立。三是科技弱势下的伦理谜图与善恶之辨。在科技伦理研究如火如荼的今天，科幻小说中呈现的科技伦理思想理应引起关注。科幻小说给我们深入了解科技与伦理提供了一个独特场域，它以大胆的科学想象揭示人类遭遇的痛点与盲点，指出人类在追求科学发展的道路上所存在的局限与谬误，为正确处理人与自然、人与科技、人与世界的关系提供参照，推动我们向一种更好的生活迈进。本章将从城市空间与科技伦理两方面彰显科幻文学的现实意义。

第一节　城市书写与科幻文学中的空间非正义

一　文学中的城市

城市与农村既是地域意义上的生存空间，也是作家进行想象与虚构的场所。"都市和乡村不仅仅是地域意义和社会形态的区别，而且是文化向度和经验方式的区别。这两种异质性的经验方式给中国 20 世纪文学所带来的意义，随着社会的发展越来越明显。都市和乡村分割着中国文学的空间，并把它们自身所特有的结构形式、想象方式、组织和象征系统转化成一种文学经验。"[1] 城市与乡村作为"文本"被作家阅读与体验着。作家在城市经验或乡村经验的基础上将自己的审美体验转化为独特的文学经验，从而建构起各自的审美诗学空间。从中国现当代文学史来看，作家往往偏重于对乡村经验的审美转化和对乡村空间的开拓，乡村在文学空间建构中占据重要位置。"乡土中国"所指向的"传统文化心理结构"激发了作家的审美情感，影响并制约着作家的叙述方式。"城市从来没有为中国现代作家提供像陀思妥耶夫斯基在彼得堡或乔依斯在都柏林所找到的哲学体系，从来没有像支配西方现代派语文学那样支配中国文学的想象力。"[2] 与此相比，城市虽然也为现代文学的书写提供了叙事元素与诗情，却始终没能成为作家写作必不可少的支配性资源。

这种情况一直延续到 20 世纪的八九十年代。这一时期中国刚刚完成了现代城市的转型，并且在改革开放浪潮的推动下开始了轰轰烈烈

---

[1]　杨匡汉主编：《20 世纪中国文学经验》，东方出版中心 2006 年版，第 341 页。

[2]　李欧梵：《论中国现代小说》，《中国现代文学研究丛刊》1985 年第 3 辑。

的都市化进程。都市成为辽阔地表上一个醒目的存在。在由钢筋混凝土构成的巨大空间里，丰富的物质环境展示着欲望与机遇，一套现代化的行政组织系统管理着社会运行，提供给人们新的生存方式。现代文明吸引着越来越多的人出离乡土涌向城市。对城市的向往、由城乡差异所引起的心灵震动、作为城市"他者"的焦虑与不安、深陷城市后的怀乡情绪等，由城市文明所引发的一系列心理感受，与城市文化共同汇聚成一种异于乡村经验的现代经验，成为支撑文学创作的新力量。21 世纪以来，官场小说、身体写作、底层文学、商战职场小说、知识分子题材小说、市井小说等以城市空间为依托的作品纷纷出现。城市书写成为 21 世纪文学的创作主流，丰富着当代文学的面貌。作家对城市的关注主要体现在如下几方面。对现代感觉与现代意识的表达；对城市中物欲泛滥与情感畸形的揭露；对现代化过程中所产生的各种城市痼疾的批判。通过主流文学界对城市题材的聚焦，我们对当下中国城市的生活面貌、文化形态以及价值取向有了较为深入的了解。

随着现代化进程的全面推进，城市逐渐成为当代文学创作的重要空间。不过，当代主流文学对城市的关注匮缺了一个重要维度——科技。科技在我国城市现代化进程中扮演着重要角色。20 世纪 90 年代以来，科学技术成为我国社会发展和人民生活不可缺少的一部分，人们既享受着科技发展的成果，同时也看到了科技不当利用的后果。人们开始辩证地审视科学技术的发展，"双刃剑"成为这一时期形容科技的常用词。21 世纪，新一轮科技风暴席卷全球，中国则是被这一风暴波及的异常汹涌之地。科技的加速发展还将会在人类世界中掀起怎样的风暴我们不得而知，未来在现实中投下不确定的阴影。未来无限介入现实，现实和未来之间不时对撞，脱离科技谈小说创作有很大局限。

主流作家们大多是从物欲和人的异化等角度对城市展开批判。人、科技与生活的互动，科技在城市化进程中扮演的角色，以及科技带给城市和城中人的影响，都未在主流文学中得到有效的呈现。"科幻小说是关于新技术的意义的。城市是技术产品中最复杂的。因此，科幻小说经常是关于形成城市的物理和技术可能性的。科幻小说试图探索人类社会的未来。城市是人类社会的核心组织系统。因此，科幻小说经常是关于居住在未来城市的复杂性的。"① 未来是城市的，而科幻小说既面向未来，又投射着社会现实。与传统文类相比，《北京折叠》《高铁》《地铁》《医院》《荒潮》等一系列"科幻现实主义"作品超越了现实时间的局限，构建了异于主流文学的城市空间体系，弥补了传统城市书写中"科技"话语的匮缺。它们通过城市空间的想象实现批判现实与未来预警。因此，科幻小说是书写城市的绝佳文类。

论者将以陈楸帆的《荒潮》为例分析科幻小说如何以"未来"投射现实，以未来高科技背景下城市空间形态的独特想象观照城市生态，对生态危机、空间非正义、人类生存危机等问题给予深入思考，以期反思和批判全球化进程中技术与资本合谋所造成的城市困境。有必要提及的是，虽然城市经验的崛起打破了乡村经验一统天下的局面，但是城市空间的开拓仍然伴随着乡村经验的回响。无论是在传统城市书写中，还是在科幻文学的城市空间建构中，乡村经验与城市经验始终差异并存、互映互补。

二　异托邦：《荒潮》的城市空间建构

"一般而言，文学中的城市描写有写实性描摹和创造性建构两种类型。"② 科幻小说中的城市描写显然属于后者。"我们想象中的城市，梦幻般的、神话般的、激动人心的、噩梦般的软性城市，和那种我们可以在城市社会学、人口统计学和建筑学专著的地图和统计数字中定

---

① ［美］卡尔·阿博特：《未来之城：科幻小说中的城市》，上海社会科学院全球城市发展战略研究创新团队译，上海社会科学院出版社 2018 年版，第 9 页。
② 吕超：《比较文学新视域：城市乌托邦》，中国社会科学出版社 2011 年版，第53 页。

位的硬性城市同样甚至更加真实。"① 乔纳森·雷班道出了科幻小说城
市空间想象的不同类型，即乌托邦、恶托邦与异托邦。"乌托邦也就
是非真实的位所。这些位所直接类似或颠倒地类似于社会的真实空间，
它们是完美的社会，或者说是社会的颠倒，但是，不管怎么说，这些
乌托邦本质上或基本上都是非现实的空间。"② 晚清时期的中国科幻小
说往往构筑乌托邦式的城市空间，在这一乌托邦中，有美好的城市景
观、完美的政治制度以及良好的社会秩序。《新中国未来记》《未来之
上海》等城市乌托邦作品呈现的理想的社会民生、政治建制与混乱衰败
的晚清社会现实形成鲜明对比。尽管民国时期中国出现了与乌托邦截然
相反的恶托邦城市书写，但对乌托邦城市的空间想象一直延续至 20 世
纪 80 年代。

异托邦（Heterotopia）是与乌托邦密切相关的概念，这一概念在
人文科学领域的使用始于福柯，它本来的意思是错位或冗余的器官组
织。福柯于 1967 年 5 月 14 日发表了一篇题为"异质空间"的演讲。
在这篇演讲中，异托邦是一个空间概念。福柯认为过去由于人们对历
史的迷恋因而重视时间，而当代人们对空间的关注已经超越了对时间
的关注，这是一个空间以位置关系的形式呈现的时代。"我认为在乌
托邦和这些全然不同的位所（这些异位）之间，必定有某种混杂的、
居间的经验，它也许是一面镜子。镜子毕竟是一种乌托邦，因为它是
一个非场所性的场所（a Placeless Place）。"③ 在福柯看来，异托邦是
与乌托邦相对的概念。正如我们之前所分析的，乌托邦是非现实的空
间，是一个理想的虚构空间，它在现实中无法实现，它只有保持"缺
场"的特性，才能不断地批判现实和启发现实，为未来社会的发展提
供不竭的精神动力。异托邦则是"在现实社会各种机制的规划下，或

---

① Jonason Raban, *Soft City*, London: Hamish Hamilton, 1974, p. 10.
② ［法］福柯、布尔迪厄、［德］哈贝马斯等：《激进的美学锋芒》，周宪译，中国人
民大学出版社 2003 年版，第22 页。
③ ［法］福柯、布尔迪厄、［德］哈贝马斯等：《激进的美学锋芒》，周宪译，中国人
民大学出版社 2003 年版，第22 页。

在现实社会成员的思想和想象触动下，所形成的一种想象空间"①。它是一个被社会所命名的"他者空间"，作为一个"在场的他者"，其存在的异位性既是对现实社会欲望的映射，又构成了对权力的拒斥与反叛。福柯以"镜像"理论来阐明乌托邦与异托邦之区别。一方面，镜子起到了乌托邦的作用。当"我"观看镜子的时候，"我"在一个非真实的空间出现，这个镜子里的我是一种"不在场的存在"；另一方面，镜子又显示了一种异托邦的存在。"当我在镜子中看到我自己的那一刻，镜子使得我与我占据的空间（变得）真实，因为它关联着周围的整个空间；但它又完全不真实，因为不得不通过某种在那个地方的虚拟点来感知。"② 镜中的"我"使现实中的"我"认识到了自己所占据的空间和所处的位置，"我"所在的真实必须依靠虚拟的存在而得以确定。而镜中的"我"又是相对于现实中的"我"的一个相反的存在，因此，镜子空间就起到了异托邦的作用。异托邦就是相对于自我的他者，具有真实与虚构的双重属性，使"我"能够审视与反思现实。

21 世纪以来的科幻作家做出了介入异托邦的努力。陈楸帆的《荒潮》建构的正是"硅屿岛"这样一个城市异托邦。根据福柯对异托邦特征的归纳，我们可以分析小说中"硅屿岛"是如何作为一个异托邦呈现的。"硅屿岛"是一个与我们现实世界不同但又极其相似的空间，它存在于近未来时间维度中。近未来是从现在到未来大约一个世纪的时间范畴。"科幻文学用强烈的未来意识设定明日世界。所谓'设定'，是人创造性地以符号规定社会发展的偶然因素和必然趋势，形成未来社会的'实验性结构'。客观现实融合了历史经验与现状分析，是人设定未来的'前文本'。科幻文学通过对现实的艺术符号化构建

---

① 王德威：《现当代文学新论：义理·伦理·地理》，生活·读书·新知三联书店 2014 年版，第 282 页。

② ［法］福柯、布尔迪厄、［德］哈贝马斯等：《激进的美学锋芒》，周宪译，中国人民大学出版社 2003 年版，第 23 页。

未来文本，这种构建尤其体现在现实的'明天'或未来的'近端'，这就是近未来。"① 近未来设定使得科幻小说中异托邦城市空间的塑造成为可能。未来与现实之间互相映照，未来城市是现实城市的折射，人们可以根据当下的认知来理解未来世界中科技发展对人的影响。

陈楸帆以其家乡"贵屿"为蓝本，将现实中的城市病态折射在未来想象中。他提及，自己早年离开家乡，后来听闻贵屿小镇是全球最大的电子垃圾拆解回收地后产生了创作《荒潮》的想法。2018 年 12 月 28 日，《新华每日电讯》刊载题为"拆解贵屿——曾以拆解垃圾闻名的粤东小镇，如何重构未来"的报道，回忆了改革开放以后贵屿如何将吸纳电子"洋垃圾"作为与世界拉近距离的方式。这个不足二十万人口的城镇中存在着上千家处理电子垃圾的私人作坊。据统计，贵屿镇拆解高峰，一年可以"消化"一百五十多万吨电子垃圾。"家家点火，户户冒烟"，是对 20 世纪 80 年代末贵屿最生动的描述。《荒潮》中对硅屿岛的描述与现实中贵屿的面貌极为相似。"硅屿"是一个海边小镇，是电子垃圾回收的地方，因为受惩罚被划入低速信息区。这个垃圾之岛与大陆相隔绝，是被主流社会空间所排斥的异质空间。岛屿中充满了人类文明进步的工业废弃物，充满了被社会主流秩序所压抑、排挤的"垃圾人"。在这一空间中，传统的宗族文化与现代化的赛博文化并置，民间信仰与数字技术互浸，乡土文明与城市文明并列杂陈，衍生出多元的、异质的文化形态。同时，宗族、地方政府、跨国公司、环保组织等多方势力纠缠在一起，共同统御着这一空间。作为冗余空间，"硅屿"充满隐喻意味，它代表了中心对边缘的权力宰制，意味着中心与边缘的等级格局。硅屿城市空间的存在揭示了繁荣发达的城市社会背后日益严重的生态危机和权力体系中被牺牲者恶劣的生存困境。同时，这一空间又聚集了各种边缘力量，代表着边缘

---

① 丁卓：《日本当代科幻文学的近未来设定》，《华南师范大学学报》2020 年第 4 期。

对中心权力宰制的反抗，具有激进的批判性和革命性。

三 生态阐释与城市空间非正义

21 世纪以来，现代工业的发展促使人们开始反思城市的生态问题。《荒潮》中，作者从自觉的生态意识出发，以"近未来"城市空间的建构呈现现代文明进程中的生态平衡与人类生存问题。小说中描述了触目惊心的自然生态破坏。

> 一切都笼罩在铅色雾霭中，它一部分来自酸浴池中加热王水蒸发的白色酸雾，一部分来自农田里、河岸边终日燃烧不止的 PVC、绝缘线和电路板产生的黑色烟尘，两种极端的颜色随着海风被搅拌均匀，公平地飘入每个生灵的毛孔里。[①]

> 女人们赤裸着双手在黑色水面上漂洗衣服，泡沫在漫布的水浮萍边缘镶上一道银边。孩子们在所有的地方玩耍，在闪烁着纤维玻璃和烧焦电路板的黑色河岸上奔跑，在农田里燃烧未尽的塑料灰烬上跳跃，在漂浮着聚酯薄膜的墨绿色水塘里游泳嬉戏，他们似乎觉得世界本该如此，兴致一点不受打扰。[②]

与这些令人震惊的生态破坏现象相异的是硅屿的博物馆。博物馆是硅屿这一城市异托邦内嵌套的另类异托邦。馆内强劲的冷气、明亮光洁的空间布置以及逾千年光鲜的地方发展史与馆外恶劣的生存环境形成强烈的对比，具有浓郁的讽刺意味。博物馆将知识与历史以序列的方式呈现，漫长的时间被压缩在这一有限空间内，沉闷而乏味的历史遗迹在馆外空间的冲击之下更为干瘪。走出博物馆的狭小空间，走入熙熙攘攘的硅屿日常，历史的宏大与光鲜轰然垮塌，露出垃圾岛伤

---

① 陈楸帆：《荒潮》，上海文艺出版社 2019 年版，第 21 页。
② 陈楸帆：《荒潮》，上海文艺出版社 2019 年版，第 21 页。

痕累累的本来面目。"垃圾岛"中的垃圾是带有毒性的电子产品废弃物，来自世界各地的电子垃圾运到这里，经过人工分拣与传统的提取手段提炼出稀有金属，无用的部分被掩埋和焚烧，有毒垃圾造成的生态伤害随之遗留在岛上，造成了空气资源与水土资源的破坏。空气炙热浑浊，散发着异样刺鼻的臭味；河流是黝黑的，淡水中铅含量超标2400倍，饮用水皆靠人工从远处拉来；海水污染严重，鱼虾因毒物的浸润而大量死亡和畸形生长；土壤资源遭受破坏，土壤中铬含量是EPA临界值的1338倍，稻田枯萎，变为荒地。与生态环境破坏密切相关的是人类生命安全受到威胁。负责分拣电子垃圾的"垃圾人"居住的卫生环境堪忧，时刻处于病毒和细菌的威胁中；到处堆砌的电子垃圾对人的生命造成威胁，小说中，男子丧命于淘汰的机械臂之下；为了能够最大限度地持续剥削"垃圾人"，雇主让垃圾人沾染上电子毒品，许多垃圾人因沉迷电子毒品而死亡。

自然环境破坏不仅威胁着垃圾人的生命安全，硅屿本地人也难免其害。有毒垃圾不仅使垃圾人小米感染了致命病毒，也导致当地大佬罗开宗的儿子生命垂危。"数据显示，硅屿地区居民的呼吸道疾病、肾结石、血液病的发病率为周边区域的5—8倍，同时也是癌症高发人群。曾经出现一村人每户都有癌症病患的极端案例，甚至从被污染的鱼塘中，捞出体内长满癌变肿瘤的怪鱼。死胎率居高不下，传言一名外地产妇生下全身墨绿散发金属恶臭的死婴。硅屿已经变成邪秽之岛，老人们说。"[①] 癌症这种夺人生命的恶疾使垃圾人和本地人都深受其害，但不可思议的是，人们对恶劣的生活环境与生存状态已然麻木。对于这片长期生活的土地，他们不关心它还有没有未来，他们更想做的事情是逃离。"我们这里的人，最大的心愿就是让子女离开家乡，越远越好。我们老了，挪不动窝了，但年轻人不一样，一张白纸，怎么画都行。这个岛没救了，这里的空气、水土和人，已经跟垃圾浸得

---

① 陈楸帆：《荒潮》，上海文艺出版社2019年版，第38页。

太久，有时候你都分不清，生活里哪些是垃圾，哪些不是。我们靠垃圾养家糊口，发家致富，赚得越多，环境越糟糕，就像拽着一根套着自己脖子的麻绳，拽得越紧，越透不过气来，但是你一松手，下面就是陷阱。水太深了。"①"垃圾人"心底的想法是挣够钱返乡，本地人希望后代能够离开这里，本地势力和跨国公司都想在这座岛上挖到各自想要的利益。最终，整个硅屿成为被抛弃的对象。

从自然生态破坏到社会生态伤害，整个硅屿区域遭受了毁灭性的打击。这些伤害是怎么造成的？作者把批判的矛头指向了城市空间的非正义。大卫·哈维考察了资本积累与城市空间非正义的内在关联，他认为资本主义的生产机制与城市化进程密不可分，相伴而生。在全球化的过程中，资本主义的发展导致了城市功能的分化以及城市空间的失衡，加剧了社会资源分配的不公。这种非正义既存在于国家之间，也生长于地方区域之内。首先是全球范围内环境生态资源分配不公，"中国在过去20年里已经从'缝缝补补又三年'的状态转变为一个巨大的工业垃圾进口国。西方人丢弃的电脑就有可能是在中国'终老'的，因为在全球5000万吨废弃电脑、电子设备以及其他有毒电子产品中，有70%都辗转来到了中国的垃圾场"②。上面这段内容是英国学者葛凯所做的纪实调查，"洋垃圾"被转移到中国的沿海城市是20世纪90年代以来不争的事实。小说揭示了处于文明发展的弱势区域所遭受到的生态不公正待遇。在未来高科技时代，发达国家对发展中国家进行生态殖民。美国惠瑞跨国公司将经济发展所产生的环境风险转移至中国，同时打着帮助硅屿实现生态恢复的幌子试图骗取中国珍贵的稀土资源。空间非正义还体现在区域空间内复杂的生态剥削上。小说中有两个硅屿，硅屿镇区位于上风带，这里居住着新富阶层，他们住着昂贵的下山虎式住宅，开着名贵汽车，逛着奢侈品店；村区是外地人

---

① 陈楸帆：《荒潮》，上海文艺出版社2019年版，第17页。
② ［英］葛凯：《中国消费的崛起》，曹槟译，中信出版社2011年版，第168页。

和垃圾工人的聚居地，他们生活在电子垃圾如山的环境中，整日不停地干着威胁生命安全的垃圾分拣工作，领取低廉薪水，遭受着雇主的压榨与歧视。这些非正义行为虽然在国家之间、区域之内造成了层级分离，但实际上，所有区域都是密不可分、休戚与共的。在地球命运共同体内，任何国家和地方都不可能对生态问题置身事外，都将承受生态环境破坏的恶果。

四　边缘的反抗：空间正义的寻求

"全球化从来不是问题……问题在于，我们从未达成共识，从未试图去建立一个公平的秩序，让所有人都受益，而是永无休止地掠夺、剥削和榨取……在全球化时代，没有永远的赢家，因为你所得到的，终有一天要失去，而且还会算上利息。"① 小说在揭示全球范围和区域范围内资源垄断、生态剥削、层级分化的同时发出了对空间正义的呼唤。小说利用赛博空间的建构和人机合体形象的塑造呈现了边缘人对空间非正义的反抗。赛博空间是建立在信息技术基础上的一种虚拟现实空间，赛博空间的运行与物理空间中的技术支持密不可分。不少人倾向于赛博空间是自由的空间，它脱离了肉体的束缚，可以不受种族、经济、政治等因素的制约。事实上，赛博空间是未来技术时代城市发展的缩影，不平等在虚拟空间中仍然存在。硅屿是一个"高科技、低生活"的城市，它是信息低速区，赛博技术落地硅屿，人们享受的科技成果是贴在身上的劣质感应薄膜、戴在眼睛上的"山寨"版增强现实眼镜以及用来娱乐消遣的电子毒品。

尽管贫富差距、阶层分化在赛博空间中仍然存在，但由于赛博空间的虚拟性和相对自由的特质，使其成为边缘他者绝地反抗的武器。小说中的人机合体是解放与抵抗的象征，指向阶级、种族、性别等层面内中心与边缘的博弈，具有丰富的文化政治意涵。人机合体的出现

---

① 陈楸帆：《荒潮》，上海文艺出版社 2019 年版，第 34 页。

重新定义了人类的生存方式，借助对肉身局限的突破，人们可以跨越各种等级藩篱。《荒潮》以他者的崛起向城市空间的非正义发起挑战。"垃圾人"是人类废弃物，是全球化时代经济发展的附带受害者。"垃圾人"被异化为无须定期检修的机器，他们无时无刻不在分拣垃圾，价值被榨干，灵魂被剥离。他们既无法拥有健康的身体，也没有自由的生命与思想。女孩小米是"垃圾人"中的一员。小米的个人遭际是激发反抗的导火索，同时刺激了小米的赛博格化。小米0、小米1、碳基躯体、机械躯体的结合塑造了赛博格小米。其中，小米0是她原本的意识，小米1是因电子—生物病毒的入侵而产生的第二重意识。电子义体病毒的入侵使小米的生物神经与机器的反馈回路搭建在一起。赛博格小米是一种异质的反抗力量，她具有打破等级格局的革命性意义。在赛博格化的过程中，小米拥有了常人所不及的能力，即强大的身体、开阔的思想以及上帝的视角。她以意识与机械的结合突破肉身局限，实现能力的增强，不再惧怕欺凌自己的本地势力；第二重意识赋予她开阔的思想，使她克服了小米0的懦弱胆怯与自怨自艾。赛博格小米唤醒了"边缘人""冗余者"身上的反抗意识。"小米的笑容似乎带着某种魔力，让他心旌荡漾，莫名感动，甚至有几分落泪的冲动……李文试图用理性去探究原因，但他的努力被小米身影绽放出的彩色旋转光环碾得粉碎，心中剩下的只有纯粹的崇拜，甚至还有一丝畏惧。"①"垃圾人"将她视为神的象征，自觉以其为精神领袖。她自由来往于虚拟空间之中，操控自己的数码影像，赋予"垃圾人"意识自主权，带领他们冲破低速墙，进入高速网络通道，引导人们超越阶级藩篱，获得对社会的总体性认知。宗教神迹与电子数码技术的合力，赋予赛博格小米本土特色的解放功能。总之，《荒潮》通过人与非人边界的模糊建构了多元异质的后人类主体，体现了开放性身体对依附城市空间存在的阶级、性别、身份等的跨越。

---

① 陈楸帆：《荒潮》，上海文艺出版社 2019 年版，第 221 页。

　　不过，赛博人小米的反抗最终走向一种宗教式的救赎。硅屿地区大洪水的爆发达到了调和矛盾冲突的效果。小米最终放弃了对硅屿本地人的仇恨与厌恶，在硅屿面临洪水威胁时，选择大义拯救了硅屿人。救赎式反抗看似突破了区域生态关切的局限性，走向一种生态整体主义，但从小说语焉不详的结尾来看，救赎式反抗导向一种调和话语，削弱了对空间非正义的批判强度。边缘人对空间正义的寻求也不了了之。小米在治疗之后丧失了全部记忆，只有三岁儿童的智力；垃圾岛是否得到改善不得而知。只有主人公陈开宗在经历小米一事之后，不再给跨国公司当翻译，转而加入"款冬"环保组织的行为给小说悲剧性的结尾增添了一丝慰藉。

五　小结

　　科幻小说中的城市书写构建了异于主流文学的多样城市空间。在《荒潮》中，既有建立在现实空间基础上的物理空间的想象，也有未来科技支撑下赛博空间的虚构。小说以"硅屿"这一异托邦的构建呈现了城市生态问题，揭示了城市空间的非正义，并借助"垃圾人"的反抗叙事表达了寻求空间正义的意识。作者以"未来实验"的形式关涉城市生态，既具有全球视野又富于区域意识，为当下中国城市生态的发展提供了思路。小说极具现实意义，该小说在2013年首次出版后引起国内外的关注。五年后，贵屿当地政府开始重视生态环境问题，思考贵屿经济的转型。2018年，我国颁布了"禁废令"，坚决拒绝"洋垃圾"流入国内。当前，贵屿的环境逐渐得到恢复。这无疑是科幻连接现实、回馈现实的成功案例。小说意在警示权力区域向边缘区域的风险转移，将会导致生态危机在全球范围的蔓延。短时间内，这是某些弱势区域的生态灾难，从长远来看，这将导致整个地球的厄运。如果发展是以破坏部分国家和地方的生态环境为代价，那么，不远的未来，这个生态恶化的量变过程终将质变为整个人类族群的灭顶之灾。

第二节　我国科幻小说中的"造物"

一　文本中的造物：从神话到科幻

鲁迅在《中国小说史略》中曾提出神话实为文章之渊源。① 事实上，在中西方历代的文学类型中皆可见神话的身影。其中，科幻小说中频繁出现神话的踪迹。神话与科幻小说的结合看似并不合常理。达科·苏恩文曾从文类角度将神话和科幻小说进行对比，他认为两者实质上是对立的。神话和科幻小说都将陌生化作为表达态度和宰制形式的手段。② 通过陌生化，两者制造出某种惊异效果，其目的是透过表层世界探寻真理、认识自我。不过，科幻小说和神话是认知陌生化与超自然陌生化的对立。③ 科幻小说是"科"与"幻"的结合，是陌生化与认知的相互作用，认知指向"科"，陌生化指向"幻"。这里的"幻"不是无根的幻想，区别于奇幻、玄幻，陌生化所制造的"惊异"须在一定认知法则支配下才能成立。科幻小说从符合科学理性的认知原则出发展开想象，进入未知世界。由于科幻小说受所在时代准则的影响较大，且经验世界是变动不居的，所以，作为基础的认知也不是一成不变的，建立在认知性基础上的"幻"自然亦相应改变。因此，科幻小说与现实世界的关系尤为密切。简言之，科幻小说是历史性、认知性与陌生化的结合。神话则是非认知的，它把人类之间的关系视作固定不变且由超自然力量所决定的，所以神话形成的是一种超自然的陌生化效果。神话企图用一套固定的阐释模式应对经验世界而无视

---

① 鲁迅：《中国小说史略》，中国和平出版社 2014 年版，第 7 页。

② ［加］达科·苏恩文：《科幻小说变形记：科幻小说的诗学和文学类型史》，丁素萍、李靖民、李静滢译，安徽文艺出版社 2011 年版，第 7 页。

③ ［加］达科·苏恩文：《科幻小说变形记：科幻小说的诗学和文学类型史》，丁素萍、李靖民、李静滢译，安徽文艺出版社 2011 年版，第 8 页。

现实世界中的动态变化，因而是非历史的。

　　作为两种对立的文类，造物（包括造人）主题使他们能够同躯共生。"造物"与"创世"密切联系在一起，它们在文本中可追溯至神话。神话无疑是一个庞大的话语集群，它的影响辐射甚广，无论是国家抑或种族、民族，都具有形形色色赖以支撑的神话体系。从中国的盘古开天地、女娲造人到古希腊、罗马的创世神话，再到佩娄岛民兄妹和泥拌血的造人故事，创世造人成为世界各路神话共同的核心母题。从科幻小说产生伊始，科幻与神话相结合的叙事模式便成为世界科幻作家自觉撷取的创作路径，创世造人情节在科幻小说中尤为常见，"造物主"亦成为科幻作家热衷塑造的典型形象。造物之所以成为各路神话共享的母题，源自原初人类对自己和外在世界的探索欲，造物神话是人类自我探求的手段，是初民给自己的合理解释。同样的，"以人类为种族、以整体的人类为作品主角……关注人类起源、人类生存目的和人类终极命运"[1] 是科幻创作的重要命题，因此，造物神话植入科幻创作其实并不突兀。"任何神话都是用想象和借助想象以征服自然力，支配自然力，把自然力加以形象化；因而，随着这些自然力之实际上被支配，神话也就消失了。"[2] 不过，文类的遗迹和魂灵仍会在新的文学形式中飘荡。在志怪小说、神魔小说等古代通俗文学中满溢神话色彩，古代诗歌、戏剧等文类中亦不乏对神话故事的援引和改编。包括神话在内的古代幻想小说成为我国科幻小说创作的前史，研究者总能从前科幻状态中发现科幻要素和科幻构思。

　　被引入科幻小说是神话得以延续的方式，它作为一种思维而存续。"唯神话虽生文章，而诗人则为神话之仇敌，盖当歌颂记叙之际，每不免有所粉饰，失其本来，是以神话虽托诗歌以广大，以存留，然以

---

　　① 姚义贤、王卫英主编：《百年中国科幻小说精品赏析》第一册，科学普及出版社2017年版，第2页。

　　② 贾玉英主编：《马克思主义经典著作选读》，西南交通大学出版社2018年版，第57页。

因之而改易，而消歇也。如天地开辟之说，在中国所留遗者，已设想较高，而初民之本色不可见，即其例矣。"① 正如鲁迅所言，神话依托各种文学类型留存后世，也因此失却原初面目。"造物"主题从神话迁徙至科幻小说之时经历了一场基因突变。在传统神话中，对于造物主来说，人是对神的模仿，人因此获得了超越其他生命的命名。造物神话特点是时间的缺场，它营造了宏大单一的循环系统，将人类的生死锁闭其中，人的命运和活动都由造物主的超自然神力所掌控。由此，"我是怎么来的"即生的问题永远与过去相关，却无涉当下与未来。科幻小说颠覆了传统神话的造物观，神话中对世界和人类的原初认识在科幻小说中更迭为合乎科学的解释，造物主与全知全能的神秘力量在科技理性的扫视下分崩离析，伴随着上帝之死而来的是人类纪，身披科技战甲的人成为万物之主掌控着生死谜题。

纵观科幻史，远自第一篇科幻小说玛丽·雪莱的《弗莱肯斯坦》（1818）到威尔斯的《莫洛博士岛》（1896），从赫胥黎的《美丽新世界》（1932）到菲利浦·迪克的《仿生人会梦见电子羊吗?》（1968），再到威廉·吉布森的《神经漫游者》（1984）、罗伯特·J. 索耶的《计算中的上帝》（2000）以及当下的众多科幻作品，造物魅影或隐或现地引导着科幻小说创作的思维走向。引入"造物"主题的科幻小说一方面彰示了上帝已死的事实，另一方面对人之将死进行预演。造物运动不再是传统神话中神造万物的版本，它演化为一场你死我活的追赶，在上帝与人类之间，在人类与新人类甚至非人类之间，在 X 与 Y 之间……造物运动永无休止地游走于文本，时空中不断滋生的科幻文本对造物主进行合围并逗弄着它们——扶持与逼迫相交织，造物主们从骄纵自信到惶惶不可终日，在你方唱罢我登台的更替中，造物主已然丧失实际意义，唯有造物体验的多巴胺气息荡溢于宇宙时空。

植入"造物"的科幻小说种类多样，就我国当前的科幻小说创作

---

① 鲁迅：《中国小说史略》，中国和平出版社 2014 年版，第 7 页。

来看，有新人类系列小说、赛博朋克小说、异星科幻小说、改编造物神话的科幻小说，以及启用神话思维创作的其他科幻作品。与造物主题相应，科幻作家们塑造了多种多样的造物主形象，在这些形象身上寄予着作家对人类现状和未来走向的思考。的确，科幻小说能够依托飞速发展的科技历史构想未来，以想象的未来模型反思当下，"造物"成为科幻实现这一目的不可或缺的一环。刘慈欣、王晋康、韩松、陈楸帆、飞氘等科幻作家将造物主题植入科幻创作，塑造异变的造物主形象，揭示"天道"崩塌与传统伦理法则的断裂，追索造物运动中造物主之死和人之死的宿命循环如何实现对人类中心主义的彻底瓦解，继而开启一个失控的后人类未来。

二　僭越：造物主的显在

纵观世界神话，造人作为造物主的创作活动在实用性与游戏性中体现出神圣性。神造人或处于实用的目的，使人类为神所驱使，譬如帮助神管理其他动植物，"我们要照着我们的形象，按着我们的样式造人，使他们管理海里的鱼、空中的鸟、地上的牲畜和全地，并地上所爬的一切昆虫"[1]。或是无目的随性造物，譬如"俗说天地开辟，未有人民，女娲抟黄土作人，剧务，力不暇供，乃引绳于泥中，举以为人"[2]。无论是中国神话中的女娲造人，还是古希腊神话中流传下来的普罗米修斯仿神造人等，都带有很大随意性。抟土和泥吹气等描述都是神的能力的具象表现，无论是实用性的还是游戏性的造人，造人过程对于人来说都具神秘性和神圣性。人倚仗造物主的神迹才得以安生，人要听从造物主的旨意、做造物主忠实的奴仆，如果违背神的旨意将受到惩罚。在神的全知全能面前，人确证自身的有限性。有限性生成对造物主的崇拜，同时也埋下僭越之心。人因惧生敬又因奇生探，因

---

① ［美］亨德里克·威廉·房龙：《圣经·创世记》，黄悦译，生活·读书·新知三联书店 2017 年版，第 1 页。

② 李昉、李穆、徐铉等：《太平御览》卷七八引《风俗通义》。

此神话衍生出原始的宗教和科学，这时的科学与宗教分享着共同的思想背景，即整个宇宙受制于一种神性的本原。自 19 世纪以来，科学与宗教演化为泾渭分明的对立范畴。在亚历山大·柯瓦雷关于科学思想史的叙述中，上帝是牛顿和莱布尼茨等科学家思考宇宙的假设，是宇宙这一机械钟的缔造者和掌控者。[①] 科学家根据自己的需要不断修改着上帝的形象，一如牛顿"工作日的上帝"确证了上帝的在场，莱布尼茨"休息日的上帝"意味着上帝的缺席。科学研究的后来者向人们宣告上帝的退位。在现代科技替代宗教成为人类的绝对信仰之时，被放逐的上帝重现于科幻小说之中。

上帝已死是科幻小说不言自明的预设，人对上帝的僭越是"上帝之死"的表征。科幻作家以造物主形象的塑造揭示人对造物神的僭越——质疑、模仿、背叛，最终实现对神的解构。神话中造物运动的实用性和游戏性在科幻小说中得以保留，神圣性却逐渐与之分离。鲁迅的《故事新编》虽不能纳入科幻小说之列，不过他充满想象力的改编对中国当代科幻创作具有启迪作用，且其造物书写对神话原旨的疏离与植入造物的科幻小说异曲同工。《补天》一篇是对女娲造人神话和补天神话的改编，小说中对女娲细碎平常的生活细节的描述使造人活动的神圣性弱化。造人是女娲日常生活的一部分，属于打发孤独和无聊的游戏。正如对待任何游戏活动一样，女娲先是欢喜入迷而后是疲倦不耐，直至僵化为机械活动。女娲与人之间的对话揭示了造物主和人类之间的互通受阻，造物主与被造物皆认知遇挫，造物主并不想了解人类，人类亦只是以神之名行利己之事。鲁迅以诙谐笔法重塑神话，用日常化消解造物行为的神圣性，并以神人之间的陌异疏离为僭越埋下伏笔。

鲁迅以批判现实的精神改写神话，科幻小说则将科学幻想与批判

---

① 参见［法］亚历山大·柯瓦雷《从封闭世界到无限宇宙》，张卜天译，商务印书馆 2017 年版。

思维共同倾注于神话之中以自由地表达思想。科幻小说中的造物主更趋向日常,人对造物主的僭越主要表现为对造物主显在的多重想象——世俗化、肉身化上帝形象的塑造颠覆了造物主的神圣性。刘慈欣的《赡养上帝》带有浓厚的戏谑意味,小说塑造了一群垂垂老矣的上帝老儿。神话中造人实用论的观点在这里得以延续,不过神与人的主仆式设定被改变,人不再是神掌控下的忠仆。小说呈现了造物主的有限性,这些造物主不是支配宇宙万物的神,他们的造物行为不再是神的荣耀与权威的炫示,而是某种迫于生存的无奈之举。造物主群体是某星舰文明上的公民,他们在"机器摇篮"中沉沦致使文明加速走到晚年。预见星舰文明终将逝去的结局,上帝们出于养老的目的向包括地球在内的四个星球上播撒与自己基因相同的物种并引导他们进化,最后形成一模一样的文明种族。已有三千多岁的上帝们不得不离开赖以依靠的飞船向地球讨生。因此,造物主们只是部分生命的上帝,地球是他们选中的养老院,人类是负责给他们养老送终的儿女。刘慈欣的这一科幻构思是对传统神话的完全颠覆,他以外星上帝养儿防老这样带有浓郁烟火味的科幻构思向人们宣告上帝的被放逐。人类不仅不再需要上帝,且上帝已成为被怜悯和嘲弄的对象。"上帝在人类的眼中已经变成了一群老可怜虫"[1],像人类社会中每个不被善待的老人一样,他们要忍受人类赡养者的奚落甚至虐待,比如秋生一家负责赡养的上帝要干家务活,要忍受秋生媳妇的语言暴力和秋生老爹的臭脾气。上帝文明为生存缔造了几个星球文明,到头来却遭到被创造文明的欺辱。人类地球起码承担了应负的责任,地球一号、二号、三号等星球文明对上帝们采取了更为卑劣的手段,他们欺骗甚至杀害上帝们。造物者和被造者之间和谐的看护与被看护、崇拜与被崇拜关系土崩瓦解。

如果说《赡养上帝》以戏谑的方式呈现造物主与人类地位的颠倒,那么王晋康的《与吾同在》则进一步揭示人类与造物主之间的紧

---

① 刘慈欣:《梦之海》,四川科学技术出版社 2015 年版,第 261 页。

张关系。小说塑造了一个外星肉身上帝达里耶安的形象。他是被恩戈星派驻宇宙各星球的亲善使者之一，肩负着向异星传播大善之光和理性之光的责任。他在地球的任务是对人类进行智力提升，使之迅速进化成拥有智慧和爱的物种。不过，上帝文明与人类（以及其他星球被提升物种）文明之间守护与被守护的关系最终被冷酷的宇宙生存法则所打破。被造者哈珀人的背叛与侵略，恩戈星人在恶与暴力中的复兴，上帝文明意欲对人类文明实施的打击以及人类文明意欲对上帝文明的侵占这些事实使造物运动去神圣化。造物运动因探求欲所激发的生存欲而持续，造物主和被造物之间展开的生存之争导致造物主的更迭。

与《赡养上帝》相似，《与吾同在》也表达了对造物运动神圣性的剥离。在造物主题方面，小说呈现了神话与现实的交织并存。江晓原认为，作者塑造一个肉身上帝的意图是让"创世"和"造人"从神话回归科学理性，[①] 神话与现实的交织无疑有利于达成这一目的。小说刚开始设置了两个楔子——神话与现实，然后才展开正文。在接下来的章节中，神话并未消失，穿插在文本中的达里耶安向姜元善等人输送的脑电波格式塔将楔子一的神话扩充完整。传统神话是一种封闭模式，它被造物主的意志所填充，造物神迹亦不足为"人"道。因此，无论是神话作者还是读者，在经过文本中介释放想象力的同时皆确证着自己的不可知。但在这部小说中，碎片拼接和达里耶安的现实交代打破了传统神话的封闭性。神话作为一种模式嵌入文本之中，神话片段如同恩戈星人不设防的脑波，它既开放给文本中的人物，也开放给读者。达里耶安让人类洞悉造物的秘密，使人类的造物神话被进化史诗和异星科技所湮灭。

造物主的显在导向对宇宙伦理的探寻。达里耶安的天道观呈现出从神性向理性的转变，这是创世神话遭遇进化史诗的必然结果。在达

---

① 王卫英主编：《中国科幻的思想者——王晋康科幻创作研究文集》，科学普及出版社2016年版，第217页。

里耶安这里，"天道"指宇宙之大道，它是万物运行的秩序、是宇宙的终极伦理。最初，其"天道"以宗教情感为支撑，"至善"是其核心所在，已点明在《百年之叹》（该作可以视作《与吾同在》的前篇）中他经常通过"上帝与吾同在"系统来解答心中疑惑。他笃信天道，在他看来，肉身所做的应是以大善与大爱引导心灵修炼，所以他要开蒙启智，为其他星球送去大善之光和理性之光。他希望人类种族能够以善来面对宇宙万物，把至善至爱作为人类的心灵准则并以此来要求自己在世俗领域的行为。不过，达里耶安的"天道"在恩戈星过往的血腥历史、人类的发展史中逐渐破灭了。实质上，生命的赓续在开启之后就不可遏制地与恶同行，智人十万年的发展史是一部血腥史，智人同类之间相杀相食，现代人类相互厮杀，面对人类的邪恶，只有上帝文明才能对之施以审判。然而，作为上帝的达里耶安也囿于"善恶之辩"困惑不已。《与吾同在》中，恩戈星的善举换来被提升者哈珀人对他们的反叛和侵略，暴力和恶却使恩戈星重获新生。尤其是当恩戈星人要进攻地球，将地球作为他们的资源储备，把人类作为他们的肉用家畜时，达里耶安的精神依归彻底崩塌。在历经天道乌托邦的挫折之后，他对"天道"有了新理解，"大恶之后的大善"和"共生圈理论"才是生命运行的更高法则，"生物的群体道德，在共生圈内是以善、利他与和谐为主流的，在共生圈外则是以恶、利己和竞争为主流的"①。没有永恒的善恶，人们只能在共生圈内遵守共同的道德准则，去不断地遏制恶，宣扬善。共生利他主义的星星之火也只能在同一共生圈内燎原。

三　越界：失控的未来

在传统神话中，神是万物之主，人因拥有与神相似的身形体态成为"神的宠儿"。神话在对神进行无尽想象与歌颂的同时，赋予人超

① 王晋康：《与吾同在》，重庆出版社 2011 年版，第 270 页。

越其他生命的独特性。因此"上帝之死"是柄双刃剑，它同时预示着人之新生与死亡。一方面，人类只能凭借自身力量来获取一切，从而体现出生命价值，重建人类的价值世界；另一方面，上帝之死必然预示了人类之死。促使人取代上帝的是人的有限性，有限性激发探索欲与生存欲，使生命演变过程持续不断。生命的有限性与无限世界的不确定性相碰撞，于是，世界如同尼采所说的"是一种不知满足、不知厌倦、不知疲劳的迁化"①，是权力意志的表征。生命进化的过程何尝不是由"权力意志"所驱，人在位为神的时期将继续造物运动。造物运动在以地球为根据地的共生圈内加速运转，科技造物中人亦实现着自塑。人类上帝与被造物之间的父子关系终将分崩离析，后人类时代呼啸而来的新人、新物将重复僭越行为，人类中心主义的壁垒也会土崩瓦解。

当人类占据上帝的角色时，造物运动在人类上帝的骄纵中发展为无止境的疯狂游戏。他们往往对人造物的工具价值进行竭尽所能的挖掘，却忽视甚至无视其生命价值。科幻小说呈现了人类上帝威压下被造生命的生存状态。陈楸帆的《鼠年》中，人类利用基因技术生产新鼠为自己服务，基因老鼠成为富人们的高档宠物，不合乎标准的新鼠被无情销毁。王晋康的《类人》中，类人与人类几无不同，人类上帝的造人技术已媲美神迹。类人由专门的繁育中心批量生产，生产类人的目的是为人类服务，比如满足人类情感的诉求。在人类眼里，类人只是工具。这些非人的生命体都要被人类严格管控。类人不允许介入人类的婚姻，小说中齐洪德刚与类人任王雅君违反法律结合成婚，任王雅君最终被施以气化销毁。韩松的《暗室》以独特的创意对人类的骄纵进行批判，母腹中的胎儿竟然产生意识、有了觉悟，胎儿们利用光电信号进行联络形成胎儿文明。胎儿的生存完全系于人类母体，当胎儿离开母腹成为具体可感世界的生命体时，胎儿文明时期的记忆完

---

① 洪谦：《西方现代资产阶级哲学论著选辑》，商务印书馆 1964 年版，第 23 页。

全丧失，这意味着胎儿生命过程的结束。在胎儿短暂的生命中，人类随意的堕胎是扼杀胎儿生命的罪魁祸首。

人类视科学为宗教，肆无忌惮地制造出多种生命，让非人、类人、豹人、癌人等诸种生命体与人类共享地球这一共生环境，却又无视他们的生命价值，挤压他们的生存空间，因此，非人、后人对人类的反抗与颠覆势必席卷而来，共生圈亦会膨胀、分裂。悖谬的是，在这场疯狂的造物游戏中，非人在人类社会环境中渐趋人性化，而作为"上帝"的人则日趋非人性化。《鼠年》中，人和新鼠之间猫捉老鼠的游戏演化成一场血腥的生存之战。新鼠的反抗是有组织的，它们在进化中形成了自己的宗教，发展出智能、情感与道德，它们的灵魂更具人性，而人却因嗜杀暴力显示出人性的退化。《暗室》中，成人的暴行和傲慢激化了婴儿社会与成人社会的矛盾，本来是唇齿相依的母子（造与被造）关系却演化为你死我活的生存之争。胎儿以自杀来绑架母体挟持世界，成人则以暴力给予血腥镇压。这个情节看似荒诞，实则已为人类造物主敲响了警钟，人类被"卵觉"所控也许无可能，但人类终将被被造物所背叛甚至推翻。《类人》揭示了造人技术的吊诡之处，类人的出现既炫示了人类技术的登峰造极，同时也道出一个事实，即生命既然并不神秘，那么，人类凭什么傲慢地呆在生物链顶端做地球的主人？正是出于对僭越的畏惧，人类在造物的同时确立禁忌，防止人类界限的瓦解与人类造物主地位的被颠覆。于是，类人被塑造为性冷淡者，不能与人类发生关系繁衍后代。而实质上，类人一旦投放社会中就必然受到社会的形塑，他们的情感需求被激发出来，除了人为制造的指纹缺失，他们与人类并无两样。所以，当类人获得情感认知后，他们就不再甘于工具的地位，而是积极地寻求身份认同。当后人、非人生命意识觉醒之时，造物者与被造者的殊死搏斗随即开启。

人类轰轰烈烈的造物运动把自己拉进了伦理选择的旋涡。在不同的理论视野中，对于后人、非人生命的态度呈现两极分化的趋势——高歌欢庆与坚决抵制。前者认为生命的更替演进不因人类而停滞，新智能生命的出现是宇宙生命进化的必然趋势；后者则坚守人类界限，绝不允许后人对人类纯洁性的沾染，认为人类造物主的地位不可撼动。实质上，在这种两极化选择背后隐藏着共同的逻辑前提，即生存是最大的道德原则。造物主题的科幻小说既如实呈现了这种两极化趋势，又揭示了人们在面临伦理选择时的复杂心态。科幻作家意在让人们重新审视人与其他生命体的关系。当人类掌握造物能力，可以无中生有，实现给生命赋值的同时，又带给生命加倍的苦痛，加剧了人与其他生命的不平等，人类中心主义和非人类中心主义关于生命的工具价值与内在价值的论争在科幻小说中得以呈现。比如，《生命之歌》中，科学家孔昭仁是 DNA 研究专家，他破解了生命的秘密，并将其编辑为一首"生命之歌"，只要将其输入非生物生命中，就会激发出生存欲望，发展出人的心智系统，新的智能生命将会诞生，但这一操作将会引发人类的毁灭。未来机器智能的力量不可估量，如果机器人再拥有了人类的心智，拥有了生存欲望，它必将为生存而争，改变自己的从属地位，实现从工具性生命向主体性智能生命的转变。人与机器人之战一触即发，人类极有可能沦为机器的奴隶。"这种发现欲是生存欲的一种体现，是难以遏止的本能，即使它已经变得不利于人类。"① 科学家难以克制宣布宇宙之秘的欲望，所以，孔昭仁还是在机器人元元身体内注入"生命之歌"。不过，当他发现元元的心智成长极快，很可能成为人类的颠覆者时，他果断将元元体内的生命之歌封存，使之停止发育。孔昭仁的态度是矛盾的，一方面，元元是他亲手制造的，视同己出；另一方面，他不得不为了人类的生存而遏制元元的生长。元元的存在让他的生活始终笼罩着负罪感。孔昭仁的女儿孔宪云，本来非常疼爱元元，并且多次阻止父亲对元元的伤害，但当她获知生命之歌的再次启动是父亲和机器人小元元合作的结果，小元元的心智发育速度让人可怕时，她果断地将枪指向了自己的机器人弟弟。《类人》里，

---

① 王晋康：《爱因斯坦密件》，北京理工大学出版社 2018 年版，第 31 页。

高郭东昌是"人类纯洁卫道士"，他严守着人类的界限，当他知道最得力的下属宇何剑鸣实际上是一名类人时，担忧人类界限堤坝崩溃，虽有不舍，他最终还是决定将宇何剑鸣销毁。

与孔昭仁满怀负疚又坚决杜绝非人对人类的颠覆相比，《类人》里科学家何不凝做出了另一种选择。他本来是造人工厂的技术权威，一批批类人在他手里产生。他违法规定，将一名带有指纹的类人婴儿带出工厂进行抚养。他始终认为人造生命和自然生命有同等权利，类人应被允许融入社会而不是隔离于人类社会之外。宇何剑鸣本来是坚守人类界限的一员，他在警察局工作，专门负责甄别类人，有无数的类人婚姻因为他的甄别而被清理。不过，当他得知自己的类人身份后，他开始反思这种固守人类界限的做法，他想有所行动，试图抹去两个族群之间的界限，使两者能够和睦相处，融为一体。王晋康总能让人物性格之成长脉络中充满反转，譬如《类人》中宇何剑鸣对类人由漠视到认同，《生命之歌》中孔昭仁对生命秘密由探索到拒绝，孔宪云对元元态度的转变等。作者利用这些反转意在向人们传输这样的认识，即创造与毁灭是造物运动的两面，界限是人与非人生存博弈的关键，也是造物运动持续下去的不竭动力。神建立了界限和禁忌，人可以具有神的形貌，却绝不能拥有神的智慧。当人掌握着神的能力时，人神界限被打破。同样，后人已势不可当，人类设置的界限和禁忌终会被打破，人之死在所难免。不过，王晋康的作品中仍然充满希望，他在人物塑造时设置诸多反转，其唯一可期的是，如何在同一共生圈内实现人与后人的和谐共存。

除了把人类的造物运动表现为一场骄纵的疯狂游戏之外，科幻小说还呈现了人类造物主的无奈，也就是说，由人走向后人是一种被逼无奈的必然选择。主动越界的背后是生存危机的催逼，造物是为了人类文明的延续。《微纪元》中，地球将因一万八千年后太阳的能量闪烁而不适宜人类生存，为了找寻可移民的行星，人类发射了恒星际宇宙飞船方舟号，但一无所获。与此同时，地球灾难来临前，基因工程师培育出"微人"，微人的体积比人类的体积小十亿倍，占用的生态空间以及消耗的资源异常微小。微人的特征使其更有可能躲过灾难，使人类文明得以延续。并且，微人拥有人类的全部遗传信息，具有同样的智慧，能够正常繁衍后代，所以在地球灾难面前，与微人相比，人类即宏人不具备生存优势。随着微人规模的不断扩大，宏人与微人之间争夺统治权的战争拉开帷幕。微人最终打败了宏人造物者，成为地球的主人。方舟号的幸存者"先行者"是这个世界上唯一的宏人，但他的选择比《与吾同在》中先祖达里耶安的选择更为决绝。他清醒地认识到微人是人类的进阶，是人类文明延续的唯一选择，所以，他果断地将曾经保留的宏人胚胎细胞投入焚化炉气化。从宏纪元到微纪元，人类实现了界限跨越，由宏人向微人的转变再次印证了生存这一最大的道德原则。

四　小结

无论是外星肉身上帝还是人类上帝，这些造物主形象都是显在的具象呈现。其实，造物主的无限隐在是众多科幻小说共同的精神内核。隐在造物主的设置意味着永恒的生存欲与探索欲。"他在四十五度纬线上绕地球旋转，一圈又一圈，像轮盘赌上的骰子。随着速度趋近光速，急剧增加的质量使他的身体如一尊金属雕像般凝固了。意识到这个身体中已蕴含了创世的能量，他有一种帝王般的快感。……他的自我像无际的雾气弥漫于整个太空，由恒星沙粒组成的银色沙漠在他体内燃烧。他无所不在，同时又无所在。"[1] 刘慈欣的《朝闻道》里这段关于科学家丁仪创世梦境的描写真可谓是"神话的复活"，丁仪们朝闻道夕死可矣，他们为了一窥宇宙的终极奥秘即造物运动的秘密——宇宙大统一模型，竟然走向真理祭坛，在获知秘密之后欣然赴死。不过，小说中霍金的问题让造物运动重归迷雾，"宇宙的目的是什么？"掌握真理祭坛的高级文明也给不出答案，这意味着造物运动又重回神

---

① 刘慈欣：《朝闻道》，载《带上她的眼睛：刘慈欣科幻短篇小说集 I》，四川科学技术出版社 2019 年版，第 292 页。

秘，被神话光环笼罩。也许韩松的《宇宙的本性》或可为造物运动的本质画上一个带有豁口的句号——宇宙的本性是厌倦，生命因厌倦而折腾。科幻小说在奋力延长人类能够卜算未来的同时，展示了造物的愉悦与恐慌，造物运动和造物体验制造的欣快感将笼罩在未来天地间每一代制造者头上。

第三节　论科幻文学的宇宙伦理

　　一些研究者认为，刘慈欣在其科幻小说中持一种宇宙零道德观。[①]其依据在于，刘慈欣所遵循的是黑暗森林法则。其实，零道德并非"三体系列"所要表达的全部内容。《三体》三部曲[②]体现了刘慈欣对宇宙伦理道德的循序渐进的思考。零道德状态是他对宇宙生存基本现实的假定呈现，是走向后人类伦理道德的重要一步，但这并非其对宇宙理想生存的终极思考。在破除人类黄金法则的黑暗森林法则背后，三部曲始终隐藏着某种道德希冀，这一希冀在第三部中最终凝聚为一种宇宙大义与至善。这是刘慈欣对宇宙存在的理想假设。在后人类伦理道德之路的创设上，刘慈欣最终诉诸的是伦理道德的乌托邦想象。

一　失效的黄金法则

　　黄金法则是一种互惠原则，是整个人类伦理道德系统的核心和基

　　[①]　韩兵的《经以科学，纬以人情——论刘慈欣〈三体〉系列对中国科幻传统的继承和发展》（河南科技大学学报（社会科学版）2016 年第 4 期）、刘媛的《科学思维与人文思考的张力——评刘慈欣〈三体〉三部曲》（《中国现代文学研究丛刊》2016 年第 1 期）等都提出该小说揭示了宇宙零道德的观点。前者认为，刘慈欣通过世界设定把对人类现行主流道德观的思考放在了零道德的极端环境中来进行。道德的有效场域仅限于生存威胁极其微弱的日常情境之中，而在极端环境之中，它就失去了其神圣性。后者认为，刘慈欣在宇宙社会学的建构基础上提出宇宙零道德的观点，小说通过对宇宙社会学中的两个原理即猜疑链和种族延续的分析得出宇宙零道德，并对程心这一人类的普世价值和道德的代表人物进行批判。
　　[②]　《三体》三部曲是刘慈欣创作的长篇小说系列，包括《三体》《三体 2：黑暗森林》《三体 3：死神永生》三部作品。

础。它是"爱的法则"，它要求你按照希望他人如何待你的方式来对待他人，所以落实到人与人之间的关系上，就是以善的方式来待人。H. T. D. 罗斯特在世界各地宗教戒律中皆提炼出这一法则，借此来证明黄金法则是适用于全人类的普遍价值观而无关种族和地域。黄金法则是地球人类的道德金律。那么地球之外呢？法国基督教哲学家夏尔丹曾经试图把道德层面个体应负的责任扩大至整个宇宙。① 罗斯特也曾指出，道德关系并不局限于人类，"人从'部落的友爱'，通过'国家的友爱'，正走向'世界的友爱'"②。这意味着，道德责任将继续走向世界，如果可能还将走向宇宙。无疑，随着人类科技不可遏制的发展势头，人类对宇宙空间的探索将愈加深广。在这一探索进程中，伦理道德成为必须要考虑的问题。人类该如何面对有可能出现的外星生命体？值得注意的是，黄金法则成为可能的基础是"人类"这一概念本身。人、阶级甚至国家之间，都共享了一种人类所特有的心理和生理特征，对于何谓善恶有着相对一致的理解；而外星生命体是一种不确定的存在，它可能是类人的，也可能是非人的。显然，后者在地球与宇宙的关系中是不可忽视的。

　　在文学领域，科幻文学这一文类向我们呈现了关于宇宙伦理道德的一些思考。在这些思考中往往存在着如下倾向——人类的道德责任应走向宇宙。因此，在一些科幻文本中，外星人要么是确证人类善良形象的邪恶敌人，要么是体现人文主义思想的友爱兄弟。总之，这些科幻文本在黄金法则下的善恶伦理道德框架内设想出人类的外星敌人与朋友，以正义战胜邪恶的叙事结局去确证人类稳居宇宙中心的虚拟图景，或以人文主义的"团结的伦理"消除他者、强化人类中心主义。波兰哲学家、科幻作家莱姆不无嘲讽地指出，部分科幻作品把宇宙变成另一个"驯养的地球"，让人类在宇宙中遭遇各种残酷的不幸，

---

①　Pierre Teilhard de Chardin, *The Heart of Matter*, Mariner Books, 2002.

②　H. T. D. 罗斯特在当今世界现存的主要宗教中，至少在与一些和小型社会相联系的传统宗教有关的谚语中发现了黄金法则，他的《黄金法则》一书主要探讨传统宗教中黄金法则的无限世界以及黄金法则在未来宗教发展中可能扮演的角色。具体请参见 H. T. D. 罗斯特《黄金法则》，赵稀方译，华夏出版社 2000 年版，第 9 页。

而这残酷是"人性化的残酷，是人类可以理解的残酷，甚至是最终可以通过伦理观点来判断的残酷……我们可以知晓科幻小说已经对宇宙所做的：从道德观点来看待宇宙是完全没有意义的"①。黄金法则不是宇宙的金科玉律。科幻作品不应一味地将宇宙拟人化，提供人文主义伦理的陈词滥调，而应揭露人文主义意识形态的不足与谬误，这样才能为可能的伦理道德出路提供有效的思考。

在一些自觉地试图摆脱人类主义伦理道德框架影响的科幻作家那里，科幻小说呈现了一种不受物质世界所谓客观现实约束的新思维方式。远到20世纪波兰的莱姆，近到时下正热门的我国实力科幻作家刘慈欣，他们都试图打破人类中心主义统摄下的"拟人化宇宙"，探索与完全他者的相遇，并试图发展出新的伦理反应模式。他们通过对"费米佯谬"的解释打破"拟人化宇宙"，继而展开对宇宙的重新认识。莱姆在《宇宙创世新论》中对"费米佯谬"做出了新的解释，即宇宙博弈理论。宇宙中的神级文明拥有改造宇宙的能力，它们在宇宙中进行争夺与博弈，这些造物主为防止所有可能破坏宇宙博弈稳定的异动而保持静默，同时利用自然法则对宇宙进行规划，阻断各文明之间的信任与交流，导致宇宙呈现出"永恒的沉默"。莱姆提醒我们不要试图从模仿造物主心态上即从心理方面来掌握博弈，"意念行动不等同于心理动机，玩家们的伦理不应该为博弈分析者所考虑……博弈模型是受博弈状态和环境状态制约的决策性结构，不是各个玩家持有的个别准则、价值、需要、奇想或者标准的合力矢量。他们玩同一个博弈，丝毫不意味着他们必定在其他方面相似！"② 也就是说，他们可能是完全不同的机体，有无伦理不确定，即使有也不一定体现在博弈中，人类更不可能理解他们的伦理准则。莱姆的科幻作品总是表现出

---

① Stanislaw Lem and Franz Rottensteiner, "Cosmology and Science Fiction", *Science Fiction Studies*, No. 4, 1977, p. 108.

② ［波兰］斯坦尼斯拉夫·莱姆：《完美的真空》，王之光译，商务印书馆2005年版，第227页。

对外星生命这一完全他者存在的承认与接受，致力使宇宙伦理超越无力的人类中心主义道德。他的作品从《伊甸园》到《大溃败》皆探索了与完全他者相遇的后果，并呈现了一种"不确定"，即外星文明有无道德不确定；即使有，其是否与人类的黄金法则相匹配亦不确定。因此，唯一的选择是放弃对黄金法则的执守，敞开自己接受他者。

莱姆作品中所持的态度还相对积极，宇宙中的神级文明对于人类来说虽然面目模糊，但并非一定是恶意的，它们甚至对其他低级文明了无兴致。因此，莱姆基本上是比较乐观地走向后人类伦理。尽管莱姆所设想的地外文明跳出了善恶对立的框架，但他依旧反对人类毫无顾忌地向宇宙广播自己的孩童举动。刘慈欣把莱姆的这种隐忧公开表达出来。《三体》三部曲创设了宇宙社会学，小说不局限于表达地球与某个特定星球之间的善恶对立，而是把地球置于整个宇宙中，低等文明与高等文明甚至神级文明、三维空间与四维空间甚至高维空间交织互动。刘慈欣将"费米佯谬"解释为"黑暗森林法则"[①]。刘慈欣是如何抛弃人类黄金法则的自恋陷阱的呢？这就涉及黄金法则得以通行的基础——沟通下的信任。与莱姆一样，刘慈欣亦强调各种文明之间难以互信。相比而言，刘慈欣对不同文明的理解和接触持更悲观的态度。生理和心理上的共通并借助语言等交流方式使得人类一定程度上能够获知对方的真实意图。因此，不论现实存在着多少分歧与隔阂，人类之间都可以实现"对话"或达致"对话"的应然状态，至少能够在善意和恶意之间做出自主选择。黄金法则得以被认可和通行具有极大可能。但在宇宙尺度中，不同文明之间的时空距离和文化差异是巨大的，它们之间的接触将陷入"猜疑链"中不能自拔，加之技术爆炸

---

① 刘慈欣在《三体 2：黑暗森林》中提出，宇宙就是一座黑暗森林，每个文明都是带枪的猎人，像幽灵般潜行于林间，轻轻拨开挡路的树枝，竭力不让脚步发出一点儿声音，连呼吸都必须小心翼翼……他必须小心，因为林中到处都有与他一样潜行的猎人，如果他发现了别的生命，能做的只有一件事，即开枪消灭之。在这片森林中，他人就是地狱，就是永恒的威胁，任何暴露自己存在的生命都将很快被消灭，这就是宇宙文明的图景，这就是对费米悖论的解释。参见刘慈欣《三体 2：黑暗森林》，重庆出版社 2008 年版，第 446—447 页。

的威胁，这就使得黑暗森林法则得以通行。在生存第一的原则下，持有善意或恶意都是无效的，最终的选择就是为生存而伸出黑手。黑暗森林法则统摄下的宇宙不再是简单的二元对立，而成为一种复杂的存在。各种文明互相牵制和平衡，以生存为第一法则，没有有意识的善或恶，自觉地站在他者的对立面。

当然这并非是刘慈欣理解宇宙伦理的全部。与莱姆以直接对人类黄金法则统摄下的善恶二元对立的伦理观的放弃作为敞开后人类伦理的渠道不同，刘慈欣在从《三体》到《死神永生》的发展中体现了伦理道德探索的两条相互纠缠的线路。重释"费米佯谬"，反转黄金法则，创设黑暗森林法则，揭示人类普遍认可的伦理道德观在宇宙世界中的无效性，道出宇宙中生存第一的原则，走向零度道德等构成小说的一条明线，这是刘慈欣探索伦理道德走出的至关重要的一步。相对于这条明线，另外一条较为隐秘的暗线寄寓了作者对伦理道德更为深刻的思考。既然人类的伦理道德于宇宙无效，生存原则是否是各文明生存发展的最高法则？宇宙是否还存在着某种隐蔽的伦理道德？作者试图以一种宇宙意义上的道德想象引导惴惴不安的读者走出伦理困境。道德的弃与举在此构成刘慈欣思考宇宙伦理的全部。

二 面壁计划与道德破壁

与三体相抗衡的面壁计划萌芽于《三体》，实施于《三体2：黑暗森林》，至《死神永生》则土崩瓦解。面壁计划①对于作者来说实质上是道德破壁的计划。所谓道德破壁即指对在黄金法则统摄下人类主义伦理道德这一壁障的破除，这一道德破壁以面壁者对人类自身伦理道

---

① 面壁一词源自古代东方冥思者，所谓面壁计划是指人类利用三体人思维透明的弱点，使思维成为强大的武器，真正的思想和行为隐藏在脑中，对外在呈现的思想和行为则完全是迷惑三体的假象，可以说人类据此建立起了思维的城墙。三体派出的破壁者的所谓"破壁"就是要洞穿面壁者的思想获知他们的真正意图。本书在这里用"道德破壁"一词意在揭示，这些面壁者在建立思维的铜墙铁壁的过程中，洞悉了黑暗森林法则，因此他们的真实思想和行动都是对道德的解构。

德的否弃与生存顿悟得以呈现。小说通过对人类主义的挑战动摇着人类的伦理道德基础，同时为我们呈现了道德破壁过程中日常生活现实的道德碎片。

面壁计划的关键在于隐藏人类思维、迷惑三体的监察兵智子，最终完成拯救人类的使命。刘慈欣设置的四个面壁者是道德的破壁者、黑暗森林法则的认同者。他们皆洞悉人类技术在三体面前的无能为力，认识到在必败的现实面前要拯救人类就意味着要牺牲一部分人的生命。在面对人类灭亡的终极威胁时，平等主义无疑是最大的阻碍，它将导致人类族群覆没的严重后果。泰勒洞悉人类缺乏献身精神后选择抛弃现代社会的基本道德准则，企图以宏原子剧变毁灭地球主力舰队，亦即用人来做实验，使他们成为球状闪电中的量子态来抵抗三体舰队。雷迪亚兹深知太阳系是三体人改变恶劣生存环境的唯一希望。如果太阳系这一后备生存环境不存在了，三体世界也终将面临灭亡。因此，他以地球文明甚至整个太阳系的毁灭来要挟三体世界。希恩斯是完全的失败主义者，他为了使人类改变那种自大愚蠢的飞蛾扑火行为，悄然地给一部分人打上了失败主义的思想钢印。由失败主义导致的逃跑主义（逃向地外宇宙）是挽救人类的一种可能。罗辑作为面壁计划最终的成功者，他领悟了黑暗森林法则，利用意欲暴露三体位置坐标对三体世界进行要挟，从而制止了三体人入侵地球的行为。暴露三体位置信息的计划是将两个文明做赌注，显然是对人类道德选择的背弃。章北海虽非面壁计划内的面壁者，却是实质上的道德破壁者。他深知人类必败，为了挽救人类族群，他表面上秉持坚定的胜利信念，实则隐藏自己的真实思想，时刻为人类的成功逃离而努力。他认为既然无法恢复过去的必胜信心，就勇敢地跨出一步成为宇宙中的新人。为了尽快地研制出恒星际远航的飞船，他不惜谋杀工质推进飞船支持者。可以说，他是星舰文明的奠基者。这些道德的破壁者皆把人类族群的延续放在首位，在道德与生存的取舍中选择了后者。如果用人类普遍的道德准则来衡量，他们越过了基本的道德底线，是非人性的。

　　人类的伦理道德与人类主义密不可分。小说除了以面壁计划直接对人道主义伦理道德进行瓦解外，还通过批判统摄普世道德的人类主义来实现道德破壁。这主要体现在三个方面。

　　一是以人类的认知遇挫实现对人类中心主义的批判。黄金法则以人类意义上的"善"为核心，善与美是统一的。刘慈欣把"美"放置于宇宙层级中，颠覆了美与善密不可分的直接关联。三体人制造的水滴让人类惊叹，它之所以被命名为水滴，是因按照人类的"美的概念"的衡量标准，它是毫无瑕疵、至高无上的完美艺术品。绝美的形态加上无法吸收任何高频电磁波的自盲设计使人们按照美和善相连的思维把水滴视为三体寻求和平的信物。而实质上，水滴是以绝对精度在人类面前显示自己的力量。与此相对，人类陶醉于自己驶向太空的宏大联合舰队，产生了傲视宇宙的自豪感。水滴和地球联合舰队形成了小巧与庞大、精致与粗陋、美与技术的鲜明对比。正是这小巧的绝美之物几乎毁灭了整个舰队。同样，二向箔也是如此。从外形上看，二向箔似一张小纸条，微小透明，却直接导致整个太阳系的毁灭。人类往往在自己的认知范围内测定它们，将人类自己建构的概念和发现的规律视作宇宙颠覆不破的大法，因而导致不可挽回的严重后果。

　　二是努力切断一切宇宙拟人化的线索。刘慈欣对三体人甚至神级文明进行了有限制的想象，比如在对三体人的想象中，三体人不是一些机械怪物、八爪异形甚至其他伪生物主体。作者以三体人的形象缺失来呈现一种非人类的主体性。整个小说三部曲自始至终都没有交代过三体人的形象，智子成为人类了解三体人的唯一渠道。在"三体系列"里，人类通过智子虽然获知宇宙的部分信息，但宇宙对于地球文明来说仍然是不可捉摸的，外星生命是缺场的。作者对高级文明里的"种子"和清理员"歌者"的描写简单又神秘。高深的神级科技总是代替外星生命出现在人类面前，小说中外星生命的遁形逼退了"人"这一代表生命的固定概念。

　　三是颠覆某些被视为具有独特价值的人类特性。人类相对三体人最大的优势是思维和文学艺术。三体人的思维透明，而人类思维是可隐藏的，口中所说不一定乃心中所想。因此，人类对付三体人最有效的武器是思维，罗辑通过巧妙地隐藏真实意图实现对三体文明的威慑。不过，在三体人逐渐习得地球人的思维方式后，这一独特法宝就失效了。刘慈欣继续祭出了第二个法宝，文学。在地球文明和三体文明和平相处的年代里，连三体人都在积极学习吸收人类的文学艺术，人类为此感到深深的自豪。殊不知，这只不过是三体人用以迷惑人类的工具。他们呈献给人类一面镜子，让人类从反射文化中获得自满，从而营造宇宙大同的假象。云天明精心营造三个童话故事将其真实的思想和用意隐含在文本的结构中传送给程心，使地球获得自我拯救的机会。这表面是在赞许文学，实则不然。高级文明的降维打击使得人类的文学艺术最终只能静静地躺在地球博物馆中等待太阳系毁灭的到来。

刘慈欣为我们呈现了人类遭遇极端危机时道德原则弃与举的反复、生存法则与道德法则之间的相互纠缠。善与恶在人类社会这张孩子脸上的急速迭变销蚀了各自的内核，支撑普通日常生活的道德法则轰然倒塌，唯留一地道德碎片。这主要体现在大众对罗辑、程心以及星舰文明的态度变化方面。当罗辑成功地威慑三体世界后被大众奉为神明，其选择被视为符合道德原则，是善的。当地球文明和三体文明处于共通共融的和平状态时，罗辑在民意的涌动中被推下执剑人的位置并被指控犯有世界灭绝罪，被认定是极端恶的代表。而当三体世界利用程心摧毁人类的威慑系统并对人类进行残酷的驱逐和灭绝时，人们又开始怀念这位威慑领袖。当程心被选定为替代罗辑的执剑人时，她被人们奉为圣母，是善的象征。当程心放弃威慑致使人类被迫移民时，她就从圣母神台上跌下来，被人们谴责和唾弃。而当地球因三体星系的位置暴露面临毁灭威胁且向宇宙发送安全声明难以为继后，程心又一跃回归为伟大女性、新纪元圣母（人们认为她即使承受着常人难以想象的压力和误解，也不向宇宙发出毁灭的信号）。蓝色空间号在太空中为自保杀害同类，并将同类作为果腹之物，这种行为是处于法律和道德的底线之下的，是完全的反人类行为。当他们因启动引力波广播暴露三体星系位置，将地球人类从即将到来的自相残杀中解救出来时，他们被人类捧为英雄。而后来面临地球位置的间接暴露又无法发布安全声明时，地球人类又痛斥蓝色空间号是黑暗之船、魔鬼之船，是毁灭两个文明的罪大恶极者。道德变脸无疑是人类道德失效的表征。刘慈欣没有停留于此，在成功地道德破壁之后，他又另取泥胚试图烧筑出新的伦理模型。

三 道德乌托邦的建构：不确定的未来

值得注意的是，在《死神永生》中，作者塑造了人物程心。这一人物呈现了作者在思考宇宙伦理时的复杂心态。在"三体系列"前两部中，作者对人类道德展开批判，试图探寻新的伦理准则。程心就是新伦理探寻道路上的一个试金石。程心是一个全善代表，她秉持一种将人性的善扩延至整个宇宙的原则。通过程心，作者对人类道德理想的至善形态进行了反思。当地球遭遇极端危机的时候，这种人类的至善无法拯救地球与宇宙。小说情节显示，正是程心的宽容和不忍造成地球文明几次三番陷入绝境。刘慈欣否弃了程心的拯救路径。那么，所谓黑暗森林法则是拯救地球的最佳途径吗？作者在将人类道德置于宇宙时空中进行观照并提出宇宙黑暗森林法则的同时，将这一法则又回置于宇宙中以展开质疑与反思。

小说着意揭示的是宇宙最终走向毁灭的根本原因正是黑暗森林法则。黑暗森林法则是宇宙文明的生存选择。"他们对人类的政策，是一种理性的选择，是对自己种族生存的一种负责任的作法，与善良和邪恶无关。"[①] 罗辑的这段话道出四位面壁者的选择，他们既不是恐怖分子也不是疯子，而是洞悉黑暗森林法则并对人类这一种族极度负责的少数个体。这也是罗辑之所以具有"高威慑度"的原因。宇宙生存的底线是把对方视为敌人，取消道德判断。在这一零道德的状态下，

---

① 刘慈欣：《三体2：黑暗森林》，重庆出版社 2008 年版，第 149 页。

低级文明要想生存下去不是寄希望于高级文明的善心，而是冲破本身的道德束缚去适应生存法则。因此，从这一角度理解，几位面壁者以及韦德、章北海的选择就不应遭受道德拷问。小说三部曲通篇似乎都在宣扬此种思想，但刘慈欣的思想并非是单线且一成不变的。科学理性确实要求选择生存，但这只是切近的选择。实质上，要求人们放弃人性径取生存的选择并非是解决问题的良策，反而是宇宙最终走向毁灭的根本原因。黑暗森林法则让这些不同的文明恐惧地处在沉默中，而一次不同文明之间的冲突将会对宇宙总体结构产生蝴蝶效应。黑暗森林法则的持续实践最终打破了宇宙总体平衡，造成无可挽回的后果。所以，既然黑暗森林法则只是遭遇危机的应急反应原则，不是最理想的应取法则，它绝非拯救宇宙的终极选择。那么在这样一个偌大的宇宙中是否存在某种隐蔽的伦理道德在发挥作用？刘慈欣没有停留于抛弃道德完全进入黑暗这样一条明线中，他在道德破壁的同时对黑暗森林法则进行重新考量，并试图以一种道德乌托邦的建构为我们展现一个不确定的未来。

放弃人类伦理道德之后该怎么办？这是很多探索伦理道德出路的科幻作家所遇到的普遍问题。对此，戈梅尔认为，"科幻小说使用这两个方面（科学和宗教）来提供对后人类时代的伦理和本体论的重要见解"[1]。莱姆就把解决方法寄托在宗教上。在《索拉里斯星》中，他有限度地利用宗教话语使人与外星生命的接触方式超越人类语言和思维，使人们看到新伦理的希望。莱姆对科技的态度并不积极，他以卷帙浩繁的索拉里斯学表现了地球科技面对无法探究的索拉里斯海洋的无奈。与莱姆的软科幻外星遭遇小说不同，刘慈欣的硬科幻外星遭遇小说对科学技术抱有比较积极的态度，从"三体系列"各种夺人眼球的科技互飙中即可看出。并且，作者对伦理转型的探索有效地利用了

---

① E. Gomel, *Science Fiction, Alien Encounters, and the Ethics of Posthumanism*: *Beyond the Golden Rule*, Palgrave Macmillan, 2014. p. 200.

科学话语。他的伦理探索由无涉伦理道德的宇宙社会学向一种新的宇宙伦理进发，这要从他有关科技与文明的关系出发进行探讨。曾经有学者在分析叶文洁这一人物时指出，叶文洁的道德逻辑是科技＝文明＝道德，① 并对这一道德逻辑展开批判。刘慈欣在小说中似乎也表达了此类观点，因为三体人作为比地球科技先进的外星文明毫不在乎道德的意义，黑暗森林法则在宇宙中畅通无阻。

实质上，《死神永生》中有关伦理的思考产生了变化。与秉承零道德的大大小小的文明相反，出现了一个神级文明的归零者② 群体，正是这一群体的塑造使作者又走向了道德。那些宇宙的神极文明既掌握着至高的科学技术，又有着自觉的宇宙大义的意识。这与叶文洁的科技与道德相呼应。不过，应当明确的是，这里的道德所代表的是至高与至道，而非支配人们日常生活的道德逻辑。小说意在表明，宇宙最高的生存法则是极致的善、隐蔽的公义，至高的科技和极致的善是成正比的。当各星球文明处于发现坐标、消灭坐标的黑暗森林法则之下时，归零者群体已经能够向宇宙所有不同文明发送超膜广播。他们是拥有神级科技的文明，是隐蔽大义的坚守者。宇宙大义是一直埋藏在刘慈欣小说中的暗线，它若隐若现，隐藏于黑暗森林法则之下并最终得以呈现。

四　小结

《三体》三部曲逐级扩升，小说关注的范围由人在现实社会的命运扩大到地球人的命运，再到宇宙中不同文明的命运（包括地球文

---

① 参见陈颀《文明冲突与文化自觉——〈三体〉的科幻与现实》，《文艺理论研究》2016 年第 1 期。

② 《死亡永生》中的"归零"就是将宇宙还原为原来的样子。归零者就是重启者，归零者想重新启动宇宙，回到田园时代。归零的做法是"把时针拨过十二点。比如说空间维度，把一个已经跌入低维的宇宙重新拉回高维，几乎不可能；但从另一个方向努力，把宇宙降到零维，然后继续降维，就可能从零的方向回到最初，使宇宙的宏观维度重新回到十维"。具体参见刘慈欣《死神永生》，重庆出版社 2010 年版，第 477 页。

明），最后直至整个宇宙的命运。从反人类中心主义、揭示生存法则中的零道德再到提出"宇宙大义"，刘慈欣使这部原本极富悲剧意味的小说显现一丝希望的亮色。程心由人性之善出发显示的责任心，与发布宇宙超膜广播的归零者的责任意识相关却又相异。程心的选择往往是当下的、眼前的，极易被不忍和人性的脆弱所牵绊。比如在宇宙的生死关头，她毅然决定负起宇宙责任，选择退出安逸的小宇宙归还大宇宙的质量，使大宇宙能够塌缩重生。她的这一选择是符合宇宙公义的，但其后她又出于对小宇宙的怜悯，不顾大宇宙无限膨胀的危险将一个五公斤的生态球留在小宇宙里，她希望小宇宙不是一个没有生命的黑暗世界，正如她对周边的一切都怀有不忍的态度一样。她绝不是宇宙伦理的代言人，而是一种泛人类伦理的执号者。

刘慈欣以黑暗森林法则对那种泛人类伦理进行批判，指出宇宙的非善恶和零道德状态，与此同时又对这种零道德状态下的生存法则的有效性给予质疑。他建构了至高至善的"宇宙大义"这一宇宙伦理的乌托邦想象，以此来考量宇宙各个文明，最终确立了整个小说的宇宙视野，并实现从人类伦理到后人类伦理的转型。不过，这种隐蔽的大义是否能够成为现实是不确定的。接收超膜广播的那 150 万个文明世界会如程心一样放弃苟安，为了宇宙的整体生存不约而同退出小宇宙，归还宇宙质量吗？这里考量的是不同外星生命体的"外星性"，"人性"只是其中一种。因此，刘慈欣所提倡的宇宙大义只能是一种伦理道德的乌托邦，我们获得的也将是一个不确定的未来。正如归零者群体欲将宇宙降至零维以期望再转回到十维的清零运动一样，刘慈欣是道德的归零者，他从道德破壁到道德乌托邦建构的过程是一种理想主义的道德归零运动。这也就是刘慈欣的小说悲观态度中的乐观之处。

附　录

访谈：地域、传统与未来性

　　王瑞瑞：韩老师好，我们主要围绕地域、文学传统、文学的未来发展等问题展开对谈。今天，随着科技的突飞猛进，学界对人工智能、虚拟空间等问题兴趣甚浓。有关地域空间、文学传统的讨论在今天依旧有重要的启示意义。寻根文学对地域十分敏感。评论家季红真曾说："及至 1984 年，人们突然惊讶地发现，中国的人文地理版图，几乎被作家们以各自的风格瓜分了。"您觉得地域性书写之于寻根文学有何意义？

　　韩少功：首先，地域化是全球化的副产品。在我看来，地方化或者地域化是全球化激发出来的一种正常反应。以前，没有全球作为参照，大家对地域没什么概念，不会有特别的兴趣。交通工具、通讯工具发达以后，大家发现外面还有别的世界，这时候才会考虑我是谁、我们是谁、我们和他们有什么区别这样的问题。如果没有外来事物的参照，大家不会觉得地方性很重要。我们可以想当然地觉得天下的人和我们都是一样的。

　　打开国门以后，大家面对着外来文化的激烈冲击，自然会产生很多反应。其实中国更早的对外开放是两大部分。一个是丝绸之路，有南线、北线之分。像我们湖南湘西，最开始是转入了这个南线丝绸之路。有关湘西的考古发现，这个地域那时候讲西南官话。整个的云南、贵州、四川和湘西为什么都讲西南官话呢？因为那时候人员一定是往来频繁的，大家的语言就很接近。那时候整个西南的交通经过缅甸、印度、波斯，这就是南线的丝绸之路。因而不能说那时候是完全闭关自守的，已经有外来文化进入了。之后更大的流通线路当然是海洋。很多词语都留下了交流的痕迹，比方说"洋火""洋油"等。尤其到鸦片战争，人家坚船利炮打进来了，我们突然知道有一个外部的世界存在，这是一个大的背景。因此，首先是全球化的浪潮冲击，激发了我们对本土的重新认识。

20 世纪 80 年代，所谓瓜分中国人文地理版图的是些什么人呢？知青，主要是知青。一个是下乡知青，像我这种；还有一种回乡知青，像贾平凹、莫言他们。知青有一个共同点——他们曾经都在城市求学，在城市里面生活，然后突然被下放到乡村。他们在城乡之间有一种强烈的文化反差的对比，这是他们青春时代的最切肤、最深刻的感受。那时候的城市的现代化就是西方化，或类西方化，从建筑到服装，从数理化到文史哲，现代化进程已经开始，比农村快一步。比如城市有汽车，乡下是牛车；城市里有电灯，乡下点油灯。这不仅是发展阶段不同，也是文明的巨大反差。对于这些差异，知青有着最强烈、最直接的感受。这是创作产生的具体条件。一说起"寻根"，知青最容易产生反应。像莫言那时候刚出道，就觉得寻根这个东西很对胃口。为什么？他作为一个回乡知青，从城市和校园回到家乡以后，有很多感受。家乡是最容易调动人们感受资源的地方。

以前写农村的也有，那时候叫"乡土文学"，像刘绍棠、浩然、柳青等人的作品。不过，那时候他们写合作化，写大生产和阶级斗争，写乡村的一些变化，但聚焦点在政治、社会、道德的普遍性规律，没有两种文化之间对峙、冲突的焦灼感。因为那时候的乡土没有全球化的背景，柳青等人所感受的外来文化的冲击力度比较小，他们会觉得他们的世界就是全部。这样，所谓寻根，我的理解就是本土化和全球化一种紧张的对话关系。很多参与者，不管是美化乡村也好，是厌恶乡村也好，都会把目光投向乡村，思索这一块土地到底是怎么回事，有一种强烈的认知的兴趣和表达的冲动。

王瑞瑞： 刚才您讲了寻根作家所书写的那个地域往往是他们下乡所在地，也就是说，寻根固然有文化的诉求，但作家们的这种生存经验、在地性的体验似乎扮演了更为关键的角色。当年您认为寻根文学早产，它并没有达成您预想的目标。今天回顾，我们发现寻根意义重大，它在"边地"与"文化"间形成了非常有趣的张力。寻根作家把边地写活了，它所承载的文化分外生动鲜明。今天您依旧认为寻根文学早产吗？

韩少功： 当时很多人问，寻根寻到了什么？你们的目的是什么？我觉得这样把问题简单化了。全球化和本土化的对话关系从寻根开始，只是有了一个起点，这个过程到现在也远远没有结束。文学界最早提出"寻根"，用我后来的话来说，是"起了个大早，赶了个晚集"。也就是说，因种种原因，文学家们后来并没有把这个话题深入探讨下去，倒是成了相关讨论的看客和局外人。比如一二十年后，我倒是看到了法学界朱苏力等人重提文学界的"寻根"，开始关注法学知识的全球化和本土化问题；哲学界的李泽厚谈"情本论"、赵汀阳谈"天下观"，也是从本土文化传统中寻找资源；还有杜维明等人的"儒家资本主义"，也是力图在东亚的经济发展中发掘本土文化因素。更不要说后来的"国学热""文化自信"，形成了数十年来相关的呼应和相近的意向，是某种连锁反应和关联反应，是全球化引起本土化这个问题的一部分。

这不是三五年就能完成的什么工程，并没有一个具体的时间线指标。这种思考也不一定要体现在单是表现地域性的作品上，写都市，写移民，写青年和时尚，同样有文化资源的不同依托选择，甚至科幻小说中也可能存在这些问题。科技能够解决工具理性的问题，从这方面来看好像全球都是一样的。如果我们跳出工具理性，如果科幻文学还要传导一种价值理性的话，有时候就会出现多样化的问题，全球不一致的问题。有些在我们的文化传统里有价值的东西，在其他传统里面倒未必；在其他文化里面有价值的，在我们这里也未必。

王瑞瑞：寻根意识不仅存在于文学领域，还广泛存在于其他领域，而且它是一个正在进行中的事情。我们还是再回到地域上来，我们以地域来展开创作的时候，发现地域固化有时也带来创作的同质化。比如当下一些文学地域在一定程度上已经毒化了作家创作。您认为立足地域的同时应如何超越地域呢？

韩少功：文学是很多因素的综合效应，不可能因为一个关注点、一个观念或一个工具，就能够解决一切问题。同样是写地域，高下之分的差异很大。任何观念都不是灵丹妙药，只有很多因素综合在一起，才能产生化学反应。地域仅仅是众多因素之一，光有"根"管什么用？还得有枝、叶、花、果，对不对？文学是一个完整的生命。当年谈"寻根"也只是我们关注的很多问题中的一个，远远不是全部。那时候我写过好多文章，包括谈科学、谈"二律背反"、谈现代主义等。

只有最末流的作家，才会一根筋，才会模式化，比如把"寻根"做成一种纯粹有民俗资料的收集，就像我当年讽刺的，搞"民俗一日游"，或者"土特产收购"。这种现象在其他艺术领域也有，做音乐的、做戏剧的、做舞蹈的，一旦走偏了就会成为一种表面工夫。以前有句话叫作"越是民族的就越是世界的"，其实这句话是有问题的，光是有民族的就够了吗？裹小脚很"民族"，不见得很"世界"吧？如果把"地域"当成神器和法宝来用，不管是抱怨乡土还是美化乡土，在艺术上都不会有出息。近来不少人喜欢翻古董，据说舞蹈诗剧《只此青绿》很成功，但它其实是一个"假古董"。它确实依托了不少古典的元素，但同时又运用了很多现代技巧、现代设备、现代观念，隐藏在仿古和"做旧"的后面而已。当年高更跑到非洲去表现非洲人，你以为他就是一个非洲人吗？他不是。高更具有深厚的欧洲文化背景，然后再去表现非洲，才有了他眼中特有的那种"非洲"。当年我写《爸爸爸》《归去来》什么的，肯定也是杂交和混血的一种状态，也有萨特的存在主义思想，有现代派、荒诞派、黑色幽默的风格影响和阅读痕迹，比如我是谁、我从哪里来、我往哪里去这样的一些观念。虽然这些东西在小说里一个字都没提，但没有这些东西隐藏在后面的话，作者大概不会这样处理题材。这一类作品之所以被当时不少批评家命名为"先锋主义"，大概也是他们觉得这与"民俗一日游"不像是一回事。

王瑞瑞： 的确，这可能是一些作家创作中一直存在的问题。

韩少功： 文学艺术是综合性的东西。古人说过"文料"与"文意"的关系，意思是不仅要看你写什么，还要看你怎么写，用什么样的"文意"去筛选、组合、熔炼你的"文料"。鲁迅先生当年最反对搞题材决定论，反对靠题材和观念的招牌吃饭。他曾说过，血管里面流出来的都是血，水管里面流出的都是水，这句话是针对萧红和萧军两个人说的，劝他们不要为题材所限。文学不是新闻，正如陈年老酒，它需要时间的沉淀，用心地打磨，像对待一个老物件，要摸好多年才能摸出包浆，这才是文学，才能出好作品。我们往往急功近利，热衷于齐步走，发令枪一响，短期内就想要砸出好作品，这是不可能的。一个作家，他最好的作品，有时候要靠十年、二十年的反复酝酿，老是割舍不下，总感觉缺了什么，就是一时写不成，直到一二十年后，突然有一个因素激发它了，把它救活了。这样的情况很多。

王瑞瑞： 您在写《马桥词典》时应该也是揣摩了很久，中间还有耽搁，后来再继续写，也是经历了这样一个多年的酝酿过程吧？

韩少功： 我十几岁时下农村，感觉到汨罗话特殊，就将这个汨罗话和长沙话做比较，其实也相当于将英文与中文比较，将普通话与某种方言比较。为什么汨罗话有些词汇在长沙话里没有，或者是同样的词汇表达的意思却不一样？思考是一个慢慢积累的过程，可能到了一定时候，条件成熟了，就可以写了。

王瑞瑞： 好的作品要有时间和阅历的积淀。文学史上的一些作家也是经历了这样的过程，才创作出叫得响的作品。我想到了陈忠实的《白鹿原》，这部小说也是历时多年才完成的。很多评论家认为该小说是对寻根文学的一个延续。不过，我也想到它的一些问题，比如文化传统的固化。《白鹿原》的创作一定程度源自对文化心理结构的静态认同，这其实遮蔽了一些时代与现实的问题。在您的笔下，文化带有边缘化的拆解力量，它有点飘忽不定。您如何看待所谓"文化心理结构"呢？

韩少功：人的认识肯定是各有侧重，不可能大家都一样，都是面面俱到的全能之人。有的人对传统的认识，主要基于对儒家的认同，有的人可能是信佛的，或者是偏向道家的，还有一些可能与儒、佛、道都关系不大，只是一些山野的、民间的、"草根"的文化心理现象，比如湖南很多地方的男女关系很开放，与儒、佛、道都说不上，与宋儒以后上层社会的道德规范更是大有区别。20 世纪 80 年代，受"五四"文化激进态度的影响，我其实对儒家正统也有一些抵触，觉得儒家呈现给我们的是一本正经的面孔，礼制和道统很束缚人的天性。相反，年轻人可能更喜欢那种"怪力乱神"，喜欢孙猴子无法无天、大闹天宫的劲头，因此在文化选择上就会有一些偏移和侧重。湖南是一个巫气比较重的地方，巫楚文化的大量遗存难免不在一些作家的笔下冒出来。我碰巧成长在这种环境里，撞上了某种特定的机缘，因此在《文学的"根"》那篇文章里，主张更多关注底层社会里"非规范的文化"，在《马桥词典》里面也写到"走魂"，写到一些神异之物和离奇传说。尽管我对相关材料用得比较克制，但如果过滤掉这一切，都用正统、规范的儒家理性过滤一遍，对生活和文化的表现反而是不全面的、不诚实的、不可信的。

王瑞瑞：2004 年，您在《个性》一文中，曾对创作个性的丧失痛心疾首。有意思的是，20 世纪 80 年代的寻根作家大多个性鲜明。这种个性与他们扎根其中的不同地域有千丝万缕的联系，与他们独具特点的生存经验密不可分。当下空间场域呈现的同质化的状态，也对创作构成了挑战。您认为空间场域的同质化对创作构成了怎样的挑战？寻根文学能给当下日趋同质化的创作带来什么启示？

韩少功：我们有时候可能有一个误解，把流行时尚当作个性。20世纪80年代、90年代都出现了这个问题。比如个性解放，一个个都放飞自我，但巨大的风险之一是这种解放后来反而变得很雷同，变得千篇一律的张牙舞爪、横眉竖眼、胡作非为、一地"狗血"，变得文学形象的同质化和公式化。个性是怎么形成的？借用马克思的一句话，"人的本质是一切社会关系的总和"。我们可以发现，老一辈作家所处的时代，似乎道德约束强得多的时候，没有那么强烈和张扬的流行时尚，倒是有不少作家不可模仿，鲁迅、沈从文、老舍、巴金、张爱玲，各有鲜明的特色，一个是一个。而现在一堆堆的"狗血"文学里，个性在哪里呢？事实上，个性不是出于一个主观的设计或先天的存在，是在社会环境中慢慢形成的。如果把个性解放理解为漠视他人和脱离社会，甚至不关心父母，不关心邻居与同事，更不用说关心国家和人类，那么这种个性就是无根之木，不过是天天照镜子，是自恋和自闭，只可能产生千篇一律的准精神病，离真正的个性越来越远。

在这里，地域正是我们"社会关系总和"的一部分。一个人不是活在标准化的现代社会里。印度的现代化和我们的现代化就不一样，韩国的现代化和我们的现代化也不一样。人都是活在一个具体环境里，首先是包含自然、社会、文化等各种条件的地域环境里。南方多雨，西北多旱，这里面有地域差异。鲁迅笔下有吴越方言，老舍笔下有老北京腔，这里面也有地域差异。不关心具体的地域，太把"自我"当成一个神话，只可能自欺欺人。一个人说我就是爱世界，但是我就是不爱我这个地方，那你的世界就是抽象的、空洞的、自欺欺人的。你真要爱世界的话，一定是从爱你生活的这个地方开始。

王瑞瑞：那种同质化的创作可能还跟我们所处的一个像詹姆逊所提的后现代的"超级空间"有关。在后现代，人不能为自己定位，不能有效组织当前环境下周围的事物。这种后现代状况对创作可能产生了一定的影响。在后工业化时代，乡村也发生了很大变化。它是不是也有可能被组织到后现代"超级空间"里面？它与几十年前的乡村有什么不同？

韩少功：全球化带来的同质化倾向非常明显。乡村和城市的差别在减少，尤其在珠三角、长三角等发达地区，乡村几乎消失，到处都是厂房连着厂房。乡下也有蜂巢、美团、光缆宽带这一类，构成了城乡趋同的现代生活方式。但在趋同化的倾向之外，趋异化其实也在发展，趋同化与趋异化是交织进行的。比如我以前就注意到，中国香港、中国台湾应该说是比较现代化的吧？人均收入要比我们高很多吧？但那里的文化传统未见得削弱，反而有增强之势。香港很多商店都供着财神爷，就让我十分诧异。台湾人修家谱、拜家神、修建祠堂的风气，比内地也要厉害得多。我年轻的时候，大年三十肯定是跟着朋友们疯玩去了，哪有归窝的？现在则相反，过年不回家不行，春运不繁忙也不行，一个个都哭着喊着要回家，春节已成了一个精神图腾。再比如，20世纪八九十年代，吃汉堡、吃披萨在大城市是多么时尚的一件事，北京人招待尊贵的客人，才会请吃披萨。现在还会有多少人吃这种垃圾食品？倒是土菜馆的生意好得不得了。除了一些青少年喜欢的麦当劳、肯德基，海南好多西餐馆都关门了。你要是请客人吃披萨，那简直是侮辱人。从服装来看，西装渐少、"国潮"兴起也是类似的现象。可见，一定不要有那种期待，以为全世界将来的人都吃得一样，穿得一样，活得一样。不，绝对不会有那一天的，你放心好了。

王瑞瑞：在人工智能时代，人们经常谈起虚拟空间，这一趋势在将来还会强化。乡土文学似乎很难涉及这一空间。在这样的背景下，乡土文学是不是会遭遇挑战？

韩少功：我觉得虚拟世界是现实世界的延伸，也是它的变体。在人类历史上，所谓虚拟并不陌生，只是那时虚拟的技术工具还不够发达而已。比如文学里的爱情多么美妙，多么浪漫，大多就是人们自我心理安慰的虚拟嘛！《山海经》里有太多虚拟，只是受到历史限制，没做成现在这样庞大的文化产业。任何虚拟都依托回忆，任何幻想都基于经验，这就好比地心引力是跳高的前提，一旦脱离了重力，跳多高也不是本事，也没什么价值，跳高这事本身就会变得十分无聊。包括你刚才说的"地域"，也会大大地影响我们今后的幻想和虚构。《哈利波特》与《功夫熊猫》，《美国队长》与《大圣归来》，起码就各有不同的传说资源和文化背景。这方面我缺少研究，不过可以相信，以为人类今后的幻想和虚构是一个完全同质化的东西，是没多少根据的。

王瑞瑞： 人工智能在文学创作领域也有一定的表现。通过大数据，它能超时空地轻易征用并组装人类各式各样的生存经验。您认为这种创作有没有发展空间？

韩少功： 人工智能肯定会成为文学很重要的一个工具。其实现在这个工具我们已经在用了，比如百度搜索或者谷歌搜索，已经影响到我们的写作。随着将来数据库的完善，我相信以后写小说、写剧本也有可能。现在做的主要是写诗，因为诗歌篇幅短，数据库容易建立，尤其是古体诗。IBM 做的软件是写诗，央视搞了两次人机对抗赛，也是写诗。至于小说，浩如烟海，要建立数据库非常难，如果这种数据库又没有商业前景，那就暂时不会有人去做。但这并不妨碍以后有人去做，而且很可能做成功。

但机器人完全代替人，这个脑洞开得太大，基本上是科盲们的扯淡。有一次，央视让机器和人分别弹钢琴，要郎朗去做辨别。郎朗一下子就分辨出哪个是人弹的，只是依据有点搞笑，即人弹错了一个音。这就是说，机器是标准化的，是永远不会错的。这是机器的优势吗？好像是，至少在物质生产方面是，但对于精神、文化的生产来说，却不一定是，至少是远远不够。人是千差万别、千变万化的，所谓一千个观众就有一千个哈姆雷特，哪一个哈姆雷特是"对"？哪一个哈姆雷特是"错"？用机器把一千个统一成一个，其本身是不是就大错特错？美国人休伯特·德雷福斯写过一本书叫作《人工智能的极限：计算机不能干什么》。计算机哪些东西不能干？我们假设一个机器人是服务员，如果客人点了一个"大便"，作为人的反应，我们会认为这个客人是神经病或者是故意找茬，机器不会，它会马上记录下来照办不误。因为它没有价值判断，很难有人类情感、道德、法律、政治等方面足够的经验积累。

王瑞瑞： 人总是依据既有的经验来做判断，这种反应比之于机器要复杂得多。

韩少功： 是的。人的反应与生活经验及感觉密切相关，已是我们内心的巨大而复杂的储存，总是因人而异，因时因地而异，形成千万个"哈姆雷特"各不相同的负载和绑定，不可能由数据库一网打尽。哪怕是一个词，在实际生活中也从来没有一种标准化、字典式的运用，总是同千差万别的经验、感觉、回忆等分别绑定。我最近读了陈嘉映老师的一本书，他说得很好，说思维可以分为三种。一是动物，只有感觉记忆，没有理性思维，因此不会有文字和字典。二是机器，排除任何感觉，依靠抽象的线性逻辑，只有字典式的、常规化的、教科书式的理性思维。三是人类，既不同于动物的感觉记忆，又不同于机器的理性逻辑，既有感性又有理性，二者总是形成互相激发、互相塑造的变化，合成各个相异的思维状态。他的这种三分法很简洁，又很经典，勾画出了动物、机器、人的基本意识区别。

一方面，你要让机器人思维和人的思维完全一样，这是不可能的。你要给每一个人建立数据库，碰到一件什么事，相继调动地球上几十亿个数据库里的感觉、文化、社会生存的经验，既不可能，也犯不着。机器能够替代我们做一些纯理性的工作，但至少在文学创作领域不可以。同样一个素材摆在面前，你会这样组织，他也会那样组织，作家的组织能力不一样，兴奋点不一样，对一字一词的感觉有温差，写的东西就会不一样。进一步说，写得一样那反倒是太糟糕了。当然，有些人就是相信机器人一定完胜，我在海南某中学做讲座时，有些孩子就这样说。那也没关系，不过我提醒他们一句，这种缺乏实证依据的相信、或不相信、或半信半疑，都是人类的特权。机器人能够干这种事吗？干不了。机器只能按软件程序做确定性的事情，没有我们异想天开的自由。

另一方面，人工智能大师凯文·凯利还说，机器人最大的毛病是没有价值观，通俗地说就是没心没肺。换句话说，机器人擅长处理工具理性方面的事务，在价值理性方面有要命的短板，必须由人类给它灌输价值观。有一个美国大学里常见的案例，即一列无法制动的火车往前冲，前面有两条岔道，一条道上有一个人，是合法合规行走的；而另一条道上有三个人，是自己走错了的，是误入禁区的。那么，如果这个司机可以选择的话，是压死这三个有错的人，还是压死一个无辜的人？在中国，我让听众举手表态，每次都是赞成保住无辜者的票数居多。这就是中国人的价值观。但如果你按照功利原则来考虑这个问题，留三舍一岂不是更有理？岂不是最符合经济利益的最大化？中国有句老话——两害相权取其轻，什么叫"轻"？这在不同的价值观下差别可太大了。在这时候，机器人怎么办呢？它该遵从哪一种价值观呢？

现在人工智能也有一些神圣法则，比如底线就是机器不能杀人。但是这个太笼统了，太初级了，太不够用了，碰到这种三比一的情况，机器人就很难处理。即使机器人处理了这个难题，随之而来的难题肯定会层出不穷，而且千变万化，就像我曾说过的，作家写这一篇的经验，可能在下一篇时就失效；写这一段的经验，可能在写下一段时就不灵。为什么一千个读者会有一千个哈姆雷特？因为每一个人的理解都会不一样。那么，算法工程师们编程时，用哪一个哈姆雷特来建立数据库？

王瑞瑞：我觉得现在的学生深受技术的影响，据我了解，许多孩子听歌不是听现实中的歌唱家或歌手唱的歌，而是喜欢虚拟歌姬，因此他们的偶像也是虚拟偶像。在文学领域，机器人技术和人工智能技术未来可能会对大众市场有影响。

韩少功：现在淘宝上都可以找到那种几十块钱一个的"写作助手"。你要写暴风雨，只要输入关键词，它就给你调出很多有关暴风雨的句子，你挑一挑、抄一抄就可以了。这个其实是"抄袭助手"，当然，这是很低端的技术，将来的抄袭、模仿、借鉴都可以有更高级的软件，查抄袭、查模仿、查借鉴也可以有更高级的软件——只要有商业前景，自然就会有人去干的。

王瑞瑞：有小部分人在小范围内也在这样干。比如陈楸帆，他的《人生算法》就是一种人机交互式写作，小说里的一些对话是由 AI 程序"陈楸帆 2.0"自动生成的。一开始我不知道，读的时候，我只觉得有些语言稍显怪异，感觉有点儿不对，后来才知道原来是机器写的。但如果你不去用心揣摩的话，好像也不会发现。

韩少功：现在确有一些软件，带有游戏性质。比如把所有的文章输入进去，都变成鲁迅的口气，或者都变成淘宝体的口气。我说过，在大众文化领域，机器人肯定可以大有作为，因为我们大多数人的口味并不是太高，不需要那么高精尖的东西。但不管是鲁迅体，还是淘宝体，机器人做的毕竟是一些跟踪性的工作，依靠的是数据库，是人类经验的编码化，总是位于人类的原创之后，本质上是一种高技术的"学舌"和"效颦"。你可以搞出一千个、一万个仿鲁迅，但当不了真鲁迅。而真鲁迅、真莎士比亚、真卡夫卡等，永远是人类的文明优势之一。你想想，为什么机器人最先在下棋时赢了人类？因为下棋大体上不涉价值观，是纯技术的，因此是最容易、最可能被替代的。同样的道理，翻译中的公务翻译、商务翻译、新闻翻译、科技翻译、旅游翻译等，最容易、最可能被人工智能取而代之，但最大的"鬼门关"是文学翻译。为什么？因为它和人的价值观发生联系了。即便把一千个图书馆都编入数据库，它也可能无法准确翻译一个笑话。一个中文的笑话翻译成英文，可能就不好笑了。同样，一首古体诗翻译成现代白话诗，可能就没味道了。是翻译错了吗？不是，也许每一个微小的意思都不曾漏掉，都是严格按照字典来翻译的，但是它可能就是不好笑了，就是没味道了。显然，这里有一种几乎失败的"正确"，即丢掉了文化的"正确"，这是科技以及工具理性力所不能、力所不及的地方。